西永良成
Nishinaga Yoshinari

〈個人〉の行方

ルネ・ジラールと現代社会

大修館書店

はじめに

世界はさしたる変化の徴候も痕跡も見せずに二一世紀、そして第三ミレニアムへの歴史的移行をおこなった。いくらか特別の趣向があったとはいえ、まるで恒例のニュース・トピックのひとつにすぎなかったかのように。そのような歴史的無感動を根底から揺すぶったのは、言うまでもなく二〇〇一年九月一一日にアメリカで起きた同時多発テロである。この稀有な衝撃的事件のあと、多くの論者が一致して認めざるをえなかったのは、私たちがこれまでまったく知らなかった新しい時代に甚だ悲劇的なかたちではいったということである。共産主義の内破と冷戦の終結のあとをうけ、アメリカの主導のもとに一九九〇年代に熱狂的かつ激烈に遂行されたグローバル化、あるいは世界化の趨勢に反対し、みずからの死を賭して絶望的に抵抗する暴力、そしてアフガン「戦争」という、この暴力に「報復」する別の大規模で圧倒的に非対称な暴力によって、真の意味で二一世紀がはじまったのだとしても、今後はたしてどんな世界秩序が形成されうるのか、パレスチナをはじめ、地球各地で容易に出口の見出せぬいくつもの暴力の連鎖がつづく現在、この暴力の連鎖のなかにはいかなる公正な帰結も、どんな新秩序の微光も見えないと思う以外に、まだだれも確信をもって将来を見通せない。アリストテレスが言ったように、人間の技術は「相反する力をもつ」以上、生産力の増大が必ず破壊力の増大を伴い、またフロベールが鋭く見抜いたように、人間の進歩は愚行（もしくは蛮行）と同時に進行するものだから、市場、情報、文化がグローバル化もしくは世界化すれば、暴力、（国家あるいは非政府の）テロもまた同時にグローバル化、世界化するのは不可避なのかもしれないと思ってみても、それが私たちの不安を解消してくれるわけではない。

このような新たな混沌と不安の時代の到来を予感していたひとりに、アメリカに住むフランス人思想家ルネ・ジラールがいる。私は本書を書き上げてしばらくしてから、ジラールが新著『スキャンダルの到来を媒介する者』（*Celui par qui le scandale arrive*, Desclée de Brower, 2001）のなかで、このように書いているのを知った。

ひとは久しい以前から、しかしさしてそう信ずることもなく、伝統的な戦争を引き継ぐことになるのはテロリズムだと予告していたが、このテロリズムがみずからを超大国同士の核兵器の打ち合いという展望と同じくらい恐ろしいものにするために、どのような手順をとるのかはよく分かっていなかった。こんにちではそれが分かる。暴力はいまや火事、あるいは疫病の伝播を思い起こさせるエスカレーションのプロセスに捉えられたように見える。あたかも暴力がとても古く、いささか神秘的な形態を取り戻したとでもいうように、壮大な神話的イメージがふたたび出現してくる。

これは渦のようなものであり、そのなかでもっとも激しい様々な暴力が出合い、混じり合う。アメリカの学校で仲間を虐殺する未成年を有罪者にする家族・学校の暴力もあれば、世界中にあからさまに見られる暴力、限界も国境もないテロリズムもある。そのテロリズムが市民にたいして真の殲滅戦争を仕掛け、全人類はまるでみずからの暴力との地球的な出合いに向かって進んでいるようだ。グローバル化がなかなか到来しなかったときには、みんなが心からそれを待ち望んでいた。そのグローバル化が到来したいま、それは矜持よりもむしろ不安を惹起している。差異の消滅はおそらく、確実とみなせる普遍的な和解ではないのだ（同書一六―一七頁）。

このように現代世界を見立てるジラールは、久しい以前から絶対非暴力を唱えるキリスト者だった。だから多くの識者たちとは著しく対照的に、九月一一日の出来事を経験してもさして衝撃をうけた様子も見せず、「真にグローバル化された世界においては、今後必ずや暴力のエスカレーションの断念こそが、ますます明白な形で、生存の不可欠な条件になるだろう」（同書四三頁）と改めて年来の信念を説いてやまないのだが、このような絶対平和主義の主張に耳を傾ける者はすくなくとも、きわめて独善的かつ好戦的に見える今日のアメリカではいたって少数派だろう。だが、なぜジラールはあらゆる機会をとらえ、あえて倦むことなくそのような信念の表明をおこなわざるをえないのか。それはたんに彼の宗教からだけではない。その根底にある彼の人間認識、あるいは人間学からである。私が本書を書いたのは必ずしも彼の宗教的信念への共鳴のゆえではなく、彼を絶対非暴力主義に向かわせた、人の心の暗部に

X線を当てるような並々ならぬ独創性をもつその人間認識、人間学への関心からである。おそらく彼にあっては、みずからの宗教的信念と人間学とは密接に繋がり、切り離すことが絶対に不可能なものにちがいない。だが、本書における私の目論見は、そのふたつはおそらくある程度まで切り離して検討、考察しうるのであり、もしかすると彼の人間学は、一旦その宗教的信念と切り離されることで、かえってより豊かな広がりをもちうるかもしれないと示すことにある。

目次

〈個人〉の行方——ルネ・ジラールと現代社会

序章　ルネ・ジラール——懐古的肖像

1　フランスにおけるルネ・ジラール

軌跡と奇跡

ルネ・ジラールの仕事がわが国で知られ、論じられるようになったのは、一九八〇年代前半からだった。『恥の文化再考』の作田啓一が社会学の立場から『ロマン主義の嘘と小説の真実』(邦訳名『欲望の現象学』)で提示された「欲望の三角形」理論を採り入れ、小冊子ながら先駆的な『個人主義の運命』を書くとともに、ジラールの仕事をルカーチ的マルクス主義の立場から評価したリュシアン・ゴールドマンの『小説の社会学のために』に触発され、のちにジラールの著作の訳者になる富永茂樹との共編で

「文芸社会学をめざして」の副題をもつ編著『自尊と懐疑』を公刊したのはこの時期だった。また山口昌男が文化人類学の立場から『暴力と聖なるもの』で展開されたスケープゴート理論＝仮説を刺激的な論文「スケープゴートの詩学へ」で論じ、『歴史・祝祭・神話』などみずからの研究とジラールの仕事との類縁性を語ったのもこの時期である。さらに今村仁司が社会哲学の立場からジラールの暴力論、スケープゴート理論＝仮説に同調し、それを敷衍する形で特異な「第三項排除論」を展開する『暴力のオントロギー』を上梓したのも同じ時期だった。

こんにち私たちはジラールの主要な著作をすべて日本語で読めるようになっているが、これは『欲望の現象学』や『暴力と聖なるもの』の訳者古田幸男の尽力と、一貫してジラールの作品の邦訳を刊行しつづけている法政大学出版局の英断のおかげであることは否定できない。ただ、『欲望の現象学』（『ロマン主義の嘘と小説の真実』）の初版は一九七一年、『暴力と聖なるもの』の初版は一九八二年であり、ジラールのもうひとつの大著『世の初めから隠されていること』が小池健男訳で出版されたのは一九八四年である。これにたいして、原書は『ロマン主義の嘘と小説の真実』が一九六一年、『暴力と聖なるもの』が七二年、『世の初めから隠されていること』が七八年にそれぞれ刊行されている。フランス文学・思想の分野では、しばしば「翻訳大国」とまで形容されていたわが国の六〇年代から七〇年代の約二〇年間、ジラールの仕事への関心が比較的薄かったことは、以上の翻訳事情によっても確認できる。

それでは、フランスでのジラール評価はどうだったのだろうか。先述のゴールドマンがのちに『小説の社会学のために』のなかに収録することになる論文「マルクス、ルカーチ、ジラールと小説の社会学」[1]で『ロマン主義の嘘と小説の真実』に着目し、言及したのが六一年、すなわち発表の直後である。ジラールは一九二三年南フランスのアヴィニョンに生まれ、四三年からパリの古文書学院に学び、四七年に古文書保管・古文書学者資格を取得後に渡米し、五〇年にインディアナ大学で論文「一九四〇―四三年における、フランスに関するアメリカの世論」で歴史学博士の学位を得たものの、いくつかの大学で非常勤講師や助手をしながら、主としてアンドレ・マルローに関する論文をアメリカの学術誌に発表し、五七年にやっとジョンズ・ホプキンズ大学教授になったばかりの学者だったから、当時のフランスでほとんど無名に近い存在だった。そんなジラールが三八歳になって初めて上梓した『ロマン主義の嘘と小説の真実』にいちはやく注目したゴールドマンは、さすがに炯眼だったというべきだろう。フランスにおいては、フランスからアメリカに移住したジラールが、ハンガリーからフランスに移住していたゴールドマンによって「発見」されたと言っても過言でないのだ。ジラールがいたく感激し、いくつかの場所で(ときには相当な無理をして)ゴールドマンへの感謝の言葉を口にしているのも頷けようというものだ。だが、ゴールドマンはジラールの仕事をあまりにも自分の関心に引きつけすぎ、欲望の模倣性というジラールの根本的な発想をルカーチの物象化論によって読み替えるといった、かなり見当はずれな試みをおこなって見事に失敗している。当時のフランス社会では(サルトルが「今日、乗り越え不可能な哲学」と言っていた)マルクス主義がまだ牢固とした知的権威を保ち、そのマルクス主義の代表的な文学批評家ゴールドマンだったからこそ可能であり、許された牽強付会、もしくは誤読というべき代物だった。

ルネ・ジラールの仕事がフランスで初めて真正に評価されたのは、おそらくその四年後に名高い史学誌《アナール》の六五年五―六月号の特集「文学分析の新しい側面」によってだったろう。『ロマン主義の嘘と小説の真実』が出版当時に受けて当然の評価がなされなかったことを遺憾として組まれたこの特集の編者は、「本書は新しいジャンルに属する。なぜなら、ここでは文学分析の洗練がふたたび哲学研究の概念、心理＝社会学的探求の美質と出会っているからである。この書物はある意味で批評を刷新するものであるがゆえに、不安定な立場に置かれてきた。それぞれの専門家たちが、このテクストが自分たちの分野とは別の範疇に入るものと考えたのである」と冒頭で評価の遅れを説明し、その遅れを取りもどすべく、哲学者のジャン・コーエン、文学者のミシェル・クルゼにそれぞれ「ルネ・ジラールの小説理論」、「ロマン主義の分析」と題する長文の書評を求めるとともに、ジラールとゴールドマンの意外な関係を念頭に置いて、哲学史家フランソワ・シャトレに「小説の社会学は存在しうるか？」と題する論文の執筆を依頼している(2)。

『ロマン主義の嘘と小説の真実』のもっとも根本的な発想と主張は、第一に主体の欲望は媒介者を介してしか対象に向かわない、つまり人間は自発的には欲望しえず、かならず他者の欲望の模倣をするのだという「欲望の三角形」理論であり、第二にこのような欲望の模倣性を認識し、啓示するのが「小説の真実」であるのに反して、あくまで主体の欲望の自発性を信じて疑おうとしないのが「ロマン主義の嘘」だとごく大まかに言えるが、右のふたつの書評はいずれもそのポイントを正確に押さえている。のみならず、コーエンはゴールドマンの「小説の社会学」の試みにも言及し、ルカーチとジラールの関連づけはジラールの思想をすっかり裏返しにすることによってしか可能でない。なぜならルカーチにとっては社会生活が小説を「説明」するものであるのに反して、ジラールにとっては小説が社会生活を「啓示」するものなのだから、と指摘している。またシャトレ論文は、真の小説家は結局、個人主義的な偏見を捨て、情念の絶対性という神話を一掃することにより「ロマン主義の嘘」から自覚的に「小説の真実」への移行を遂げるというのがジラールの主張の眼目なのだが、この主張の「決定的な意義」はまさにゴールドマン的な「社会学主義」を疑問に付すはずのものであると述べている。

六〇年代フランスの社会学者、哲学者、歴史家とは対照的に、文学研究者、批評家たちのほうはルネ・ジラールが「批評を刷新した」ことに気づかないか、もしくはその事実を容易に認めようとしたがらなかったことを示す記録が残っている。一九六六年九月にスリジー＝ラ＝サルの国際文化センターでおこなわれた「現代における批評の諸傾向」と題するシンポジウムが一冊の本として刊行されているからである。このシンポジウムは批評の方法をめぐる「新旧論争」として喧伝された名高いバルト＝ピカール論争の直後に、テーマ批評の大家ジョルジュ・プーレを中心にしてソルボンヌ学派の実証主義、すなわち「旧批評」に対抗するように、テーマ批評、フォルマリスム批評、精神分析批評、実存主義批評などさまざまな「新批評」の流派を代表する研究者、批評家たちが一堂に会し、壮大なデモンストレーションをくりひろげた感のある催しだった。これにはアメリカその他フランス国外で活動するフランス系研究者として、セルジュ・ドゥブロフスキーやポール・ド・マンらとともに、ルネ・ジラールが「実存主義批評」の報告者として招かれ、「ジャン＝ポール・サルトルについて――断絶と文学的創造(3)」と題する報告をおこなっている。

このときのジラールの報告自体はかならずしもブリリアントなものとは言えないが、主人公のオレストのエジストへの反抗と復讐を描いたサルトルの『蠅』と主人公フランツの父や家族への反抗をあつかった『アルトナの幽閉者』とを対比して、類似のテーマを題材にしたこのふたつの戯曲において、主人公とその対立者との関係の捉え方に明瞭な「断絶」があり、前者は主人公の正義を特権化するあまり対立者たる「他者」を「故意のぞんざいさ」であつかっていたのに反して、後者では逆に主人公と他者のあいだの「同一性」が自覚されていると指摘する。そして「フランツはオレストのように、はじめは自分の反抗を実り多いものと信じたが、のちにその不毛性を発見する。フランツは錯覚から醒めたオレストである」と言い、そのような他者観の変化、根本的な「断絶」のうちにサルトルの「自己批判」を見る。それこそがヘルダーリンがソポクレスのうちに評価したあの「おそるべき公平さ」、つまり真の文学的創造に不可欠な「対立的視点にたいする均衡の技術」の発見につながったのだと。要するに、サルトルは『アルトナの幽閉者』によって彼なりにみずからの「ロマン主義の嘘」を暴いて見せたというのである。そしてこの確認から、批評はなによりも作品の構造化の過程に着目すべきであり、「諸々のテーマをそれが書き込まれている構造から勝手に切り離して結びつける」テーマ批評、また「一作家の全作品をもって唯一かつ同一の統一体（連続体）」と見なす精神分析批評など、いわゆる「新批評」にさえも根本的な疑義を唱えてみせた。このような大胆で、不遜とも思われかねない主張がその場に居合わせた「新批評」の大家たち、たとえばジョルジュ・プーレの怒りを買い、ジャン＝ピエール・リシャールの完全な無視にぶつかったのも当然だったろう。

六〇年代フランスの文学批評におけるジラールの仕事の「不安定な立場」は、七〇年代になるとさらに顕著なものになる。なぜなら、『ロマン主義の嘘と小説の真実』の一一年後の七二年に公刊された『暴力と聖なるもの』のジラールは、もはや文学批評の領域を完全に逸脱し、人類学、文化人類学の領域に越境してしまっていたからである。社会秩序の形成、人間の文化の基礎にはかならず全員一致の暴力によるスケープゴートの排除、殺害という「定礎の暴力」があったとする仮説＝理論を立て、その理論仮説を世界の様々な神話、儀礼、あるいはギリシャ悲劇などの研究と読解によって立証しようとしたこの大著は、「文学批評の刷新」などをはるかに通り過ぎ、『ロマン主義の嘘と小説の真実』よりもさらに「新しいジャンル」をめざした人間諸科学の刷新を企てるものであり、そのためにはエディプス・コンプレックスという疑わしい定理にとらわれたフロイトの精神分析学の脱構築を敢行するばかりか、神話の記述と分類に見事な成果をあげながらも肝心の神話の意味を軽視もしくは無視しているレヴィ＝ストロースの構造人類学に挑戦することも辞さないといった、じつに壮大な野心作だった。そしてこのような知の諸分野の大胆不敵な越境、あるいはジラール自身の嫌う今や手垢のついた流行語をあえてつかえば「学際性」が、彼に「新しいジャンル」の構想をもたらしたのであってみれば、ただ文学研究者のみならず、人類学、宗教学、精神分析学その他の大方の専門家たちがこのテクストを「自分たちの分野とは別の範疇に入るものと考えた」としても、いっこうに不思議ではなかった。ルネ・ジラールはたんに文学批評家としてのみならず、思想家、人文科学者としてもきわめて「不安定な立場」に立たされた、というか、むしろそこに敢然と身を投じたのである。

このように、いくら斬新で刺激的であっても、あるいはあまりに斬新で刺激的でありすぎたために、当時のフランスの知的環境にあっては必然的に孤立し異端的な思想家にならねばならなかったジラールに着目し、あえて連帯の身振りを示したのはカトリック左派知識人とみなされるグループだった。同派の雑誌《エスプリ》七三年五月号に、編集局長ジャン゠マリ・ドムナックがみずから好意的な書評を書くのみならず、同年一一月号には「ジラールの大胆不敵さは確定された多くの状況を狂わせる。それに侮蔑をもって応えることも可能だが、われわれは逆に、さまざまな大きな問いかけ、これほど強靭な分析には、努めて注意が払われるべきだと考えた」として『暴力と聖なるもの』をめぐってジラール特集を組み、アルフレード・シモン「暴力の仮面」、エリック・ガンス「三角形の美学のために」の両論文を載せるばかりか、ドムナックおよび編集長ポール・チボーを含む八名の知識人を動員してジラールを囲む特別座談会まで掲載した(4)。

もともとジラールは『ロマン主義の嘘と小説の真実』においても、すでにどこか「預言者」風の物言いをするところがあり、そしてじっさい、同書の第一二章、つまり「ロマン主義の嘘」から「小説の真実」への回心――宗教的回心にも似たその回心――こそがセルバンテス、スタンダール、フロベール、ドストエフスキー、プルーストらの偉大な小説の結末を特徴づけるものだと「結び」に書いていた年のまさに一九五八年秋、みずから神の呼びかけをきいてカトリックに回心したのみならず、その結果として神の恩寵によって皮膚癌が奇跡的に快癒したという、まことに神秘的な経験をしたとのちに述べている。[5] 当時《エスプリ》に集うカトリック左派の知識人たちが『暴力と聖なるもの』の著者にそのような神秘的体験があったと知っていたとは思えないが、しかし「(ひたすらスケープゴートのメカニズムだけに根拠を置く) 神話や儀式の発生についてのあなたの理論は、根底的に唯物論的かつ無神論的ではないのか」という出席者のひとりの問いにたいして、ジラールは待っていましたと言わんばかりにこう答えている。

たしかに宗教的なものの一般理論をめざした『暴力と聖なるもの』のレヴェルではそうであり、自分たちの宗教である歴史的キリスト教もまた集団的暴力による犠牲者の排除、殺害によって定礎された宗教だという一般法則を免れない。しかし福音書が他の諸宗教の聖典と根本的に違うのは、その「定礎の暴力」が有効に機能しうるにはあくまで隠されたままであることが絶対条件であるのに、福音書では逆にその暴力がわざとあからさまに、したがってその暴力が以後無効にされるようなかたちで書き込まれている。ここでは「キリストが暴力をとことん身にこうむることにより、あらゆる宗教の構造的母型を啓示すると同時にこれを根絶する」さまがまざまざと顕示されているのであり、この点においてキリスト教は他の諸宗教と根本的に区別されるのだと述べている。いうまでもなく、このキリスト教=唯一無二の反暴力的宗教という主張こそ、この六年後の『世の初めから隠されてきたこと』の中心的なモチーフになるものなのだが、ジラールがこのような宗教的信念を公にしたのはこれが最初だった。《エスプリ》グループは、いわば二〇世紀のパスカル、現代思想の異端というべき希有なキリスト教擁護論者ジラール誕生に一役買ったのである。そして、七八年に『世の初めから隠されてきたこと』が発表されると、《エスプリ》誌が翌七九年四月号にジャン＝ピエール・デュピュイら六人の論者に原稿を書かせて、またしても一大ジラール特集を組んだことは言うまでもない。[6]

ジラールの仕事がたんなる一雑誌、一知識人グループといった限られた範囲を越えて、フランスの言論界全体の注目を浴び、「人文科学のダーヴィン」（ミシェル・セール）、「科学的な嘘」（アンリ・メショニック）などと毀誉褒貶が入り乱れ、ジラールの仕事を評価するフィリップ・ソレルスがスケープゴート効果の理論家ジラール自身が「スケープゴート」にされかかっていると皮肉なコメントをおこなったり、あるいは逆にジラールを評価しないミシェル・フーコーが「世の始まりから起こったことを語っているらしい本のことを、なぜ話してはならないのか？　しかし、それがデュメジルの本と同じもの、あるいはそれ以上だとか、結局これは人間科学におけるダーヴィンだなどとひとに信じさせるのは、容認できない混同というべきだ」[7]などと苛立ちの言明をするほど熱い議論の対象になったのはまさしく、七八年刊行のその大著『世の初めから隠されてきたこと』によってだった。それまで「不安定な立場」の文学批評家であったジラールは、知の越境性と独創性およびきわめて異色の反時代的な宗教観のゆえに、あれよあれよというまに一躍スキャンダラスな流行作家になったのである。私は当時フランスにいたから今でもありありと思い出すのだが、七八年から七九年にかけてカトリック系から共産党系まで、新聞・週刊誌から学術誌まで、さらにラジオ・テレビさえもが、この新著について集中的に夥しい数の論評・論述、また著者自身のインタビューを掲載、放送し、一大ジラール・ブームといっても過言でない現象がおこったのである。八〇年代前半にわが国でさまざまな角度からジラールの仕事が論じられたのも、またこの時期以後、彼の著書や関連書の翻訳・紹介のスピードが加速されたのも、その影響、余波という一面があったことは否定できないだろう。

『世の初めから隠されてきたこと』とはまた、一見いかにも自惚れた書名というべきだが、これは聖書のマタイ伝にあるイエス・キリストの「私は世の初めから隠されていることをあきらかにしよう」という言葉からきているもので、別にジラール自身が有史以来最初の真理を開陳すると言っているのではない。それでも彼は、ふたりの精神科医を相手にした対話形式によって、できるだけ分かりやすい言葉で、第一編「基礎人類学」では『暴力と聖なるもの』のスケープゴート理論をふたたび取り上げ、それを補足・敷衍し、第二編「旧約・新約聖書のエクリチュール」では、七三年の《エスプリ》誌で初めて公言したキリスト教＝唯一無二の反供儀的・反暴力的宗教説を開陳するユニークな聖書読解を披瀝し、第三編「個人間心理学」では『ロマン主義の嘘と小説の真実』の「欲望の三角形」理論の展開・拡張を図っている。第二編のキリスト教＝唯一無二の反供儀的・反暴力的宗教説はいわずもがな、第一編のスケープゴート理論にしても、また第三編の欲望の三角形理論にしても、彼自身はその独創性に揺るぎない自信を抱いていることを隠さないのだから、これほど壮大で野心的な書物もまたとない。むろん後述するように、ジラール理論の独創性に関しては様々な批判や異論があるのも事実である。しかし、いずれにしろこの書物がジラールの仕事の頂点を成すものになったことだけは間違いなく、それ以前にフランス語で公刊された『ロマン主義の嘘と小説の真実』『暴力と聖なるもの』およびエッセー集『地下室の批評家』(七六年、邦訳八四年)の三著も、アメリカで英語で出版された「ミメーシスの文学と人類学」(七八年、邦訳八五年)もこの書物に収斂・凝縮される。また、それ以後に発表される『身代りの山羊』(八二年、邦訳八五年)、『邪な人々の昔の道』(八五年、邦訳八九年)、さらには『羨望の炎――シェイクスピアと欲望の劇場』(九〇年、邦訳九九年)、近著の『私にはサタンが稲光のように堕ちるのが見える』(九九年)、『スキャンダルの到来を媒介する者』(二〇〇一年)などもやはりこの書物から出発、もしくは再出発して同種の主張が展開、変奏、補完される著作である。

八三年六月にスリジー=ラ=サルの国際文化センターでおこなわれた「暴力と真理――ルネ・ジラールを囲んで」と題するシンポジウムは、その一三年まえに同じ場所で「新批評」の文学批評家たちの無理解と侮蔑にしか出会わなかったジラールにとっては、まるでオペラのコーラスの一員から突如主役に躍り出たような凱旋、ほとんど隔世の感さえある象徴的な出来事だったろう。主としてジャーナリズムが主導した七〇年代末の異常・異様なジラール現象にも一段落つき、ジラールは前年の八二年に『身代りの山羊』を出版、それを受けるかたちで彼の理論の信奉者ジャン=ピエール・デュピュイが詩人のミシェル・ドゥギーと共編で『ジラールと悪の問題』(邦訳八六年)と題する学術的なジラール論集を出版していた。デュピュイはつとに、やはりジラール理論の理解者ポール・デュムシェルとの共著で、ジラールの欲望理論、スケープゴート仮説を経済学に応用する『物の地獄』(七九年、邦訳九〇年)を上梓しており、このデュムシェルが主宰者となって上記のシンポジウムが組織されたのである。その記録が八五年、ジラールの『邪な人々の昔の道』（邦訳八九年）と同時にグラッセ社から刊行された(8)。今にして思えば、このシンポジウムは人類学、社会学、経済学、哲学、宗教学、聖書学、教育学、文学、生物学といった様々の分野からの参加者を集め、山口昌男の発表「スケープゴートの詩学へ」のあとに、自己組織化理論の生物物理学者アンリ・アトランがユダヤ主義の立場から「定礎の暴力と聖書という指示対象」と題する発表をおこなうなど、じつに国際性、学際性豊かなもので、ジラール理論の美点も欠点も一応はここで出し尽くされたと考えてよい。以後、ジラールの著作はもっと冷静に読まれて、その主張が静かに検証されるか、あるいはまったく無視されるかすることになる。

以上フランスにおけるジラール評価の過去をきわめて一面的かつ表面的に回顧してみたわけだが、つぎに私自身のジラールの仕事との関わりを振り返ってみよう。

2　ルネ・ジラールと私

私がフランス文学研究者への道をおぼつかない足取りで歩みはじめたのは六〇年代後半である。当時はフランスの「新批評」が日本の仏文の学生たちの関心を惹き、文学研究の方法論が盛んに論じられていたから、前記の『現代における批評の諸傾向』などは必読書だった。だから私も、きっと人並みに読んだはずだった。ところが、そこに収められているG・プーレ「同化の批評」、J・ルッセ「作品の形式的現実」、J-P・リシャール「サント=ブーヴと批評体験」、G・ジュネット「純粋批評の根拠」などの発表論文のことはよく憶えているものの、ジラールがそのシンポジウムで発表していたことに気づいたのは、やっと七〇年代後半になって、『現代における批評の諸傾向』を大学の授業の教材にしたときにすぎなかった。さらに迂闊な話をつづけると、学部・大学院での私の研究対象は主にアルベール・カミュの文学で、最初の著書も七六年に白水社から出してもらったカミュ論だった。私はジラールに「『異邦人』の再審のために」と題するカミュ論があることぐらいは知っていたが、若気の至りというべきか、どうせアメリカで量産されている業績審査目的の浅薄で退屈なペーパーにすぎないだろうと高を括って、まともに読むこともしなかった。その論文を初めて読んだと言えるのは、たまたま七八年五月の《ユリイカ》カミュ特集号に原稿を依頼されたときだった。そして、読んで思った。もしこの論文をもっとまえに読んでいたら、自分はカミュ論を書かなかった、いやむしろ書けなかったかもしれない、と。そこで、《ユリイカ》のカミュ特集には新たな原稿を書かずに、その論文の翻訳を載せ、解説だけを書くことでなんとか勘弁してもらうことにしたのだった。それが真の意味で、ジラールのテクストと私との最初の出会いである。

ジラールのカミュ論

論文「『異邦人』の再審のために(9)」のジラールは、さきの「ジャン=ポール・サルトルについて――断絶と文学的創造」と同じ論法で、ちょうど『アルトナの幽閉者』と『蝿』とのあいだにある「断絶」にサルトルの「自己批判」を見たのと同じように、『異邦人』と『転落』とのあいだにある「断絶」にカミュの「自己批判」を見る。ではカミュはなにゆえに、どんな点で「自己批判」をしなければならなかったのか？　ジラールはそれを『異邦人』の「構造的矛盾」によって明らかにする。作者カミュは彼の有名な出世作をみずから解説して、「この社会では、母親の葬儀で涙を流さない人間は死刑の宣告をうけるおそれがある」「太陽を愛する貧しく飾らないムルソーはうまくたちまわれない男であり、（世間と妥協するために、みずからの感情をいつわってまで）嘘をつくのを拒む現代のキリストである」（『異邦人』アメリカ版序文）などと語っているが、しかしそのためには主人公のムルソーを「太陽のせいで」殺人を犯す、ほとんど無実に近い「善良な犯罪者」に仕立て上げねばならなかった。無実によって死刑判決を受ける主人公という不条理で悲劇的な結末にまで無理やり読者を導いてゆくには、作者にとって好都合なそのような「機械仕掛けの犯罪」がどうしても不可欠だったのだ。なぜならこの小説は、ちょうどドストエフスキーの地下室の主人公のように、「おれはひとりきりなのに、連中はぐるなのだ」といったふうに、なによりも「つねに間違っている」裁判官たち、そして彼らに象徴される「この社会」全体の罪を裁くことを秘かな動機としていたのだからである。

しかし、いくら戦前の植民地アルジェリアの社会だとはいえ、フランスの裁判制度がミルクコーヒーやフェルナンデルの喜劇映画が大好きで、無邪気に海水浴をし上司の秘書と情事にふけるしか能がないように見える平凡なサラリーマンを、「母親の葬儀で涙を流さなかった」という理由でなんとしても抹殺しなければならないといった判決を下すほどお粗末なものだったなど、まともには考えられないことである。この小説をちょっとした批判意識をもって読みさえすれば、だれでもそう思うはずだ。ところが、カミュのこの小説が芸術作品たるゆえんは、作者が読者にそんな批判意識を働かせないようにじつに巧妙に語りを工夫し、大概の読者を主人公ムルソーの味方にすることにまんまと成功した点にある。この小説を読みながら、たいていの読者はムルソーに一体化し、裁判官や裁判官が代行する社会道徳を軽蔑してしまうのだ。

だが、このような「自己中心的な善悪二元論」に基づく反社会的情熱がうまく機能するのは、読者が、そしてだれよりもまず作者自身が小説のそんな「構造的矛盾」に気づかないか、あるいはみずからをだまして気づかないふりをするからにほかならない。では、なぜこのような欺瞞が通用しえたのか。それは読者も作者もいまなお「ロマン主義の嘘」を信じているからにほかならない、とジラールは言う。たしかにこの小説のムルソーは他者、すなわち世間一般の感情、利害、道徳などには徹底して無関心なまま押し通してきて、「無実の罪」のゆえに死刑宣告をうけたあとで、最後近くになって「世界の無関心にはじめて心を開いた」と語るだけの、一見ロマン主義的ヒーローとは無縁な、いたって地味な人物のように見える。だが、ムルソーは一九世紀ロマン主義的ヒーローたちの華々しさに比べればたしかに「退行」しているとはいえ、それでもロマン主義的主人公に変わりはないのであって、彼の無関心の下には、じつはきわめて強烈な自尊心が隠されているのである。そのことを知るには、キルケゴールが『死に至る病《やまい》』のなかで「挑戦、あるいは絶望的に自己自身たろうとする絶望」として語っている次のような指摘を思い出すだけでよい。「絶望が精神的になればなるほど、それだけ絶望そのものは、悪魔的な抜け目なさで、絶望を外からは窺い知れぬ状態に閉じこめておこうとますます心をくばるにいたり、したがってますます外面的なことに無関心をよそおい、外面的なことをできるだけつまらない、どうでもよいことにしようと気を使う」という一文である。ムルソーがよそおう「無関心」の場合もまったく同じであって、これは「退行」しているだけにそれだけますます「徹底したかたちのロマン主義的唯我独尊主義」なのだ。その証拠にこの小説は、「すべてが完了し、ぼくの孤独をやわらげるために、ぼくはただ処刑される日に大勢見物人がいて、ぼくを憎悪の叫びで迎えてくれることだけを望めばよい」という、まさしく語るに落ちるというべき文句で結ばれているではないか。このように「ロマン主義的な人間は、自分が孤独でありたいのではなくて、孤独な自分を他人に見てもらいたい人間なのである」。

ところでカミュは『異邦人』の一四年後に小説『転落』を発表した。この小説の主人公クラマンスは、以前はパリで裁判官たちの犠牲者だと思える無実な犯罪者たちを弁護することでみずからを「高潔な弁護士」だと信じていた。しかし、やがて自分の本当の願望が犠牲者たちを救うことではなく、（『異邦人』の作者カミュのように）裁判官たちの裁きそのものを裁いてやることでみずからの倫理的優越性を確認したかったにすぎないこと、そしてこの点では裁判官たちのみならず、自分の依頼人であった「善良な犯罪者」たち、世の中でちょっとした名声を得ようと「裁判をうけ、宣告をうけるために犯罪をおかす」、だから多少なりとも有罪な、（まさしくムルソーのような）あの「善良な犯罪者」たちとなんら違わなかったことを悟ってこっそりパリを離れ、アムステルダムに隠れ住む「改悛した裁判官」である。裁判官を裁く「高潔な弁護士」から「改悛した裁判官」への転落。ここにジラールは、類似しながらも根本的に違う作者の視点の変更、そしてこの変更から生じた作品構造の「断絶」を見て、「ムルソーは悪を自分の埒外にあるもの、裁判官たちにだけかかわる〈問題〉だと考えていたのにたいして、クラマンスは自分もまた悪にかかわっていることを承知している。悪とは、他人に有罪を申し渡しながら、知らず知らず自分を断罪することになる自尊心の神秘のことである」と言い、『異邦人』から『転落』へのこのような断絶と移行のうちにカミュの「自己批判」と「自尊心の放棄」、すなわち「実存的回心」の端緒を見るのである。そして『転落』が『異邦人』よりも高いところ、深いところに達しているのは、後者がもっぱら「だれが有罪でだれが無罪かを問うてやまない」のに反して、前者が「なぜわれわれは人を裁いたり、人から裁かれたりするのかを問うている」点で、裁判文学の偉大な先人だったドストエフスキーの水準に近づいているからだという。さらにカミュがみずからのロマン主義、すなわち「自己中心的な善悪二元論」からの脱却（「実存的回心」）を語った紛れもない言明として、一九五七年のノーベル賞受賞のときにおこなった講演の次の一節を最後に引いている。

芸術は、芸術家が孤立しないことを強制し、芸術家をこの上なく地味で、この上なく普遍的な真実に服従させます。そして、よくあるように自分が他の人びとと異なっていると感じたために芸術家としての道を選んだ者は、自己と万人との相似を認めなければ、そのさき自分の芸術を、そして

また自分の差異を育ててゆくことができないということを、たちまち学ぶにいたるのです。(10)

このようなカミュ観は当時の私には心底驚きだった。自分もまた「退行したロマン主義者」として、これまでカミュの作品のみならず、文学作品一般にも接し、読んできたのではあるまいか。そして、ふと思った。一九七〇年、死のすこしまえにフランス政府給費留学生の私をパリ南郊ブール゠ラ゠レーヌの自宅に何度か招き、カミュの話をしてくださったジャン・グルニエ先生、カミュの恩師でもあったそのグルニエ先生があるとき、あなたはカミュとロマン主義の関係のこともよく考えなさいよ、と謎めいた微笑を浮かべながら忠告されたのは、当時の私にはなんのことか見当もつかなかったけれども、もしかするとこのようなことではなかったろうかと。ひょっとしてジャン・グルニエは一九六四年に英語で、そして六八年にフランス語で発表されたジラールのこの論文を読んでいたのではないか。むろんジャン・グルニエの忠告の真意が奈辺にあったのか、彼の言葉がどのようなロマン主義観に基づいていたのか、はたして彼はジラールの論文のことを念頭においていたのかどうか、そのときにはもう確かめるよしもなくなっていたが、いずれにしろこれをきっかけにして、私はカミュの文学にたいする興味が急速になくなってしまうのを感じた。もしこれをもって私の「実存的回心」だったといえば、あまりにも安易な自己フィクション化に思われかねない。

だが、あたかもジラールのテクストと最初の出会いが私の「実存的回心」を促したというのがまんざら自分勝手なフィクションだけでなかったとでもいうように、一九七八年－八〇年のあいだ、パリの国立東洋語学校で日本語・日本文学を教えていた二度目のフランス滞在の時期がまさに、前述のごとくフランスにおける一大ジラール・ブームの時期と重なっていた。そこで私は、この時期以後、ほとんど自分に課せられた義務のようにして、ほとんど感嘆と感謝にも似た気持ちでジラールの著作を読むようになったのである。フランスから帰国後の八三年六月号の《中央公論》に「暴力的人間と人間的暴力」、八四年二月号の《世界》に「模倣と文学――夏目漱石『行人』をめぐって」（本書第二章、第一章）をいずれもジラール理論を援用して書いたのは、そのささやか成果だった。前者がたまたま朝日新聞社発行の《ジャパン・クォータリー》（八三年一一―一二月号）に英訳されたので、その号を共通の知人を介してスタンフォード大学に移っていたジラールに届けてもらったことさえある。

その後私は、駆け出しのフランス文学者＝語学教師として、いまは思い出したくもない様々な義務的な仕事をするようになり、ジラールのことはすっかり忘れた気持ちになっていた。ところが、そんな状況でたまたま晩年のサルトルが七〇年代に陥った思想的実存的な袋小路、そしてベニー＝レヴィとの対話『今こそ希望を』に見られるような、サルトルにおける真の意味での他者の発見についてあれこれ考察していたとき、それまでのサルトルが「自己中心的な善悪二元論」にもとづく「ロマン主義者」だったのではないかという視点を見いだし、かつてジラールが『蝿』と『アルトナの幽閉者』の「断絶」のうちに見たのと同じ「実存的回心」、結果として最終的になったその「実存的回心」を晩年のサルトルのラディカルな変貌のうちに見ることになった（『サルトルの晩年』、中央公論社、八八年）。また、クンデラの小説を訳しながら、あるいは『小説の精神』や『裏切られた遺言』で披瀝される彼の小説観を考察しながら、いくつもの点でこれに類似している小説観がジラールにもあったことを思い出し、長編小説『冗談』の読解を試みたときに、その類似点についてかなりくわしく書いたこともある（『ミラン・クンデラの思想』、平凡社、九八年）。

以上が私とジラールの出会い、関わりだが、これからルネ・ジラールを中心に論述する本書の目的はふたつある。まず本書全体を通じて、ルネ・ジラールの業績を現在の地点からいくつかの重要な側面において捉え直し、そのユニークな理論＝仮説、あるいは総合的な人間学と言ってよいものを具体的に検証し、考察してみることである。そしてこの検証と考察をとおして、またそこから派生するかたちで、こんにち個人の未曾有の画一化の時代を生きている私たちには、まだ〈個人〉になにを期待することが可能なのか、個人主義の領分としてなにが残されているのかを、最初は間接的に暗示するかたちで、そして後半近くから、より正確には第四章３「クンデラ、ジラール、パスカルの自我論」以後はもっと直接的に主題化することによって私なりに問い、考えてみることである。というのも、このジラールこそまさに――私たちが生きているポスト・モダン（近代以後）という時代区分が常識化される以前から――近代個人主義のもつ矛盾と問題点、もっと言えばその悲惨と空虚を、現代のパスカルとも言うべき明敏さと容赦のなさで指摘し、批判していた思想家のひとりだったからである。

第一章　ミメーシスと暴力——ジラール理論＝仮説素描

この章は、すでにかなり知られていると思われるけれども、今後の論述の必要上、まずルネ・ジラールの仕事の全体像（ダイジェスト）を私なりに提示してみる場にしたい。したがって、ルネ・ジラールの著作に親しんでおられる読者は、きっと退屈されるにちがいないだろうから場合によってはこの章を飛ばして読んでくださっても結構である。ただ管見によれば、わが国では彼の仕事が部分的に語られたことはあっても、これから私が素描を試みるような全体像がまとまったかたちで提示されたことはこれまでなかったはずだから、もしかするとそれなりの教育的意味もあるのではないかと思われる。いずれにしろ、序章で簡単に見たように、人の心の暗部にX線を当てるようなジラールのユニークな人間学は次の三つの命題を中心として構成され、展開されている。その一つは欲望の模倣（ミメーシス）理論、二つは文化の基礎としてのスケープゴート理論、そして三つは前二つの理論＝仮説が『福音書』によって啓示されているという主張および信念である。そこでさっそく、その概略を順番に見てゆくことにしたい。

1　模倣(ミメーシス)的欲望論の射程

三角形的欲望論と近代小説家たち

私がジラールの仮説＝理論から学んだもっとも根本的かつ本質的であり、いまなお決定的な重要性を失っていないと思える考えは彼の模倣（ミメーシス）的欲望論であるが、『ロマン主義の嘘と小説の真実』で提示されているその基本的な命題はほぼ次のようなものである。〈人間の欲望は三角形的、換言すれば「模倣的」である。すなわち、欲望をもつ主体とその欲望の対象となるもののあいだには、いつも媒介者が存在する。私たちがあるものを欲するのは、それがそれ自体として望ましいものであるためではなく、他者がそれを欲しているからであり、他者がそれを望ましいものとして示すからである〉。

ここで「欲望」と言われているのは、人間のうちにあって動物的な本能と結びついている「欲求」とは一応区別すべき人間に固有の願望、情念のことである。そしていかなる本能にも基づかないこの人間の欲望が他者の模倣によって触発されるものであることは、たとえばフロイトの有名な言葉、「ひとは美しい風景を見て画家になるのではない。美しい風景を描いた絵を見て画家になるのだ」を思い浮かべても、またある製品がそれ自体望ましい物、リーズナブルな物というよりは、なにはともあれその製品が時のスターその他の他者（媒介者）たちが使用、所有しているか、使用、所有することを欲していると示すことによって、消費者（主体）の欲望を煽動する現代の広告業者――欲望の職業的媒介者――たちの仕事のことを考えてみても容易に頷けよう。アリストテレスは「人間が他の動物と異なるのは、模倣の能力にもっとも恵まれているということである」と述べていたが、そもそも模倣、ミメーシスということがなければ、これまで人間の教育も人類文化の継承もありえなかったし、今後もきっとそうにちがいない。なぜなら、習うことはまず倣うことから始まるのだから。

このようにミメーシス、模倣性が人間性の重要な、そして本質的な一部であることは明らかなはずである。しかしまた、ほとんど自明と言ってよいこの命題は、みずからの個性、独自性を至上の価値と信じて疑わない近現代人の自尊心をこのうえなく傷つける命題でもある。なぜなら、これは個人は自発的には欲望しえず、自分の欲望の対象をかならず第三者に媒介してもらわねばならないと言うにひとしく、シェイクスピア『夏の夜の夢』のハーミアの科白を借りれば、「まあ、地獄だわ！　他人の目に自分の愛する人を選んでもらうなんて！」ということになるのだから。したがって、この命題は近現代人の自尊心の頑強な抵抗に出会い、さまざまな批判にさらされることもあるが、多くの場合はただたんに無視され、その命題自体がなかったことにされる。

だが、とジラールは言う。もしセルバンテスからスタンダール、フロベール、ドストイエフスキーを経てプルーストにいたる近代ヨーロッパの偉大な小説家たちの作品を虚心坦懐に読むならば、彼らの大小説には近代の人間あるいは精神科学と同等の、あるいはこと人間的欲望に関するかぎりでは、近代の人間あるいは精神科学以上に深い洞察と知恵があることがわかるのだと。模範的な騎士アマディス・デ・ガウラを模倣するドン・キホーテをユーモラスに容赦なく描いてみせたセルバンテス、ナポレオンを模倣するジュリアン・ソレルをはじめとする登場人物たちの、もっぱら他者を意識した虚栄心や偽善を明晰に分析してみせた『赤と黒』のスタンダール、「現実の自分とは違った別の者とみずから思いこむ」ボヴァリスム、すなわち娘時代に読んだ小説のヒロインのように生きようとして挫折するエンマの言動に深く共感しつつも冷徹に辿ってみせたフロベール、自分の欲望対象をライバルに承認してもらわずにはなにも欲望しえない『永遠の良人』のパヴェル・パヴロヴィッチのような、グロテスクなまでに病的な人間心理を赤裸々に摘出してみせたドストエフスキー、社交界のスノビズムの複雑でも滑稽でもある構造を、神に代わるなんらかの世俗的な偶像を求めてやまない現代人の空しい存在様式として、微細・精緻に解明してみせた『失われた時を求めて』のプルーストらは、欲望における媒介者の役割をけっして見逃さなかったことを認めねばならない。

このように他発性、模倣性に根拠を置く人間の三角形的欲望を謙虚かつ正確に、ソポクレス的な「おそるべき公平さ」で観察、認識した小説的考察、そしてその考察の提示の仕方こそが「小説の真実」と呼ぶべきものなのであり、これとは反対に、いくら崇高、孤高に見せかけても、内心けっして根絶できず、隠しおおせもできない卑小かつ傲慢な自尊心のゆえに、あくまでみずからの欲望の自発性、独自性を妄信して疑わないのが「ロマン主義の嘘」というべきものである。そしてあくまでこのような嘘に固執する者たちが「おれはひとりきりなのに、連中はぐるなのだ」といったような安易な善悪二元論に陥り、たえず「だれが有罪でだれが無罪かを問い」つつ他者を裁くのをやめないのに反して、欲望における媒介者の存在を認める「小説の真実」を引き受ける者は、ほとんど宗教的な回心にも似た小説的回心に達する（ジラールはのちに、欲望における媒介者の存在を認めるのがなにも小説家だけとはかぎらず、たとえばダンテのような詩人、シェイクスピアのような劇作家についても同じことが言えるので、「小説的回心」を「創造的回心」と修正することになる）。

むろん、近代の大小説家たちとて、最初から「小説の真実」に目覚め、認識していたのではない。多少なりとも「ロマン主義の嘘」を免れないどころか、プルーストの場合を想起すれば容易に分かるように、多くの場合まさにそんな嘘をみずから強烈に生きていたのだが、小説を書くまえに、あるいは小説を書きながら最終的に「小説の真実」に覚醒し、回心するのである。彼らは人間としてのそれまでの自我、ロマン主義的な自我を否認し、いったん葬ることで小説家として再生できるのだ。たとえば、死をまえにしたドン・キホーテに、「今ではわしはアマディス・デ・ガウラ、ならびに、おびただしいその一族の敵であり、ああした遍歴の騎士道の不埒な書物をおぞましく思う者であります。あれらのものを喜んで読んでいた自分の愚かさと、みずからが陥っていた危険にやっと気づいたのです。つまり、神の広大無辺のお慈悲とわし自身の苦い体験により、ああした書物を嫌悪するようになりましたのじゃ」（牛島信明訳）と謙虚に述懐させたセルバンテスのように。

欲望の媒介のふたつの形式

さらにジラールによれば、近代の大小説家たちはただそのような人間の欲望の模倣性を認識していたばかりでなく、その機能を冷静に観察し、きわめて正確に記述してもいるのだという。というのも、同じ人間の三角形的欲望でも、たとえばドン・キホーテの欲望と『永遠の良人』のパヴェル・パヴロヴィッチの欲望とのあいだには否定できない違いがあるからだ。この違いは欲望の主体と媒介者とのあいだの物理的・精神的な距離によって生ずる。ドン・キホーテがその模範であるアマディス・デ・ガウラと現実に相接することはけっしてないが、パヴェル・パヴロヴィッチのほうは、かつて自分の妻を寝取ったライバルである富豪の色男ヴェルチャニノフに、どうしても新しい許嫁の品定めをしてもらわねば気がすまない。このように、欲望の媒介者が主体から物理的・精神的に離れている場合と現実に近接している場合とがある。そこで、ドン・キホーテのように欲望の主体と媒介者との距離が遠い場合を「外的媒介」、パヴェル・パヴロヴィッチのようにいたって近い場合を「内的媒介」と呼ぶことができる、とジラールは言う。そうすると、ドン・キホーテからパヴェル・パヴロヴィッチにいたるまでの近代と呼ばれる時代は、欲望の「外的媒介」が「内的媒介」に大々的に、なんなら民主的に移行してゆく時代だと考えられる。そしてマス・メディア（mass media）が支配する現代は、媒介された欲望（désir médiatisé）のほぼ全面的かつ大衆的な、あられもない「内的媒介（médiation interne）」の時代として特徴づけられるはずである。

ただ、「外的媒介」の場合には欲望の主体はたんに正常、あるいは崇高か滑稽かのどちらかであるにすぎないが、欲望の主体と媒介者が物理的・精神的に現実に相接している「内的媒介」の場合には、主体と媒介者のあいだにきわめて深刻な人間関係を生じさせることになる。というのも、もし模倣性が人間性の重要な、そして本質的な一部であるなら、主体と同じく媒介者もまただれか他者の欲望を模倣するはずであり、場合によっては媒介者のほうが逆に主体の欲望を模倣することになりかねないからだ。そうなるとふたつの主体がお互いに媒介者になり、要するに顕在的もしくは潜在的なライバル関係が生じることになる。このライバル関係はやがて相互的な暴力関係に転化することもしばしばあるが、またたとえあからさまな暴力に発展しなくても、私たちが通常、羨望や嫉妬、怨念や憎悪として知っている否定的な感情はすべて、そうした「内的媒介」の関係によって生まれ、働くものである。ジラールはその関係を欲望の「相互媒介」あるいは「二重媒介」と呼び、さらにもっぱら他者との対抗、競合から生じるそうした欲望を「形而上的欲望」と名づける。なぜ「形而上的」かと言えば、他者とのあいだに相互的かつ二重に媒介された欲望が相互の刺激によって、ドン・キホーテのように外的に媒介された欲望よりさらに激しくなる一方で、逆に欲望の対象のほうは具体的な意味と価値、つまり実体をなくしてゆくからである。ジラールはその「相互媒介」の論理およびダイナミズムをこう記述している。

内的媒介の世界においては、感染はきわめて一般的であるから、どんな個人も自分が果たしている役割を理解することなしに、その隣人の媒介者になりうる。それと知らないその個人はたぶん、自分自身では自発的に欲望することができない。だから、自分の欲望の真似を真似ることになるだろう。元来、彼にあってはただの気紛れにすぎなかったものが、やがて激しい情念に変貌することになる。どんな欲望も、それが共有されているのがわかるや倍加することは、だれでも知っていることだ。そこで、同一の逆方向の三角形が互いに重なり合い、ふたりのライバルのあいだで、欲望がだんだん急速に循環し、さながら充電中のバッテリーのなかの電流のように、それぞれの往来の度ごとに強度を増す……めいめいが自分の欲望のほうが優れているとか、先だったなどと主張しながら他方の真似をする。めいめいが他方のうちにおそるべき残忍な迫害者を見る。すべての関係は対称的なのであって、両者が自分たちは計り知れない深淵によって隔てられていると信じているけれども、その両者についても同じように、どちらのほうが間違っているとはけっして言えない。それはふたつの主体が互いに接近し、彼らの欲望が強化されるにつれて、ますます恐ろしく空しくなる正反対のものの不毛な対立なのである。(1)

ジラールはこうした「相互媒介的欲望」が行き着く「破局」や「地獄」の事例をドストエフスキーやスタンダール、プルーストらのヨーロッパ小説からいくつも拾い出して見せる。自分の欲望対象をライバルに承認してもらわずにはなにも欲望しえない『永遠の良人』のパヴェル・パヴロヴィッチはその典型的な事例だが、ここでは日本の小説の一例をあげておこう。たとえば夏目漱石の『こころ』では下宿の「お嬢さん」への友人Kの欲望に触発され、その欲望を模倣したことから「先生」のKへの優越感がたちまち劣等感に変じ、そこで現出したライバル関係で勝利しようとKを出し抜いて「お嬢さん」を我がものにした結果、劣等感がやがて出口のない罪障感に転じてしまう。「先生」の「形而上的欲望」がKの自殺という破局を招いたからであり、それとともに「二重媒介」された欲望の対象であったかつての「お嬢さん」、いまの「奥さん」は急速に具体的な意味と価値をなくしてしまう。また、同じ漱石の小説でも『こころ』よりもはるかに『行人』のほうがジラール的「内的媒介」仮説の検証に適していると思われるが、これは本書第二章にゆずることにする。

ジラールとヘーゲル

ちなみに、さきに引用した記述のある『ロマン主義の嘘と小説の真実』第四章は「主人と奴隷」と題されている。これはもちろんヘーゲルの有名な「主人と奴隷の弁証法」を意識したものであり、そしてじっさいジラールはここで、スタンダールが『赤と黒』で描いているような、力の誇示が欲望の告白、したがってみずからの弱さの証明になって敗北し、相手の無関心という罰をうけることになるジュリアン・ソレルとマチルド・ド・ラ・モールとの「内的媒介」の恋愛＝闘争を分析しながら、みずからの模倣（ミメーシス）的欲望論とヘーゲルの主人と奴隷の弁証法とを比較してみせる。内的媒介の主人公はヘーゲル的な意味で「不幸な意識」だとも言えるが、媒介者の現実もしくは幻想的な欲望を模倣する主体と、そしてその主体の欲望に感染して「自分の欲望の真似を真似る」媒介者との関係は、ヘーゲル的死闘において最初に恐怖を抱くほうが奴隷になり抱かないほうが主人になるが、主人になったほうがやがて奴隷にたいして恐怖を抱くようになると、今度は「奴隷の奴隷」になるという弁証法に酷似している。だが、ナポレオンの即位によって終わる力の支配の時代を考察した主人と奴隷の弁証法は力の支配が眩惑力を喪失して敗退し、剝き出しの暴力が表面から消え去るポスト・ナポレオンの時代にはもう適合しなくなる。そこでヘーゲルはきわめて論理的にも、仮借ない闘争の時代のあとには必然的に人間関係の和解が生じ、「精神の支配」がはじまるはずだと想定したのだが、スタンダールその他の小説家たちのほうは逆に、論理ではなく、みずからの周囲と自分自身の心理を観察して、新しい時代にもやはり意識間の闘争があるのであり、人間はたとえ武器によっては闘わなくなっても、なんらかの新しい武器をもって、たえず新しい戦場で新たな葛藤と対立の形態を見いだしつづけ、けっして和解することも、幸福になることもないだろうと考えた。それがスタンダールの虚栄、プルーストのスノビズム、ドストエフスキーの言う地下室の闘争などである。つまり、ヘーゲルよりもスタンダールその他の小説家たちの観察や洞察のほうが、また同じ「主人と奴隷の弁証法」でも個人の勇気に根拠を置くヘーゲルの弁証法よりも、人間の欲望の模倣性、感染性に立脚する「内的媒介」の心理論のほうが、よりよく近現代の人間関係を説明するのみならず、もし「内的媒介」という模倣的欲望論を採用するなら、ヘーゲルの哲学では総合しえない「不幸な意識」と「主人と奴隷の弁証法」との総合の可能性さえも開けてくると言うのである。

だが、ジラールとヘーゲルの関係のことは、本書の論述の範囲内ではこれ以上立ち入る必要がないし、またその余裕もないので、ジラールの主張の是非を論ずる仕事は哲学の専門家たちに委ねることにして、今度はジラールのフロイト批判の論拠を見ておこう。というのも、ジラールにとってフロイトに挑戦して精神分析学の理論を批判、もしくは脱構築することは、みずからの模倣的欲望論を充全に展開するうえで避けて通ることができない手順だったからである。

ジラールのフロイト批判（1）　エディプス・コンプレックスの脱構築

フロイトの神話

ジラールはフロイトの天才的な直感にはつねに敬意を払いながらも、その理論および理論化の手続きに根本的な異議を唱え、執拗な批判、脱構築をおこなう。それは、主として『暴力と聖なるもの』、そして『世の初めから隠されていること』のなかで原理的に、そしてさまざまな具体例を通じて展開されるのだが、その出発点になっているのは、やはり『ロマン主義の嘘と小説の真実』で論じられた欲望の模倣性、あるいはミメーシス的欲望の理論＝仮説にある。そのことに留意しつつ、ここではとりあえずフロイト理論のもっとも名高い部分であるエディプス・コンプレックス概念の原理的な脱構築を試みている『暴力と聖なるもの』第七章「フロイトとエディプス・コンプレックス」の概要を見ておくことにしよう。

ここでのジラールはまず、同じ欲望の三角関係でありながらも、〈主体―媒介者―対象〉が形成するみずからの理論図式と〈子供―父親―母親〉が形成するフロイトの理論図式とを対比させる。そして、フロイトにはもともと模倣的欲望の直感があったとして、一九二一年の『集団心理学と自我の分析』第七章「同一視」にある次のテクストを引く。

幼い男の子が、父親にたいして特別の関心を表すことがあるが、それは自分も父親とおなじようでありたいし、またそうなりたい、すべての点で父親のかわりになりたい、という関心である。客観的に言うと、彼は父親を理想にするのである。この態度は父親（そしてまた男性一般）にたいする受身的な、あるいは女性的な態度とはなんの関係もなく、むしろすぐれて男性的なものである。それは、よくエディプス・コンプレックスと調和していて、その準備をすすめるものである（小此木啓吾訳、以下同じ）。

この最後の一行をのぞけば、フロイトの男の子と父親（そしてまた男性一般）は欲望の主体と媒介者の関係になる。そしてたしかに、子供が父親であれ、兄弟であれ、伯父もしくは叔父であれ、あるいは親戚でなくても身近もしくは、書物その他で知った遠方の男性に敬服、讃美の感情をいだいて、その男性と自己とを「同一視」しようとする傾向をもつことはだれでも経験し、どこでも観察されることである。ただ、模倣的欲望論では主体と媒介者とのあいだにはいずれ「自分の欲望の真似の真似」という「内的媒介」関係が生じ、媒介者が主体にとって手本であると同時にライバル＝障害に変じることは避けられないはずだが、この段階ではフロイトはそのことに気づいていない。また男の子が父親を「理想」とし、「すべての点で父親のかわりになりたい」と願っているからには、精神分析学的にはやがて母親もその欲望対象として加わり、そのことによって当然しかるべき葛藤が予想されるはずなのに、フロイトが「それは、よくエディプス・コンプレックスと調和していて、その準備をすすめるものである」とさえ言っているのは不可解である。だからフロイトは、同じ章のすぐさきのほうで「エディプス・コンプレックス」をこう定義し直さざるをえない。

子供は、父親が母親の傍らにいて自分の邪魔をしているのに気づく。彼の父親との同一視は、いまや敵意のある調子をおびてきて、母親にたいしてさえ、父親のかわりになりたいという願望と混じり合って一つになってゆく。同一視には、まさしく最初からアンビヴァレントな面があるのだ。

ここでは、すくなくとも母親という重要な対象に関しては、「同一視」という模倣論的解釈は無効にされ、「理想」であった父親が妨害者＝ライバルとなり、子供の父親との同一視は「よくエディプス・コンプレックスと調和し」なくなるので、「最初からアンビヴァレント」だった、とさりげなく新たに言い替えられている。そして、フロイトはその二年後の一九二三年の『自我とエス』でふたたび「エディプス・コンプレックス」を定義してこう書いている。

男児は非常に幼い時期に、母にたいして対象備給がはじまり……父については、同一視によって父をわがものにする。この関係はしばらく並存するが、のちに母への性的願望がつよくなって、父がこの願望の妨害者であることをみとめるに及んで、エディプス・コンプレックスを生ずる。ここで父との同一視は、敵意の調子をおびるようになり、母にたいする父の位置を占めるために、父を除外したいという願望にかわる。この瞬間から、父との関係はアンビヴァレントになる。最初から同一視に含まれていたアンビヴァレッツは、顕著になったかのように見える。

ここでは「精神分析の栄光」であるエディプス・コンプレックスを際だたせるために、欲望の対象(母)が媒介者(父)よりさきにあった、つまりコンプレックスのほうが模倣的欲望よりもまえにあったと順序が逆にされ、欲望の模倣論的解釈は退けられた形になる。しかし、フロイトはそれでも最初の直感である模倣的欲望論(父との同一視)を完全には捨てきれないので、ひたすら「アンビヴァレンツ」だけを強調する結果になった。このような変化、態度変更をどう解釈すべきだろうか？ ジラールの解釈はこうである。

『集団心理学と自我の分析』のフロイトは模倣の効果とエディプス・コンプレックスという支配的な考えとを調和させることができると思っていたのだが、しかし考えを進めて行くうちに、このふたつの命題がどうしても両立不可能だと気づくようになり、『自我とエス』のときのように、模倣の効果と父親殺しと近親相姦の欲望のあいだで選択しなければならなくなると、当然ながらみずからの「偉大な発見」である後者のほうを選んでしまわざるをえない。というのも、このふたつの命題が両立不可能なのは明らかであり、欲望の模倣、ミメーシス概念が――主体は媒介者なしにはみずから欲望の対象をみいだしえないというかぎりにおいて――欲望をどんな対象からも切り離すのに反して、エディプス・コンプレックスのほうは欲望を母親という対象に根づかせ、固定させるという二律背反があるからだ。また模倣的欲望論があらゆる意識、父親殺しと近親相姦という欲望の意識さえも排除するのに反して、フロイトの問題系は逆に、全体がその意識のうえに根拠をおいているからでもある。だが、そもそも「精神分析の設立資金であり、譲渡不可能な基金」である、かの名高いエディプス・コンプレックス、つまり子供における父親殺しと近親相姦という意識は、たとえ一瞬のことにすぎないにせよ、はたしてどこから生じてくるのだろうか？　もしかすると、それはフロイトの「幻想」、個人的な「神話」でしかないのではなかろうか？

そこでジラールは父親と子供をめぐるフロイトの幻想、あるいは神話を「内的な相互媒介」による模倣的なライバル関係という次元において考え直す。なぜなら、ここで問題になっているのは、かなり特殊だとはいえ、やはりひとつのライバル関係にほかならないのだから。欲望の媒介者（手本）が彼の欲望の真似をする主体（弟子）の真似をしはじめることから生じる葛藤は、そのライバル関係が激しくなるにつれ、対象を二次的なものにしてしまう一方で、両者の対立がスパイラル的に激しくなってゆくと、やがては破局に、ときには殺人を伴う相互的な暴力に行き着くことがあるかもしれない。しかし、このような相互的暴力が現実に働くためには、両者の関係がある程度まで——相互性が非現実的で滑稽にならない程度に——対等でなければならないし、また相互的暴力だけがこのプロセスの必然的な帰結でもない。そしてもし個人の生存のなかにそうした相互性がまだ存在せず、ライバルの報復がありえない段階がありうるとすれば、それはまさしく幼児期であり、大人と子供のあいだにおいてである。子供は手本としての大人が指し示すどんな欲望の対象にも無邪気、無防備にすすんでゆくが、そうした子供の行動を怪しからぬ占有の欲望だと解釈できるのは、ただ大人だけであって、けっして子供ではない。そこにはライバル関係を成立させる相互性はないのだ。したがって、「父親はやっとはじまったばかりの息子の運動を点線で引き延ばし、子供が王座と母親に向かっているのを確認するのであって、それは子供の考えではありえない。それは明らかに大人の考え、手本の考えである。神話においては、オイディプスがなんであれなにかを欲望することができるずっとまえに、父親殺しと近親相姦の欲望は神託によってライオスに吹き込まれた考えであった。それはまたフロイトの考えでもあって、ライオスの場合と同じようにやはり間違った考えなのである」[2]と言って、ジラールはエディプス・コンプレックスなど大人の早とちり、浅知恵にすぎないと言うのである。

このようなエディプス・コンプレックスの脱構築のあと、ジラールはさらにフロイト批判をつづける。もしエディプス・コンプレックスがフロイトの神話、大人の「意識」にすぎないとすれば、現実の子供にはそんな意識がどこにも観察できないのも当然であり、したがって子供にはとうていもちえないそんな途方もない意識をフロイトは大急ぎで捨て去り、葬るために「無意識」とか「抑圧」といった、疑わしくまったく無駄な観念をでっち上げなければならなかった。また、有名な「超自我」あるいは「理想自我」という観念を定義するときも、やはり同様の無理を重ねなければならなかった。フロイトは『自我とエス』で、〈超自我〉と〈自我〉との関係についてこう書いている。

〈超自我〉の〈自我〉との関係は、「お前は〈父のようで〉あらねばならない」という勧告につきるものではなく、「お前が〈父のようで〉あることは許されない」、すなわち、「父のなすことのすべてを行ってはならない、多くのことが父の特権になっている」という禁制も含んでいる……〈超自我〉のこの二重の側面（父親のごとくあれ、と、父親のごとくあってはならない）は、〈超自我〉がエディプス・コンプレックスを抑圧するのにあらゆる努力を払い、その抑圧の結果生まれたという事実に由来している。

だが、ちょっと考えてみれば、これは単純に〈主体―媒介者―対象〉という欲望の三角形にあって必然的な二重拘束（ダブル・バインド）、すなわち主体（＝弟子）が媒介者（＝手本）の欲望を模倣すれば、やがて対象への道を阻んでいるのがまさに当の媒介者だと思えてきて、あたかも媒介者に「私のようであれ、私のようであってはいけない」と命じられていると感じるのと同じことではないのか。とすれば、人間の欲望をあまりに窮屈すぎる〈子供―父親―母親〉の三角形に閉じこめる必要も、エディプス・コンプレックスの抑圧の原因であると同時に結果である「超自我」といった、あまりにも意識的で複雑すぎる弁別能力を無理やり幼児に背負わせる必要もけっしてないのである。「アンビヴァレント」なのは、父と子供の関係ではなく、模倣的欲望にたいするフロイトの知的態度のほうなのだ。「エディプス・コンプレックス」の「抑圧」に「あらゆる努力を払」わねばならないのは、ふつうの幼児ではなく、人間の欲望の本質を見誤ったまま幼児の心理を解釈しつづけているフロイト先生のほうなのである。

フロイトとソポクレス

ここで、ジラールはまたしてもあの「おそるべき公平さ」の持ち主だったソポクレス、フロイトがみずからの神話を表象するのに参照した『オイディプス王』の作者であるとともに、とりわけフロイト以来あまり注目されなくなった『トラキスの女たち』の作者でもあったソポクレスを召喚する。『オイディプス王』で父親殺しと近親相姦を題材としたソポクレスは『トラキスの女たち』でも、やはり同じ題材を取りあげている。最後の幕で主人公ヘラクレスは毒を塗った袍衣のなかで苦痛に身をよじり、かたわらに控えている息子のヒュロスにたいして、この恐ろしい苦しみから解き放つために炬火《たいまつ》に火をつけ、自分を生きながら焼くように命じる。ヘラクレスは、自分自身の父親から父親殺しをさせられようとして怯むヒュロスに、「もししなければ、お前は他人の子になり、おれの子だとは言われないぞ」と脅迫する。さらに、ヘラクレスは「第二の奉仕」として、自分の死後、最後の妻であり、ひとり取り残されることになる若いイオレーを妻に迎えること、つまり近親相姦をすることをヒュロスに誓わせようとして、「父に背いてはならない。他のどの様な男も、おれとその床を共にしたあの女をお前の代わりに妻とすることは許されない。お前自身が、倅よ、この契りを取り交わすのだ」と命じる。するとヒュロスは、世間の眼から見ると父親への二重の不敬を働くことに激しく逡巡しながらも、結局「それではお言いつけ通りにいたします――けっして拒みはいたすまい――あなたの課したこととして、世の人々に示します。そうすれば絶対にわたしが悪人にはならないでしょう。ともかくあなたの言われた通りにしたのですから、父上」(大竹敏雄訳)と、我の欲するものを欲せよという父親(手本)の絶対的な命令に服従し、父親殺しと同時に世間の眼には不敬な行為と見えかねない、欲望における父親との同一化の関係を選ぶ。そして、ジラールによれば、ここにこそ父親の欲望と息子の欲望との「真の関係」があるのであって、ソポクレスは「父親と子供の関係について精神分析よりはるかに詳しく知っているのだ」という。要するにフロントは人間の欲望の三角形を〈主体―媒介者―対象〉の図式ではなく、あまりに狭すぎる〈子供―父親―母親〉という図式に閉じこめようとしたために、無駄な努力をし、エディプス・コンプレックスなどという途方もない憶説を抱くにいたった、というのがジラールの結論になる。

ジラールは概略そのようにしてフロイトへの挑戦、精神分析の脱構築をおこなっているのだが、ではなぜ近現代においてフロイトの思想が流行し、精神分析がかくも影響力をもちえたのかと問うことも忘れていない。ジラールによれば、家父長制の時代にはエディプス・コンプレックスのような理論、あるいは神話は成立しえない。たとえ理不尽な命令であっても、ヘラクレスに服従するピュロスのように、父親が絶対的な手本でありつづけるからだ。手本が同時に障害として立ち現れてくるライバル関係がある程度の現実性をもつためには、父親が依然として手本でありながらも、父親と子供とのある程度の非差異化、つまり「父親の地位が完全になくならないけれども弱まった世界」が必要であるが、このような世界がはじめて登場したのは西欧の近代にほかならない。そしてもし精神分析を歴史に位置づけうるとしたなら、それはまさに「精神分析自身が絶対に語りえないもの、すなわち父親の役割の完全な消滅をもたらす、さらに進んだ段階の非差異化を予告し、準備する」時代において以外に考えられないと言う。そしてのちに見るように、ルネ・ジラールの考えによれば、「さらに進んだ段階の非差異化」とは端的に社会の危機、文化の喪失、消滅の別名にほかならないのである。

模倣的欲望論によるジラールのフロイト批判、精神分析の脱構築の論拠のひとつは以上のようなかなり辛辣なものであり、同じような果敢な挑戦、脱構築が別の分野でもつづけられるのだが、それはつぎのセクションで取りあげることになるだろう。

2　スケープゴートの文化論

文化の基礎としてのスケープゴート仮説

序章でふれた山口昌男の「スケープゴートの詩学」や今村仁司の「第三項排除論」はいずれも、ルネ・ジラールが『暴力と聖なるもの』で展開したスケープゴート論に同感、同調することで共通している仕事である。ただ、ここで忘れてはならないのは、ジラールの仕事の連続性、つまり彼の模倣（ミメーシス）的欲望論とスケープゴート論との密接な連関性、つまり彼が人間と人間社会の暗部に当てるX線の発光源の同一性のことである。その連関性、同一性についてジラールは、まず『暴力と聖なるもの』第六章「模倣の欲望から畸型の分身」で、そして『世の初めから隠されていること』第一編「基礎人類学」でくわしく論じている。そこで、以下にかなり長く、またかならずしも充分なものではないが、一種の仮説的命題としてジラール的「基礎人類学」の要約を試みることにする。彼のスケープゴート仮説＝理論は次の三つの命題からなっている。

（A）　人類は動物以上に暴力的な存在である。動物たちは種の保存という本能ゆえに、かりに相争うことがあっても相互的な殺戮にまで突き進むことがないのに反して、そのような本能が備わっていない人間はみずからの暴力を制御できず、きわめて些細なことでも同類を殺害しかねないからだ。このように人類が動物よりもはるかに暴力的な存在である主たる理由は、人間が自発的に欲望しえず、他者の欲望に触発され、互いの欲望を模倣することでライバル同士になり、競って同一の対象を自分のものにしようとする、人間の欲望の本質的模倣性にある。この模倣的欲望が、やがて必ずや相互的な暴力――欲望と同じく、あるいは欲望よりもさらに強く迅速な感染性をもち、いとも易々と欲望と結合して模倣＝報復を誘発する暴力――に転化するのである。そして、この相互的かつ模倣的な暴力が個々人をお互いの分身にしつつ、つまり、なによりもまず暴力的存在として個々の人間の差異を無化しつつ激化するだけではなく、やはりなんの本能的な制御機能ももたない他の個々人たちにもたちまち感染し、ある暴力が新たな報復の暴力を生み、その報復の暴力がまた別の報復の暴力を生み……という多方向の連鎖（ミメーシスのサイクル）のかたちで、いくつもの悪循環を作りだすことになる。そしてこのような模倣的・相互的な暴力がスパイラル的に伝播、拡大していく果てに、無差別の盲目的な暴力と底知れぬ恐怖とが徐々に共同体全体を覆いつくし、ついに共同体を存亡の危機にまでおとしいれかねない事態を招く。その結果として、無際限の相互殺戮が生じ、実際に全滅してしまった人類の共同体がかつていくらでもあったかもしれない。

(B) だが、そうした自滅的な絶滅を免れて奇跡的に存続しえた共同体は、原初のある時点で、模倣的・相互的暴力による致命的な危機が一触即発の臨界に達したときに、成員のひとりを全員一致で集団的に殺害、排除することによって暴力と恐怖の連鎖を断ちきり、致命的な共倒れの危機を脱しようとしたにちがいない。なぜなら欲望の模倣が成員同士を互いのライバルとして分裂させるのに反して、闘い(暴力)の模倣は逆に「全員対一人」といったかたちで、瞬時に共同体の成員を団結させてしまうからである。それはほとんど自動運動もしくは一種の「本能」のように働くのであって、人類にあってはこのようなスケープゴートの集団的メカニズムが、動物における種の保存を保証する生物学的メカニズムの代わりを果たしているのである。結局のところ、人間性の本質であり人間性と不可分の暴力が招く危機は、ただより大きな絶対的暴力によってしか解消できないことを人類は知ったのだ。このようにして全員一致で集団的に――だいたいはごく些細な有徴性、異質性のゆえに、たとえば規格を外れ「皆と同じでない」なんらかの身体的畸形・精神的異能といったもののせいで不正、不当に――リンチされるスケープゴート(身代わりの山羊)は、その死に先立った共同体の危機的な暴力と恐怖の責任者、そしてその後にほとんど奇跡のように回復された平和と秩序をもたらした恩恵者として、つまり共同体内部の集団的暴力の責任がそっくり共同体外部のものに転嫁されるかたちで、事後的に聖化されることになる。

だから、「聖なるもの(le sacré)」とは共同体の致命的な危機を招来すると同時にその危機を一挙に解決し、爾来外在化され、人間を超越したものとされることになった絶対的かつ両義的な暴力そのもののことにほかならない。そこで、スケープゴートを「諸悪の唯一の根源として」リンチすることで、共同体にふたたび秩序と平和をもたらしたその浄めの「聖なる暴力」を創始的暴力、あるいは「定礎の暴力（violence fondamentale）」と呼ぶことができる。そして共同体が無差別の暴力の穢《けが》れによって全面的に覆われ、その危機が一触即発の臨界に達して、どうしても浄めの「聖なる暴力」が必然化され要請される危機を、なんらかの集団的リンチなしには解消しえないという意味で「供儀を求める危機」、あるいは「供犠的危機（crise sacrificielle）」と名づけることができる。

（C）あらゆる共同体の伝説、神話においてその成員全員を超越する神々、王、英雄などとして表象されるのは、存亡の危機におちいった共同体にふたたび平和と秩序をもたらした「定礎の暴力」のうちの「良き暴力」のほうであり、それに先立つ危機を招いた無差別的かつ盲目的な「悪しき暴力」は民を罰する残忍な神、悪霊、怪物など、あたかも成員とは無関係な「非人間的」なものとして表象されることになる。ただ、「供犠的危機」と「定礎の暴力」があまりにも恐ろしい記憶であったがゆえに、多くの伝説、神話はそれを「神聖にして不可侵のもの」として直接語ることを避け、歪曲、緩和、隠蔽する役割を果たす。また、あらゆる人間共同体に見られる宗教もまさに、そのような「定礎の暴力」に起源をもつものであり、宗教のない社会は存在しない。この世の諸宗教が近代人には不可解、不合理、奇怪とも見えるさまざまな禁制を設けるのは、共同体にふたたび共倒れの危機をもたらしかねない「悪しき暴力」の回帰を未然に遠ざけるためであり、またとりわけギリシャ時代のパルマコンのような人間、もしくは人間に変わる動物その他を犠牲に捧げる供儀の儀礼を定め、これを定期的に執り行うのも「定礎の暴力」の再現、つまりその模倣と反復によって、「悪しき暴力」の恐怖を想起しつつ、その平和と秩序をもたらす効果（共同体内に蓄積する模倣的・相互的暴力を穢れとして浄化する効果）を祈念し、産出するためである。さらに宗教と同様になんらかの文化のない社会も存在しないが、その人間社会の法制、慣習、風俗その他の諸文化もまた、すべてを無差別化し、そして万人を非差異化する人間的暴力の排除、外部化を基礎としたものにほかならない。なぜなら、文化とはまず差異の体系、すなわち秩序の回復と安寧のうえにのみ基礎づけられるものであり、無差別的な暴力による共同体の全般的な非差異化、無秩序、未分化の状態にあっては、文化などとうてい成立、存続しえないからだ。

ルネ・ジラールは概略以上のように模倣(ミメーシス)的欲望論を発展させ、原初の「供儀的危機」における「定礎の暴力」に宗教の起源と機能を見、社会と文化の成立を基礎づける壮大で野心的なスケープゴート論（＝「基礎人類学」）を展開しているわけだが、これをさらに図式化すると以下のようになる。

(A) 動物とちがってみずからの暴力を制御する機能を備えていない人間は、動物以上に暴力的存在であり、つねに模倣的・相互的暴力の蔓延によって「供犠的危機」を招く可能性、潜在性をもっている。

(B) 共同体がこの「供犠的危機」を解消するのは、成員が全員一致してひとりの成員を殺害、排除する「定礎の暴力」によってである。

(C)どの共同体にもある伝説、神話はその「定礎の暴力」のことを間接的、婉曲に語る役割を引き受け、同じくどの共同体にもある宗教は「定礎の暴力」の記憶を基にして形成され、宗教的儀礼は模倣的・相互的暴力の穢れを排出し、浄化する機能を果たす。

さて、この三つの仮説のうち、当然のことながら(B)の「定礎の暴力」それ自体は実際には経験も、観察もできない性質のものだから、むろん検証も実証も不可能であり、決定的に仮説の域を越えることは期待できない。だから、この仮説全体を実証しえないものとして、最初から存在しなかったことにしてしまうのはいとも簡単だ。まして私たちにとってこの仮説は、人間をまず暴力的な存在と見なし、文化の基盤に集団的な殺害があったなどときわめて不吉、不穏、不快な想定のうえに立っているのだから、なおさらそんな誘惑に駆られる。だが、生物進化論の仮説が実際に確認できないからといって、ただちに虚偽だとは言えなかったのと同様、哲学者ミシェル・セールによって「人文科学のダーウィン」の異名まで奉られたジラールのこの仮説もまた無根拠であり、完全に真実性を欠落させているとはそう簡単に言い切れない。

たとえば、社会不安の兆しが現れると、決まって異分子を排除する反動的な排外主義によって秩序を回復しようとする勢力が現れるとか、なにか政治的不祥事が発生すると必ずだれかに——ときには不当に——「全責任を背負う」かたちで詰め腹を切らせることでしかその不祥事が収拾できないとか、いわゆる「いじめ」によって会社内もしくは教室内の暴力がそれなりに灌漑される実態があるとか、家庭のテレビの勧善懲悪のドラマや格闘技の試合を見た人びとがしかるべきカタルシスを覚え、元気を回復する等々、現代社会のどこにでも見られるありふれた現象ですら、ジラール的な「供儀を求める危機」、それを解決するスケープゴート・メカニズムとその効果と無縁なものとはとうてい思われない。いくら不吉、不穏、不快に感じられようと、そうした心性に近いものがどこか私たちの意識・無意識の琴線に触れるものがあるのではないか。私たちの心のどこかに、この世の悪をだれでもいい、とにかくだれか他者の責任に転嫁し、自分だけがいい顔をしたがる願望が抜きがたく潜んでいるのではないか。むろん、それがジラールの直感的な確信——彼が人間社会の暗部に当てるX線——になっているのであって、だからこそ彼は、直接的には立証しえないこのスケープゴート論の前提仮定（A）および仮説（B）を（C）によって可能なかぎり検証、論証、傍証するために多大な努力を傾注して、人類学者、民俗学者、宗教学者たちの膨大な仕事を広範に漁り、ギリシャ・ローマを初めとする東西のさまざまな神話を解釈し、新旧約聖書の独創的な読解を縦横に駆使するばかりでなく、文学作品、とりわけギリシャ悲劇とシェイクスピアの演劇に依拠するのだ。この検証、論証、傍証の作業は『暴力と聖なるもの』のあとの『世の初めから隠されていること』『身代わりの山羊』『邪な人々の昔の道』、そして『羨望の炎——シェイクスピアと欲望の劇場』や『私にはサタンが稲光のように堕ちるのが見える』などでつづけられるのだが、主に文学の分野からルネ・ジラールの仮説=理論を検証、考察しようと試みている私としては、ここでもやはり人類学の所見や神話の解釈よりも、むしろ文学作品の事例を取りあげたい。そこでまず、ギリシャ悲劇のなかからソポクレスの名高い傑作『オイディポス王』を論じた『暴力と聖なるもの』第三章「オイディプスと贖罪のいけにえ」をジラールがどのように読解しているのか見てみよう。

ソポクレスの『オイディプス王』

ジラールは『オイディプス王』、それからギリシャ悲劇一般を「供犠的危機」の相のもとに読解する。アイスキュロスの三部作オレステイアもそうだが、ソポクレスの『オイディプス王』もまた、「流された血を血で贖う」ことによってしか「土地の穢れ」が祓えない、つまり共同体が模倣的・相互的暴力によって全滅の危機に瀕する世界である。テーバイには疫病が蔓延している。その呪いは先の王ライオスを殺した犯人をつきとめ、処罰することによってしか祓われないという神託であった。オイディプス王は先頭に立って犯人探しにとりかかる。だがやがて、その犯人こそ彼自身だったことが判明し、それと知らずに父親殺しと母親との近親相姦の罪を犯していたとみずから認知した彼は、自分の眼をくり抜き、自分で自分を国外に追放する。その結果、テーバイはやっと疫病から解放される。

だがよく考えてみれば、もともとオイディプスがテーバイの王に迎えられたのは、謎をかけ、その謎が解けない人間を貪り食らっていた怪物スフィンクスを退治して、共同体をその脅威から解放したからではなかったか。またオイディプスが父親を殺し、それと知らずにその后たる母親を妻としたというのも、たまたま出会った三叉路でライオスのほうが先に暴力を振るい、オイディプスとしてはただ正当防衛をおこなったことだけがきっかけである。しかも、ライオスは「子を設けるべからず、これに違反すれば、生まれた子は父親殺しとなるであろう」という神託に違反して、イオカステに近づきオイディプスを生ませたあと、その踝《くるぶし》に孔をあけて両脚を縛り、山中に捨てて殺そうとまでしたのである。そのために、その子は両脚が腫れ上がり、「腫れた足」という意味のオイディプスと呼ばれることになったのではないか。このようにライオスとオイディプスの関係においては、暴力は相互的であるのみならず、ライオスの暴力のほうが先にあったのだから、テーバイを襲った疫病の責任をもっぱらオイディプスだけに背負わせるのは不当である。現代的意味では彼はけっして犯罪者ではないのだから。結局オイディプス（まさしく「腫れた足」という意味の畸形の存在）は身代わりの山羊、スケープゴートだったと考えるしかないのであって、いみじくもソポクレスは終幕においてテーバイの人びとを安堵させるこんな言葉をオイディプスに言わせている。

ああ！　わたしを信じよ。怖れてはならない。わたしの悪、それを持ち去るために作られた他の人間は決していないのだ（高津春繁訳）。

もしオイディプスが身代わりの山羊だった（そしてギリシャ語の悲劇 tragoidia は「山羊の歌」の意だった）のだとすれば、「疫病」とは恐るべき伝染性をもつ模倣的・相互的暴力の、そして謎の怪物スフィンクスとはそれと同じ「悪しき暴力」の表象だったと考えることができる。また、父親殺しと近親相姦、すなわち人間のもっとも基本的な差異の否定は「供犠的危機」を特徴づける無差異化の最終段階の表象であって、これは他のギリシャやアフリカの神話その他でもつねにだれかを中傷、非難するときに持ち出されるありふれた口実だから、とくにオイディプスのみに帰しうる罪ではない。

ところで、ソポクレスはのちに『オイディプス王』のつづきともいえる『コロノスのオイディプス』を書いている。前者におけるオイディプスはもっぱら忌まわしい穢れ、集団的な暴力が襲いかかる以前のオイディプスだったが、後者でのオイディプスは本質的に呪われた存在でありながらも、劇がすすむにつれてテーバイとコロノスがその遺骸を競って奪い合うほどにも貴重な、一種魔除けのような「救い主」「贖い主」として、一転してきわめて貴重な存在に成り代わっている。これはなぜか？　スケープゴートは共同体の穢れを一身に背負って排除されたのだから、新たな報復を呼ぶことなく暴力を蒙る最後の犠牲者であり、その最後の犠牲者が事後的に、そしてまさに父親殺しと近親相姦の大罪を犯したという資格において一挙に、暴力（非差異化）の種を播いたあとで平和（再差異化と秩序）を収穫する超自然的存在、人間を病ましめたあとで人間を癒す神秘的な存在に変貌するからにほかならない。このようにソポクレスは「暴力の力学と格闘する主人公を登場させる」悲劇という形で、たしかに「供儀的危機」と「定礎の暴力」の論理を暗示し、語っているのではないか。

以上がルネ・ジラールの「スケープゴート」仮説によるオイディプス神話および悲劇の解釈である。

シェイクスピアの『トロイラスとクレシダ』

つぎに、時代はとんでシェイクスピアの『トロイラスとクレシダ』をジラールがどのように読解しているのかみてみよう。彼が『羨望の炎――シェイクスピアと欲望の劇場』の第一四、一五、一六、一七、一八、二六の各章でくわしく論じるなど、シェイクスピア演劇のなかで『トロイラスとクレシダ』を特別扱いするのは、この作品に彼の仮説のほぼすべての確証が得られると見る――ここで突然、なんの脈絡もなしにサルトル流に言えば、ジラールの「イデオロギー的利害」が密接に絡む――からにほかならない。この芝居の主題のひとつはまず、トロイの王子トロイラスと敵方のギリシャ軍に寝返ったトロイの神官カルカスの娘クレシダとの恋である。だが、この恋はトロイ戦争を引き起こしたヘレンとパリスの愛の模倣にすぎず、しかもトロイラスもクレシダも自発的に欲望しえない存在であることは、劇中でふたりの恋を取り持つクレシダの叔父パングラスの果たす決定的な役割によってあからさまに示されている。パングラスは欲望の模倣性を知り尽くしているだけに、じつに巧みに若いふたりを結びつけることに成功するのだ。しかしこのパングラス自身、秘かにクレシダに恋し、トロイラスに憧れていることが作中で明らかにされているのであり、彼自身こそまさに、「欲望の対象を所有する快楽を自分に拒否するだけでは満足できない。他人、できることならトロイラスのような若いハンサムなライバルに逆に所有の快楽を享受させせなければ気がすまない」ほどに、「内的媒介」の欲望の「形而上的」な心理にがんじがらめにされた倒錯的人物なのである。したがって、『トロイラスとクレシダ』は模倣的欲望に関する「学術論文」のような理論的厳密さをそなえた作品だとジラールは言い、またそのように読まなければこの作品をよく理解できないのだという。

それでは、『トロイラスとクレシダ』において問題の「供犠的危機」、そして「定礎の暴力」はどのように描かれているのか？　「供犠的危機」はここでは「位階（degree）の危機」として、たとえばギリシャ軍の無力、志気の喪失の原因を一幕三場で指摘するユリシーズのこんな認識に要約されている。

位階がなくて、
どうして正統な地位を保つことができましょうか？
差別を排し、その弦の調子を狂わせれば、
一切めちゃめちゃです。あらゆるものが対立し、
抗争します。陸地にかこまれた大海は
脹れあがって岸をのりこえ、
堅い地球全体を水びたしにします。
体力の強いものが弱いものを支配し、
乱暴な息子が父親をなぐり殺す。
力が正義となります。いや、むしろ正、不正
いずれも区別がなくなり、この二つのたえざる対立を
裁く正義の女神もまた亡びます。
かくて一切が力に帰し、力は欲望に、
欲望は衝動に帰するにいたる。

万人の胸にひそむこの衝動の狼は
欲望と力との二重のあとおしを得て、
周囲のものことごとくその餌食にして、ついには
おのれ自らをも食いつくすにいたりましょう（三神勲訳、以下同じ）。

もしここに模倣的・相互的暴力によって共同体が全滅の危機に瀕する状況、つまり「供犠的危機」の予感、認識が見られるとすれば、この作品のなかにはどうしても、この危機を解消する「定礎の暴力」、すなわち全員一致の集団的リンチがあるはずである。そして、じっさいにシェイクスピアは、かならずしも直接的ではないが、この「定礎の暴力」をヘクターの殺害のされ方によって暗示しているとジラールは言う。ヘクトールとアキレウスの正々堂々とした英雄同士の一騎打ちはホメーロスの叙事詩『イーリアス』のもっともよく知られた場面だが、シェイクスピアのこの劇の終幕ではアキレウス（アキリーズ）にはなんら英雄的なところがなく、まるでギャングの親分のように、「おい、みんな、おれのまわりに集まれ。おれの言うことをよく聞け。おれのかけ廻るあとをついて来い。手出しをせずにじっと待っておるのだぞ。いよいよおれがヘクターのやつを見つけたら、めいめい武器を持って、ぐるりとやつをとり囲み、いっせいに四方から斬ってかかるのだ」とあらかじめ部下たちに命令しておき、ついにヘクトール（ヘクター）を見つけだすや、相手がまったく無防備で、「おれは武装をといている。今かかるのは卑怯だぞ」と言うのをものともせずに、「かかれ、かかれ、こいつだ、目あての相手は」と号令

して全員でひとりを冷酷無比に斬殺する（五幕七場）。ホメーロスの『イーリアス』では勇壮無比の英雄だったアキリーズとヘクターが、シェイクスピアの『トロイラスとクレシダ』では前者が傲慢で卑劣なただの悪漢、後者が野蛮な集団的暴力によってあっけなく殺害される哀れな犠牲者になっているのだ。このように決定的な違いを指摘したあと、ジラールはその意味をこう解説する。

シェイクピアは模倣的欲望理論における集団的暴力の役割を完全に理解していた。彼はそこに本質的な神秘、すなわち私たちの人間社会に影響をあたえる、無秩序と秩序の不思議な交替という神秘を解く鍵を見ていた……『トロイラスとクレシダ』は、ユリシーズが理論化した危機を全体的に舞台にのせる。ヘクターの集団的な暗殺はその同じ危機の不名誉な結末、「万人の胸にひそむこの衝動の狼」が不思議にも「おのれ自らをも食いつくす」その仕方を、怖ろしくグロテスクに例証しているのである。模倣的・犠牲的視点に立ってはじめて、ユリシーズの台詞を結ぶ奇妙な言葉と、なぜかホメーロスを歪曲したこの劇の終幕とがたがいに響き合い、その意味が明確になるのだ。(3)

このようにシェイクスピアにおいてはたしかに「供犠的危機」とともに、それを解決する全員一致の集団的暴力、「定礎の暴力」――なぜなら、このヘクター暗殺によって事実上トロイ戦争が終結に向かうのだから――が意識されていたとジラールは考える。ただ、『トロイラスとクレシダ』のこの結末は、ホメーロスの同箇所に比べてあまりにもあっけなく、真の悲劇のもたらすカタルシスを観客もしくは読者にあたえない。むしろカタルシスを削ぎ、観客(読者)を白けさせる働きさえある。それはここでは、カタルマ(犠牲によって排除される悪しきもの)がアキリーズの羨望の結果というかたちで故意に卑少かつシニックに暴き出されているために、アリストテレスの言う演劇的カタルシス(浄化)、「憐憫と恐怖」の浄化が惹起されにくいからであり、その意味でこの芝居はシェイクスピア唯一の〈反演劇〉なのだとジラールは言う——そして、この解釈はのちの第三セクションで述べるように、かなり含蓄に富むものである。しかしシェイクスピアは、反演劇的でなく、きわめて演劇的にも——観客にそれなりにカタルシスをあたえるかたちでも——「供犠的危機」と「定礎の暴力」によるスケープゴート殺害の劇を書いている。それが『トロイラスとクレシダ』よりもまえに書かれていた『ジュリアス・シーザー』である。

シェイクスピアの『ジュリアス・シーザー』

ジラールは『羨望の炎——シェイクスピアと欲望の劇場』の第二一—二五章で立てつづけに『ジュリアス・シーザー』を論じ、彼の模倣的欲望論およびスケープゴート理論=仮説を再現し、検証しようとしているのだが、ここではシーザーにたいするキャシアスの羨望がいかに暴力のパングロス的な仲立ちによってブルータスその他の陰謀加担者たちに、そして平民たちに感染していったかと論じている部分は省略して、「供儀的危機」「定礎の暴力」「身代わりの山羊」という彼の模倣的暴力論、スケープゴート仮説の核心にふれる部分だけを取りあげて、ジラールの論述を辿ることにしよう。

まずはこの大胆なシェイクスピア論ですべてを無差異化する「位階（degree）の危機」として論じられている「供儀的危機」は、『ジュリアス・シーザー』の冒頭の一幕一場からすでに提示される。平民たちが仕事着も着ずに、非差異化した群衆となって公共広場に繰り出してくる。それを見つけた護民官がやってきて、彼らを叱りつけねばならないほどだ。

ああ、どいた！　かえれ、かえれ、怠け者めが、家へかえれ。
休みか、今日は？　なに、知らない、職人のくせに？
仕事日だぞ、商売の標しの
仕事着も着ないで、出歩いちゃならんてことを
知らないのか？（中野好夫訳、以下同じ）

この「位階の危機」は劇の中盤でのシーザー殺害後にさらに深刻になる。群衆たちはシーザーを暗殺したブルータスらの暴力に共鳴、感染し、そのシーザー殺害を自分たちの暴力のモデルとするのだが、やがてアントニーの巧みな扇情にのせられるや、たちまち報復に燃え上がった暴徒と化し、今度は逆にシーザー暗殺の首謀者ブルータス一味を追い回して、たまたま通りかかった不運な詩人シナをブルータスの身代わりに血祭りに上げることまでする（三幕三場）。このように模倣的暴力がとどめようもなく蔓延してゆく結果、やがてローマ全土が底知れぬ危機におちいり、それはアントニーにこう危惧させる

ほどのものになる。

家うちには争いが、国にははげしい内乱が、
このイタリア全土にわたり、屍体の山を築くであろう。
流血と破壊が、日常茶飯のこととなり、
人はみな怖ろしい光景にも馴れなじみ、
母親は、眼のあたり、その幼児が、戦いの爪牙に
引裂かれるのを見ても、ただ微笑を浮かべるだけだ。
慈悲の心は、日々に見る怖ろしい所業に息の根をとめられ、
復讐を求めて彷徨うシーザーの霊は、
地獄から来たばかりの復讐の女神エイテを伴うて、
見ろ、この国土に、王者のごとく「鏖殺」の雄叫びをあげ、
あの恐怖しい戦いの猟犬を切って放つであろう。（三幕一場）

この「家うちの争い」と「国内の内乱」は最後の「恐怖しい戦い」、フィリッパイの戦い（第五幕）で頂点に達する。この戦いでは相互的かつ模倣的な暴力が個々人間の差異を無化しつつ激化して、だれしも居場所をまちがえ、すべての関節がはずれて、ただ死だけが共通要素となり、無数の人々が同胞で

ある無数の人々によって殺され、しかもなぜ自分が、あるいは犠牲者が殺されることになるのか、さっぱり分からない状況になる。つまり、まさしく相互殺戮の底知れぬ恐怖、「供犠的危機」の臨界そのものが現出するのだ。それでもこの危機はどうやらシーザー殺害の首謀者たち、なかんずくブルータスの自殺によってようやく奇跡的に収拾されるらしい。だが、ここで注目すべきは、結果としてフィリッパイの戦いの勝者となったアントニーとオクテイヴィアスが、ブルータスと他の陰謀者たちとを峻別して、裏切り者であったはずのブルータスの純粋な政治的動機をことさら聖化してみせることだ。たとえば、アントニーは威厳にみちた台詞でこう言う。

この人こそは、彼らの中にあってもっとも高潔なローマ人であった。
彼一人を除くすべての一味徒党は、結局大シーザーへの
憎しみから、あの所行をしでかしたのだった。
ただ彼だけは、ひとえに国家を思う立派な心事と、
国民全体の幸福という動機から、一味の一人に加わったのだ。
その生涯はまさに、寛仁、高雅、その渾然たる
調和融合の稟質は、ために大自然も立って、
〈これこそは人間!〉と、全世界に向かって叫ばん底のものであった。(五幕五場)

なぜこのようにアントニーは、敵であったブルータスだけを突如過大に褒め称え、神格化するのか？　それはブルータスを聖化することによって、猛威をふるう暴力の果てしない連鎖を断ちきり、シーザーを最後の犠牲者と見なして、その殺害を帝政ローマの「定礎の暴力」に転化させようとするためにほかならない。そして絶大な権力と威信をもちながらも、「聖なる病」のてんかんもちで、耳が遠く、かつ子種がないという有標性をもつシーザーがスケープゴートであり、その殺害が「定礎の暴力」であったことに気づくには、シェイクスピアがまず二幕一場でブルータスに、「ああ、ローマはついに一人の人間の前に摺服しおわらんか？　ああ、ローマが？　わが祖先たちは、かのタークィンが、王を僭称した時、たちまちローマの街々から追放したではないか？」と独白させ、タークィン追放を自分たちのもくろむシーザー殺害のモデルとさせていることに注目するだけでいい。タークィン追放は全員一致で認められ、それがまさしく共和制ローマの「定礎の暴力」になった出来事だったのだから、ここではタークィン追放が「定礎の暴力」としてのシーザー殺害のモデルとされていることが明瞭に認識されている。さらにシェイクスピアは周到にも、シーザーをたんに害し排すべき暴君ではなく、政治・社会的に必要な犠牲となる生贄、スケープゴートであることをブルータスに充分に意識させてもいる。

われわれは祭壇に犠牲を捧げる者であっても、屠殺者ではない。

（……）

シーザーの精神を捕えて、しかも彼の肉体は傷つけたくないというふうにできれば、ほんとうにいいのだが！
ああ、だが、やむをえん、シーザーの血を流さなければならない。
諸君、大胆に殺そう、だが、怒りにまかせてはいけない。
いわば神々に捧げる供物の気持ちで、彼を屠るのだ。（二幕一場）

それればかりではない。シェイクスピアはシーザー暗殺の前夜、シーザーの妻キャルパーニアの見た夢の解釈をつぎのように二とおり提示しているが、これがまさしく「定礎の暴力」の両義性を彼なりに定義して見せたものにほかならない。まずシーザーが妻のその夢の解釈を述べる。

あれが昨夜夢を見た。なんでもわしの像が、
百も水口のある噴泉のように、まっ赤な血を
吹いたというのだ。すると逞しいローマ人たちが、
笑いながらやってきて、その中に手を浸したそうだ。
妻はそれをなにか悪いことの起る警告、前兆だというふうに
解釈して、ひざまずいてまで、今日は是非
家に引籠っていてくれとせがむのだ。

これにたいしてディーシャスは、まったく逆の解釈を提示する。

その夢の解釈は間違っております。
それはたいへん結構な、目出度い夢でございます。
閣下の像がおびただしい水口から血を噴いて、
その中に市民たちが、笑いながら手を浸したというのは、
それはローマが、閣下を通して復活の血を吸い、
貴顕紳士たちがわれ勝ちに、血に浸した形見の品、
記念品などを求めに押寄せるということであります。（二幕二場）

シェイクスピアが材源としたプルタークには前者の解釈はあっても、後者の解釈はなく、後者の解釈はシェイクスピアの独創である。シェイクスピアは前者、つまり「悪いことが起る警告、前兆」を模倣的・相互的な報復の「悪しき暴力」を招く危機として、そして後者を「復活の血」、すなわち再秩序化と平和をもたらす「良き暴力」だというふうに明確に意識しているのだ。そう考えることではじめて、終幕においてアントニーとオクテイヴィアスがブルータスだけを過大に褒め称え、神格化する理由も判ってくる。彼ら犠牲を捧げる者たちは、公的秩序を維持できる犠牲の力は外的な用心や儀式の厳密さよりも自分たち自身の振る舞い如何にかかっていることをよくわきまえていたのであり、供犠の行為は

基礎をつくった祖先たちのみならず、共同体の現構成員とも連帯していることを示しつつ、純粋な心で執行される場合にのみ「有効に作用する」のに反して、それが模倣的な対抗意識によって汚染されるときには失敗するしかないことをよく知っていたのだ。共和制の「供儀的危機」において「犠牲の山羊」としてのシーザー殺害を新たな「定礎の暴力」とし、着実に新秩序、帝政ローマの基礎とするには、ブルータス自身がし損ねたこと（供犠に失敗し、危機を悪化させたこと）を打ち消すかたちで、是非ともブルータスを聖化し、彼の暴力が「良き暴力」だったことにしなければならなかったのである。そう述べたあと、ジラールはたとえば『オイディプス王』のような通常の悲劇なら当然終局に置かれ、観客＝読者のカタルシスを充分に誘発するはずのシーザー殺害という「定礎の暴力」が、なぜあえて第三幕の真ん中という中心部分に置かれているのかという問いを発して、こう答えている。

この悲劇は力強く不気味だけれども、悲劇のジャンルの基本的な禁制に違反しているわけではない。（ギリシャ悲劇では）集団による追放行為（定礎の暴力）は〈つねに〉〈すでに〉追放されてしまっている。だから私たちの眼が太陽を直視しえないのと同様、ギリシャ悲劇はそれについては反省しえない。制度としての演劇は、好むと好まざるにかかわらず、模倣的・犠牲的下部構造を偽装し抑圧するという、アリストテレスによってあたえられた機能を果たしてきた。こうした歴史の光に照らして見ると、なぜ『ジュリアス・シーザー』が本質的に悲劇――言葉のもっとも伝統的な意味において悲劇――であり、それでいて私の知るかぎり、ただ「定礎の殺害」にしか焦点が合わされていないという意味で最初の悲劇であるとともに、例外的かつ唯一のものであるのかがすぐに分かる……。

シェイクスピアはなぜ、最後の部分でなく、第三幕の真んなかに殺害を位置づけたのだろうか? 答えは明白である。『ジュリアス・シーザー』の主題はシーザーにも彼の殺人者たちにも、ローマの歴史にさえもかかわるものでなく、あるがままの集団的暴力を描いた劇だからである。その統一性を把握するにはただ、劇の最高の主役が暴徒と化した群衆だと見なすだけでよい。『ジュリアス・シーザー』は演劇の暴力的本質、そしてそれを越えて人間文化の暴力的本質を暴き出す作品なのであり、シェイクスピアは「定礎の殺害」に容赦なく焦点をあてた最初の悲劇詩人にして思想家なのである。殺害を劇の終わりから中央部へ移すことは、天文学者が実際にはとてつもなく大きいものなのだけれども無限に遠いところにあるがゆえに小さく見える観測対象を知ろうとして、その対象に望遠鏡の焦点を合わせるようなものである……シェイクスピアの驚くべきところは、「定礎の殺害」のこのうえない明白な暴露と、カタルシス的犠牲効果の産出とを結び合わせることができるその力量である。通常「定礎の殺害」を暴露すればその効果が阻害されるはずなのに、ここでは故意に配置されているがゆえに、かえっていや増しているのである。(4)

このようにジラールは、『ジュリアス・シーザー』が演劇と人間文化の本質=基盤となる暴力——私たちが直視しえない私たちの黒い太陽——を描き尽くしながらも、なおかつソポクレスの『オイディプス王』のような真の悲劇のカタルシスをもたらすことに成功した作品だと評価しつつ、みずからのスケープゴート理論＝仮説の心強い例証をここに見いだしているのである。では、なぜシェイクスピアは『ジュリアス・シーザー』で真の悲劇を書いたのに、そのあとの同じ「定礎の暴力」をあつかった『トロイラスとクレシダ』では、故意にその「定礎の暴力」を露骨かつシニックに暴き出して、あえてカタルシスを惹起するのを阻害しているのか？　もしかすると、それはシェイクスピアの演劇的関心事がジラールの理論的関心事と同一のものではなかったという証拠になるのではないか？　もちろんそうではなく、演劇のカタルシス的理解、受容は模倣的・相互的欲望＝暴力と構造的「身代わりの山羊」効果の開示よりも「浅い」人間理解なのであり、演劇的な『ジュリアス・シーザー』は反演劇的な『トロイラスとクレシダ』よりも、人間理解としての「深み」に欠けているとジラールは考えるのだ。というのも、このシェイクスピア論より先に書かれた『世の初めから隠されていること』でジラールが主張したのはとりわけ、模倣的・相互的欲望＝暴力と構造的「身代わりの山羊」効果の顕示をもっとも徹底しておこない、まさしくそのことによって演劇的カタルシスという偽善的な低次の感情を「この世で初めて」根底的に否定し克服しえたのが『福音書』であり、『福音書』こそすぐれて反供犠的・反カタルシス的なテクストだったということだからである。要するにここでのジラールは、彼の福音書解釈を通してシェイクスピアを再解釈、再評価しているのだ。

しかし、私たちはそう先を急いではならない。そのまえに、すくなくとも彼が『暴力と聖なるもの』でおこなっている、もうひとつのフロイト論＝批判を見ておく必要がある。これはまさに、いままで検討してきた「供犠的危機」および「定礎の暴力」というジラールのスケープゴート仮説の検証に密接にかかわることなのだから。

ジラールのフロイト批判（2）　近親相姦の禁止と族外婚の規則の起源
フロイトの『トーテムとタブー』

私たちはさきに『暴力と聖なるもの』第七章「フロイトとエディプス・コンプレックス」をジラールの「欲望の三角形」理論との関連において見たが、ここではそれにつづく第八章「『トーテムとタブー』と近親相姦の禁止」では近親相姦の禁止と族外婚の起源を「供犠的危機」および「定礎の暴力」との関連で見ることになる。フロイトは、たとえば規則を禁止に優先させるレヴィ＝ストロースなどと違って、「族外婚による性的制限を立法的意図に帰することは、これらの制度を作りだすにいたった動機を理解するのに何の役にも立たない。族外婚の起源と認めざるをえない近親性交忌避は、結局、どこからくるのであろうか」と述べて、族外婚という規則に先立って近親相姦の禁止があったはずだが、なぜその禁止が生じたのかを問おうとする。ジラールはレヴィ＝ストロースとは逆にこのような禁止優先の考えをフロイトと共有する。しかし、そのあとが違ってくる。『トーテムとタブー』のフロイト自身は、近親相姦の禁止と族外婚の規則の起源を、むろんエディプス・コンプレックスによって説明しようとする。彼はまずダーヴィンの仮説を踏襲するかたちで、原初段階では暴力的で嫉妬深い〈原父〉がすべての女たちを独占し、育ちつつある息子たちを斥ける「原始群」から人間社会が構成されていたと考える。そしてロバートソン・スミスやアトキンソンらの民族学の知見に依拠して、（シナイ半島の砂漠で生贄にされるラクダの儀式のような）トーテム饗宴の祝祭を参考にし、またもちろんロバートソン・スミスやアトキンソンらが知らなかった「精神分析学のヒント」を援用しながら、ダーヴィンの仮説を大胆に発展させるかたちでこんな推定をする。

ある日のこと、追放された兄弟たちが力をあわせ、父親を殺してその肉を食べてしまい、こうして父親の専制にピリオドをうつにいたった。彼らは団結することによって、一人ひとりではどうしても不可能であったことをあえてすることになり、ついにこれを実現してしまう。殺した者をさらに食ってしまうということは、人喰い人種にはあたりまえのことである。暴力的な父は、兄弟のだれにとっても羨望と恐怖をともなう模範であった。そこで彼らは食ってしまうという行為によって、父との一体化をなしとげたのである。おそらく人類最初の祭事であるトーテム饗宴は、この記憶すべき犯罪行為の反復であり、記念祭なのであろう。そしてこの犯罪行為から社会組織、道徳的制約、宗教など多くのものが始まったのである。（西田越郎訳、以下同じ）

このようにフロイトは人間社会のいっさいの神話的意味づけ、いっさいの儀礼行為、いっさいの文化体系が、原初における現実の殺人に起源をもつと断言した最初の思想家である。息子たちが殺した父親を食べて「父との同一化」をとげるという「精神分析学のヒント」さえカッコに括ってしまえば、このことは当然、現実の殺人を前提とする「定礎の殺害」仮説＝理論を確立しようとするジラールの心強い支援になる。だから、ジラールは大多数の精神分析専門家たちに逆らって、ことのほか『トーテムとタブー』を高く評価するのである。また、フロイトはその原初の犯罪行為の信憑性を確保するために、次のようにギリシャ悲劇に言及するのだが、このこともまたジラールにとってまことに我が意を得たりと思わざるをえないところである。

みな同じ名前の、同じ服装をした一群の人物をとりまいている。彼らはすべてその人の言葉や動作に従う。これはつまり、合唱隊と、本来たった一人である主演俳優とである……悲劇の主人公は苦悩しなければならなかった。これは今日もなお悲劇の本質的内容をなすものである。彼はいわゆる〈悲劇的罪過〉を担っていた。この罪過はかならずしも容易に根拠づけられるものとはかぎらない。ときにはそれが、市民生活の意味での罪過でないこともある……だが、なぜ悲劇の主人公たちは悩まねばならないのか。またその〈悲劇的〉罪過とはなにを意味しているのか。彼は原父、つまり、われわれが語った、ここで偏向的に表現されているあの太古の悲劇の主人公であるがゆえに苦悩せざるをえないのである。悲劇的罪過とは合唱隊をその罪から免れしめるために、彼が自ら負わねばならない罪過のことである。舞台の情景は、目的にあうように、なんなら巧みにごまかすためといってよいが、歴史上の場面から取ってきたものである。昔の実際の事件で主人公を悩ませたのは、ほかでもない、この合唱隊の仲間だったのだが、いま舞台の上では、合唱隊はひたすら主人公に共感し同情している。だから主人公の苦悩は自分の責任ということになる。彼に転嫁されている犯罪、つまり、偉大なる権威にたいする不遜と反抗は、現実には合唱隊の人々、つまり兄弟たちにのしかかっているものなのだ。そこで、悲劇の主人公は——不本意ながらも——合唱隊の救済者にさせられてしまうのである。

ここに見られる「同じ名前、同じ服装」の合唱隊と合唱隊の犯罪の全責任を「転嫁」されて、つまり「悲劇的罪過」を背負わされてひとり「苦悩する」悲劇の主人公の関係は、あきらかに暴力の対称性＝相互性のなかで非差異化された群衆と彼らに集団的に殺害される贖罪の生贄の関係である。そしてこの悲劇の主人公は殺された太古の原父の表象であり、彼は群衆の犯罪の全責任を「転嫁」され、「不本意ながらも」群衆の「救済者」になるとされている。だから、フロイトによる悲劇の主人公はソポクレスの描いたオイディプスと同じように「身代わりの山羊」なのだ。そしてここでは、悲劇はトーテム饗宴と同じ起源をもち、あの原初の「記憶すべき犯罪行為」の「反復」であり、「記念」だとさえ考えられている。さらに、悲劇は太古の殺人を歪曲する「偏向的な表現」だとまで言われている。要するに、ルネ・ジラールのスケープゴート・メカニズムそのものの定義と言ってよいほどの事態がここで語られているのだ。ところが、じつに不思議なことに、フロイトはギリシャ悲劇のことを語りながら、アリストテレスなどの通例にさからって、ここではただひとつの作品の事例も挙げていない。なかんずく、エディプス・コンプレックスの輝かしい創設者に「精神分析学のヒント」をあたえた『オイディプス王』

さえもが出てこないのは、じつに奇怪、不可解なことではないだろうか。なぜなら、ここで問題になっているのがまさしく父親殺しのことであり、『オイディプス王』が出てくるとすれば、これほど格好の場所はないのだから。この肝心な場所で、フロイトはなぜ『オイディプス王』をあえて「検閲」しなければならないのだろうか？　ジラールはこのように答える。

現実の父親殺しにこの悲劇を結びつけて解釈する文脈のなかでは、フロイトは彼の常套的な解釈、つまりオイディプス（エディプス）を無意識的な欲望のたんなる反映にしてしまい、その欲望のどんな実現をも絶対に斥ける精神分析学の公的な解釈を再検討することなしに、『オイディプス王』をつかえないからである。この文脈ではオイディプス（エディプス）は自分自身のコンプレックスの関係のもとという奇怪な光のなかに現れることになるのだ。原父という彼の役割からして、彼は父をもつことはできないし、そんな彼に父親へのコンプレックスをいささかでも付与することはいたしかねるだろう。このようなコンプレックスにエディプス（オイディプス）の名前をあたえたのだから、フロイトとしてもこれ以上具合の悪いことはまたとなかったことだろう。[5]

これはフロイトにたいする痛烈な皮肉、これ以上はないもっとも注目されてしかるべき檜舞台に『オイディプス王』を登場させることができずに、まさにエディプス・コンプレックスという精神分析学の金科玉条が空論にすぎないことが暴露されるという皮肉だが、またこれは原初の殺人の対象をかならずしも父親に限定する必要がなかったものを、それを「羨望と恐怖をともなう模範」、「偉大なる権威」としての「原父」と、つまりはあくまで「父親」にこだわらずにはおれなかったフロイトにたいするスケープゴートの文化論的立場からの苛立ちでもある。ジラールとしては『トーテムとタブー』におけるフロイトの鋭い直感から是非とも「父親」を追放し、フロイトを脱精神分析学化したいのだ。だから、フロイトは「もっぱら集団的殺人を父親殺しに変えてしまう父親の意味づけ」のせいで、「最初に目標に到達しながら、道に迷った」とか、「本当の問題を遠ざけることによってフロイトは、徹底すれば贖罪の生贄にいたる、潜在的にもっとも豊穣な道に背を向けてしまった」などと、ジラールはくりかえし残念がってみせるのである。しかし、ただ残念がっているだけではないのがジラールのジラールたるゆえんなのであって、今度はフロイトがいかに近親相姦の禁止の理由づけに失敗しているか示さずにはおれない。

ジラールによる『トーテムとタブー』再解釈

ジラールは『トーテムとタブー』で語られている近親相姦の禁止と族外婚の規則の起源を彼自身の模倣（ミメーシス）的欲望論とスケープゴート理論に基づいて考察するために、まず原初の父親殺しのあと息子たちのあいだに生じる父親殺しと近親相姦のタブー制定を精神分析学的に説明するフロイトのこのテクストを引く。

以前、父の存在が妨げていたことを今や彼らが自分で禁止するのである。これは、精神分析学によってわれわれがよく知っている〈事後服従〉という心理状態のためなのである。彼らはみずからの行為を否認して、父親の代替であるトーテムを殺すことを禁止し、その行為の果実を断念して、自分たちが解放した女たちと性的な関係をもつことを拒んだのである。かくして、息子の罪障感がトーテミズムの二つの根本的なタブーを産み出したのであり、だからこそこの二つのタブーはエディプス・コンプレックスの抑圧された二つの欲望(父親殺しと近親相姦)と一体になったにちがいないのである。

ここでフロイトが、父親殺しと近親相姦のタブーを息子たちの「罪障感」によって説明し、しかもそれを取って付けたようにエディプス・コンプレックスと結びつけているのは、あまりに安易で説得力に乏しすぎる。これではまるで、父親殺しまでする「原始群」の野蛮な男たちがなんとも繊細な心の持ち主で、近代においても模範的と見なされてしかるべき良心と理性をもっていたと想定するようなものではないか。ただ、さすがにフロイトも息子の「罪障感」、「事後服従」などといった弱々しい論拠の不充分さに気づいたらしく、つづいて今度は「精神分析学のヒント」なしにこのような現実的な論拠を述べる。

近親相姦禁止は一つの有力な実際的根拠をもっていた。性的欲求は、男たちを結合させるものではなく、むしろ分裂させてしまうものなのだ。父親を排除することが問題であるかぎり団結していた兄弟たちは、女たちを奪い合うとなるやライバル同士になった。各自が父親に倣って、女たちを全部独占しようとし、そこに由来する全面的な闘争は社会の全面的な滅亡をもたらしかねない。その権力によって他の全員を凌駕し、父親の役割を引き受けることができるような男はもういない。そこで兄弟たちは、もし一緒に生活したいと願うなら、ただ一つの立場を取るしかなかった。きっと深刻だったにちがいない不和を乗り越えたあと、近親相姦禁止を制定したのだ。彼らは主として女たちの所有を確保するために父親を殺したのに、その禁止によって全員が女たちの所有を断念することになったのである。

この第二の理論には「精神分析学のヒント」はまったくなく、エディプス・コンプレックスという神話とは無関係な兄弟同士の敵対、葛藤に焦点が当てられているために、父親殺害の「罪障感」どころか父親の存在すらも影が薄くなっている。兄弟同士が互いに狼になるこの全面的な闘争状態では、父親はたんに不在というのみで、じっさいにはなんの積極的役割も果たさないのだ。そして前面に登場するのが共倒れの危機を孕む盲目的な相互的欲望＝暴力だけである。だが、とジラールは言う。兄弟たちがフロイトの言うような友好的な社会契約よってそれぞれの取り分を理性的に分かち合うというだけなら、まだしも話は分かる。しかし、それによって近親相姦の絶対的な禁止、タブーまでが制定されるにいたったと考えるのははたして妥当だろうか。絶対的な禁止が課されるためには、有無を言わさぬもっと絶対的な理由が必要だったのではないのか。たしかに近親相姦の問題を欲望＝暴力の問題に結びつけ、この二つの問題を原初の殺人の解釈によって解決しようとした最初の人間がフロイトだったとしても、彼の第一の理論の家族の枠から殺人の部分を引き抜き、それを第二の理論の中に移してやらねばならないのではないか。そしてそのようにして得られる（精神分析学的な父親殺しとは限らない）原初の殺人、つまり「定礎の暴力」、およびその「定礎の暴力」を必然化した「供犠的危機」こそが、有無を言わせぬその絶対的な禁止の原因だったと考えるべきなのではないのか。それは端的に、暴力の問題はより強い暴力によってしか解決されず、そして「禁止とは暴力以外のなにものでもないからだ」とジラールは断言する――そしてここで私は、「力が正義となる」ことを危惧したシェイクスピアが描くユリシーズとは反対に、「人は正義に従うことを力とすることができなかったので、力に従うことを正義としたのである。正義を力とすることができなかったので、力を正義としたのである」と言ったパスカルの言葉を思い出す――。いずれにしろ、フロイトが第二の理論で描いているような男たちを分裂させる暴力は、もし外部に向かって移動させなければ、共同体の内部で猛威をふるうにちがいなく、兄弟たちはとても「一緒に生活する」どころではなくなるだろう。だからこそ、共同体はその存続のために「それ自体として望ましいからでなく、ライバル関係、ひいては共同体の滅亡の危機を誘発するがゆえに、手近にいるすべての女たち」との近親相姦を禁止せざるをえなかったのであり、暴力と同様に暴力の原因である性的欲望を外部に移し換える「族外婚」という唯一のやり方しかなかったのだ。ジラールはほぼそう主張して、フロイトの第二の理論を補足、補完するように、彼の『トーテムとタブー』論をこう締めくくる。

他のあらゆる禁止と同じように、性的な禁止も供犠的なものであり、どんな正当な性も供犠的なものである。適切に言えば、共同体の成員同士のあいだには正当な暴力がないのと同様、正当な性関係もまたないということである。近親相姦の禁止と、共同体内部でのいっさいの殺人もしくは儀礼的殺戮に関わる禁止とは、同じ起源、同じ機能をもっているのだ……血腥い供儀と同じく、正当な性関係、婚姻による結合は、一緒に生活している者たちのあいだからその〈生贄〉を選ぶことはけっしてない。婚姻の規則――これは近親相姦の禁止の裏返しである――でも、供犠の生贄を定める規則――これは報復の禁止の裏返しだ――でも事情は同じである。これらのすべての規則は性と暴力に同じ遠心的な方向をあたえるものなのだ。(6)

以上が「『トーテムとタブー』と近親相姦の禁止」におけるジラールのフロイト再評価および批判の概要である。精神分析学の創始者としてのフロイトを徹底的に脱構築し、大胆な民族学者、思想家としてのフロイトを擁護しているここでもまた、ジラールはフロイトをたんに批判のために批判しているのではなく、その主眼はあくまでもみずからのスケープゴート論の有効性をフロイトの土俵に立ち、フロイトに挑戦するかたちで検証していることがこれで理解されるだろう。そしてここでもまた、近親相姦の禁止の説明としてはフロイトよりもジラールの説明のほうに私は強いリアリティーを感じると付け加えたうえで、ジラールによる「スケープゴートの文化論」粗描をここで一旦終えることにする。

3 「非暴力的＝非供犠的宗教」としてのキリスト教護教論

ルネ・ジラールが人類の宿命ともいうべき暴力と聖なるものの連関を断ちきった唯一無二の非供犠的、反暴力的宗教としてのキリスト教という現代の「護教論」を語りはじめたのは、一九七三年一一月の《エスプリ》誌においてだった。その後、ジラールを二〇世紀のパスカルと呼びたくなるようなこのきわめて特異な「護教論」は、『世の初めから隠されていること』（七八）で大々的に展開されてスキャンダラスな評判を呼び、『身代わりの山羊』（八二）、さらには『私にはサタンが稲光のように堕ちるのが見える』（九九年）で完遂された。これらの著作に一貫しているジラールの主張は要するに、みずからの模倣（ミメーシス）的欲望論もスケープゴート論もすでに福音書によって「啓示」され、充分に語られているのであり、自分の理論は福音書に書かれていること、彼が人間、人間社会の暗部に当てるX線の発光源が福音書にあることをただ確認するものにすぎないということである。そう言われてみても、聖書、歴史的キリスト教、さらには一般的に宗教といった領域がこれまで私の関心であったことはなく、ジラールが右の二著で述べていることの神学的、宗教学的な当否はとうてい適切に判断できはしない。だから、ここではただ、この第一章で祖述してきた模倣的欲望論、文化の基礎としての「定礎の暴力」、スケープゴート論がどのような形で福音書に「啓示」されているのかをめぐるジラールの説明を、ごく大まかに見ておくことだけで満足せざるをえない。

福音書による模倣（ミメーシス）的欲望論

『世の初めから隠されていること』第三編第五章「躓《つまず》きのかなた」――ということはこの本のほぼ結論近く――で、ルネ・ジラールはギリシャ語で「躓き、障害、躓きの石、道にしかけられた罠」を意味する「スカンダロン（Skandalon）」という言葉の福音書における特異な使われ方に着目し、この「スカンダロン」がつねに「サタン」と「地獄」という言葉と結びついていることを指摘する。たとえば、イエス・キリストはこう言う。

兄弟を愛する者は光のなかにとどまり、その身になんの躓き（スカンダロン）もありません。兄弟を憎む者は闇のなかにいて闇のなかを歩み、闇に目をくらまされて自分がどこにいくかも知りません（ヨハネの第一の手紙二の一〇―一一）

また私の〈名〉のために……子どもを受けいれる人は、私を受けいれる人である。しかし私を信ずるこのちいさな者をひとりでも躓かせたら、その人はロバがまわす石うすを首にかけて海の深みに沈められるほうがよい。躓きを起こさせるこの世に呪いあれ！　躓きが起こるのは避けられないとしても、躓きを起こさせる人に呪いあれ！（マタイ、一八の五―七）。

ジラールによれば、ここで語られている躓き（スカンダロン）とはなんらかの物質的な対象にかかわるものではなくて、つねに他者――まさに模倣的ライバル関係において弟子のモデルでありながら、弟子にとっては企てを妨害すると見えるがゆえに、かえってますます弟子が眩惑されることになる他者――とのモデル＝ライバル関係のことであり、あらゆる空しい野心とあらゆる不条理なルサンチマンを伴う模倣的欲望、たえずみずからが引き起こす障害にますますつきまとわれ、その障害をまわりにふやしてゆく模倣的欲望――時には病的、形而上的にさえなる内的媒介の欲望――のメカニズムそのものにほかならず、それこそまさに「サタン」であり、キリスト教的な神への愛の対極にあるものだという。模倣的欲望をもつ者はつねに他者に眩惑され、「目をくらまされる」のだから、「闇」のなかを歩くも同然であり、自分がどこにゆくのか知らない。だからつねにサタンと結びつけられて言及される「地獄」とは、模倣的欲望（サタン）に躓いた者がみずから自分のために、自分によってつくりだすものにほかならない。また、子どもは模倣の介入にたいして無防備であるがゆえにもっとも躓きやすく、私たちはだれでも一時期は子どもであった。それゆえ、一時的に「躓きが起こるのは避けられない」のだとしても、躓きはきわめて陥りやすく抜け出すのがじつに困難な過程だと心得るべき大人が、かりにひとりの子どもでも故意に躓かせることがあれば、それこそが最大の罪だとイエスは言っているのだという(7)。

さらに、福音書においてはこのスカンダロン（躓き）とサタンがつねに結びつけられているが、それは福音書で語られるサタンはこの世のあらゆる世俗的秩序の原理であるとともに、あらゆる無秩序の原理でもあるとされているのだから、躓きとは要するに模倣的欲望の過程全体の別名だと考えられているからにほかならない。この観点から言えば、キリストから受難の近いことを知らされたシモン＝ペテロの躓きの反応はまことに意味深い、とジラールはつづける。

するとペテロはイエスを引き寄せて、〈主よ、神のお恵みでそんなことが起こりませんように！いや、いや、そんなことがあなたに起こることはありえません〉とたしなめた。しかしイエスはふり向き、ペテロに言われた。〈私のうしろにさがれ、サタンよ！　あなたは私の邪魔になる。あなたの考えは神の考えではなく、人間の考えである〉（マタイ、一六の二二―二三）。

ここで「サタンよ！　あなたは私の邪魔になる」と言われているところは、ギリシャ語では「skandalon ei emou（おまえは私のスカンダロンである）」と書かれ、ラテン語訳聖書では「scandalum es mihi（私にとっておまえはスカンダロンである）」と書かれている。しかも、イエスはみずからの受難のことをあらかじめ弟子たちに教えておくべきだと考え、何度も何度も、「私がこれを話したのは、あなたがたを躓かせないためである」（ヨハネ、一六―一）と警告し、じじつ受難のまえに「あなたがたはみな、今夜、わたしのゆえに躓きます」とも予言していた。ところがペテロは、「たとえみんながあなたのために躓いても、私はけっして躓きません」と叫ぶのである。するとイエスは、「あなたは三度、私を知らないと言うだろう」（マタイ、二六の三三―三四）と予告する。そして、その予言が現実となった。(8)

イエスはなぜこのように、ペテロをはじめとする弟子たちの「躓き」を的確に予知できたのだろうか？　それは、自分がけっして躓くはずがないと考えることは力強い神だけがもつ自己充足が自分にもあると自惚れることに等しいのだから、人間でしかない彼らは結局その後の失墜に身をさらさざるをえないだろうと見抜いていたからだ。というのも、受難のまえの弟子たちはイエスを神の子としてではなく、偉大な師、不死身な者、要するにこのうえなく強い絶対的な力をもつ師だと仰ぎ見て、いわば偶像崇拝的に従っていたのだが、それはみずからもイエスの超人的な力にあやかって、いくぶんか自分たちを神格化するためだったのであり、それゆえ彼らがいずれ躓かされることになるのは不可避だったのだ。キリスト自身とちがって、キリストの熱心な弟子たちの考えは結局、「神の考えではなく、人間の考え」だったのである。それゆえキリストは弟子たちにとってまさに自分がスカンダロン（躓き）原因――すなわち模倣的欲望のモデル＝ライバル関係の媒介者――そのものになりうることを充分に感じ取り、何度も弟子たちに「躓かないように」と警告していたのだ。しかしその甲斐もなく、最後は万策尽き、万事承知のうえでひとり十字架にかけられた。だから、真にキリストに従うということは、いっさいの模倣的欲望を断念することにほかならないことがこれで分かる。しかしそれでも人間がだれかを真似なければ実際に生きられないとすれば、その唯一の模倣のモデルとしてはただ、現世の幻惑的なモデル＝ライバルに変わる恐れが絶対にないモデル、すなわちイエス・キリスト自身をこそ真似る以外にはありえないのだとジラールは言う。「主のなかにとどまると主張する者は、自分も主が歩まれたように歩まなければならない」（ヨハネの第一の手紙、二の六）のだと。

ルネ・ジラールはほぼ以上のようにスカンダロン＝模倣的欲望の過程、そして模倣的欲望という「地獄」の悪循環からの唯一の離脱の仕方を語り、さらにキリストがペテロを「サタン」と呼んでいる意味を、サタンとは模倣的欲望の媒介者であるモデル＝ライバル関係のことにほかならず、このサタンこそあらゆる現世的な支配の暴力の原則であって、ひたすら神だけに向けられるべき崇拝を自分のほうに、すなわち現世的な欲望のほうに向けさせるものであることをもう一度確認するために、福音書の有名な「荒れ野の試み」のこの一節を引いている。

悪魔はまたイエスをひじょうに高い山に連れていき、この世のすべての国々と、その栄華を見せて言った。〈おまえがひれ伏して拝むなら、これをみなおまえに与えよう。〉するとイエスは言われた、〈サタンよ、しりぞけ。「あなたの神である主を拝み、ただ主にだけ仕えよ」と書かれている（マタイ、四の八－一〇）。

かなり単純化してあるが、ほぼ以上がルネ・ジラールをして彼の模倣的欲望論が福音書によって「啓示」されていると信じさせる論拠である。では、つづいて彼の二つ目の理論仮説、文化の基礎としての「定礎の暴力」がどのように福音書に語られているのかを見ることにする。

福音書による「定礎の暴力」の解明

『世の初めから隠されていること』第二編「旧約・新約聖書のエクリチュール」第二章「世の初めから隠されていること」のジラールによれば、聖書でも旧約の最初の部分は、(1)闘争による崩壊、共同体全体の構成要素である差異と位階の消滅（バベルの塔の混乱、ソドムとゴモラの腐敗、『脱出の書』のエジプトの十の災い、ノアの洪水、それにカインとアベル、ヤコブとエサウ、ヨゼフと十一人の兄弟などのような敵対する兄弟、敵対する双子同士のテーマなど）、(2)集団による暴力の「全員対一人」とその一人の排除（アダムとイヴの楽園からの追放、ヤコブとエサウの敵対する兄弟の一方の恣意的な暴力による解決、洪水を逃れるノアの箱舟、塩の柱に姿を変えたロトの妻など）、(3)禁忌と儀礼の制度の創始と完成（割礼の創始、アブラハムが息子イサクを神に捧げようとする場面において、身代わりの雄羊が神から送られてくるというエピソード、イサクがヤコブを祝福する場面での、父親に子山羊が贖罪の食べ物として供されるというテーマなど）は、だいたいにおいて世界のその他の神話と類似しているという。ただそれでも、旧約聖書の記述にはいくつもの反供儀的、反暴力的な特異性が見られるとして、かなり長くそのことを論じてもいるのだが、この論述は便宜上「福音書による〈定礎の暴力〉の解明」に限定しているので、ここでは省略することにしたい。

さて、福音書においてはジラール仮説の根幹をなす「定礎の殺害」、スケープゴートの役割はどのように「解明」されているのだろうか？　ジラールによれば、「定礎の殺害」の事実はまず、イエスの言葉に「書き込まれている」という。それはどんな言葉か？　例えば『マタイによる福音書』のこの一節。

私は預言者、知者、律法者たちをあなたがたに送るが、あなたがたはそのうちのある者を殺し、十字架につけ、ある者を会堂でむち打ち、町から町へと追いたてるであろう。義人アベルの血から、あなたがたが聖所と祭壇のあいだで殺したバラキアの子ザカリアの血に至るまで、地上で流された義人たちの血はすべて、あなたがたの上にふりかかるであろう。よく言っておく。これらはすべて、まさしく、いまの時代にふりかかるであろう（マタイ、二三の三四―三六）。

この一節は伝統的に「パリサイ人に対する呪い」という見出しでまとめられている一群のテクストのなかに見られるものだが、聖書における最初の殺害であるアベルの血から、イエスが読んだはずの聖書全体の最後に殺されたザカリアの血までの「地上で流された義人たちの血」のすべて、ということはつまり、義人たちを殺したのは必ずしもパリサイ人だけではなく、またユダヤの宗教だけでもなく、それは全世界の地上的な現象であること、さらにそれは必ずしも過去においてだけではなく、「いまの時代」にもそのような多くの殺害が行われているということでもある。これに加え、『ルカによる福音書』には「アベルの血からザカリアの血に至るまで、世の初めから流されてきたすべての預言者の血」（ルカ、一一の五〇）とあり、これを踏まえてイエスは「私は口を開いてたとえを話し、世の初めから隠されてきたことを、声をあげて言おう」（マタイ、一三の三五）と言っているのだが、その「世の初めから隠されてきたこと」とは、人間社会の秩序の基礎に「原初の殺害」があったのであり、「いまの時代」でもそのことに変わりはないと言っていることにほかならないとジラールは主張する。

だが、たとえそう言われても、「われわれがもし先祖たちの時代に生きていたら、預言者の血を流すことでその仲間になることはなかっただろう」（マタイ、二三の三〇）という反応をごく自然に示すのは、必ずしもパリサイ人ばかりとはかぎらない。一般に人間はみずからの暴力性だけは否認するものであり、暴力の責任をきまって他者、外部に転嫁する。これは過去の人類全体についてのみならず、現在においても言えることである。しかし、子孫たちはそもそも先祖たちが預言者を殺害したときも、すでに問題は自分たちの暴力を自分たちから遠くに追いやる、すなわちみずからの内なる暴力を外部化することであったのに、そのように預言者殺害の暴力をひたすら先祖だけのものにすることで、自分たちがまさしく先祖と同じ暴力の外部化によって自己正当化をしていることに気づかないのだ。先祖から子孫への連続性は、いつもこのような断絶の意欲のうちに――つまり人間がみずからの暴力性をつねにほとんど無意識的に誤認し否定するかたちで――達成されるのである。だから、先のイエスの言葉の決定的な重要性を理解するには、これらのテクストを『ヨハネによる福音書』の該当個所につきあわせてみる必要があるのだとジラールは言う。

どうしてあなたがたは私の話すことがわからないのか。あなたがたが私の言葉をきくことができないからである。あなたがたは悪魔を父に持ち、その父の望みをかなえてやろうと思っている。彼は初めから人殺しだった。彼は真理について確固とした者ではなかった。彼のうちには真理がないからである。彼はうそをつくとき、心底からうそをつく。うそつきで、うその父だからである（ヨハネ、八の四三―四四）。

ここには「原初の殺害」とその隠蔽（うそ）とサタン（悪魔）との三重の一致があり、しかも人間はサタンを父に持ち、「その父の望みをかなえてやろうと思っている」存在だと容赦なく指摘されている。まえに引用した「荒れ野の試み」のところでは、サタンとは模倣的欲望の全過程の別名であったが、ここでは人間の文化の「基礎づくりのメカニズム」と「暴力の循環的メカニズム」の別名でもあるとされている。それゆえ「初めから人殺しだった」サタン、そのサタンを父としているかぎり、人間の秩序の根源は結局スケープゴートの殺害以外にありえないということになる。このように福音書は「定礎の暴力」を明瞭に「書き込んでいる」ではないか、とジラールは言うのである。

さらにイエスが「私は口を開いてたとえを話し、世の初めから隠されてきたことを、声をあげて言おう」と言ったとき、それはただ人間社会の秩序（イエスからみれば「うその」秩序）が「定礎の殺害」を根源としているとのみ言おうとしたのではない、とジラールはつづける。例えば「パリサイ人に対する呪い」のなかで、イエスは「預言者たちの墓を建てるあなたがたに呪いあれ。彼らを殺したのは、あなたがたの先祖なのだ。だからあなたがたは、自分たちの先祖のしわざに同意する証人なのだ。先祖が預言者たちを殺し、あなたがたはその墓を建てている」（ルカ、一一の四七―四八）とか、「あなたがた律法者に呪いあれ。あなたがたは知恵の鍵を奪い取った。自分たちもはいらなかったし、はいろうとする人たちの邪魔をした」（ルカ、一一の五二）とパリサイ人に呪いの言葉を浴びせている。ここで「墓」とは人間のあらゆる秩序と文化の歴史の隠喩だが、それはまたその秩序から形成された個々人の誤認のシステム、みずからの暴力という事実に関して共同体を閉鎖的にする誤認のシステムの隠喩でもある。だからこそ彼らは「知識の鍵を奪い取った」と言われるのだ。そして、イエスはその「知識の鍵」を人間に手渡すため、「原始の殺害」、「定礎の暴力」という「世の初めから隠されてきたことを、声をあげて言う」ためにやってきた。だが人間社会は昔も今も必ずパリサイ人のように、みずからの暴力を多かれ少なかれ否認することで存続しえている。またどんな宗教も最終的な一般原則として暴力を否認することに帰着するものだが、イエスは逆にそのことをあえて赤裸々に暴いてみせることによって、人間社会の秩序全体のなかの「最高の禁忌」に違反することになった。だから、どうしてもイエスのような人間が邪魔になり、是非にも沈黙させることが必要になる、すなわちイエスの受難が避けられなくなるのである。

身代わりの犠牲者としてのキリスト受難

このセクションではこれまでもっぱら『世の初めから隠されていること』第二編「旧約・新約聖書のエクリチュール」を中心にルネ・ジラールの主張を辿ってきたのだが、このキリストの受難に関してだけは、『身代わりの山羊』の第九章「福音書の受難を支配する言葉」および第一〇章「ただひとりの男が死に……」の説明、論述のほうがはるかに詳しいので、それに従うことにする。

ジラールによれば、「供儀的危機」における「身代わりの犠牲」という点では、キリストの受難はどんな神話の起源にも見られる迫害の典型に従っているという。この場合の「供儀的危機」とは、やがては国家の完全な衰亡にまでたどりつくユダヤ教社会全体の危機のことである。議会ではそのまえにイエスの評判が引き起こした大きな危機と当のイエスの殺害を決する討論が行なわれている。

そこで、祭司長とパリサイ人たちは議会を召集して言った。「われわれは何をしているのか。あの人が多くのしるしを行っているというのに。もしあの人をこのままに放っておくなら、すべての人があの人を信じるようになる。そうなると、ローマ人がやって来て、われわれの土地も国民も奪い取ることになる。」しかし彼らのうちのひとりで、その年の大祭司であったカヤバが、彼らに言った。「あなたがたは全然何もわかっていない。ただひとりの男が民の代りに死んで、国民全体が滅びないほうが、あなたがたにとって得策だということも、考えに入れていない。」ところで、このことは彼が自分から言ったのではなくて、その年の大祭司であったので、イエスが国民のために死のうとしておられること、またただ国民のためだけではなく、散らばった神の子たちをひとつに集めるためにも死のうとしておられることを預言したのである。そこで彼らは、その日からイエスを殺すための計画を立てた（ヨハネ、一一の四七―五三）。

終局的に必要とあれば、より大きな暴力、共同体が破局にいたる暴力を回避するために、必要最小限の暴力に訴える、すなわち「国民全体が滅びない」ように、「ただひとりの男に民の代りに死んで」もらうしかないというこの大祭司カヤバの言葉は、当事者自身もそのメカニズムを定かに知らないのだけれども、しかし先祖伝来の知恵としてその効果だけは確実に知っている「身代わりの山羊の理性」であり、おそらく現代にも通じる冷徹な「政治的理性」でもあるとジラールは言う。いずれにしろ、このようにしてユダヤの宗教関係者のみならず、ローマの政治当局者も、二、三日まえにイエスをあれほど熱烈に迎え入れていた群衆も、イエスに忠実を誓っていた弟子たちさえもがイエスの処刑に公然と、もしくは暗黙のうちに同意をあたえることになる。そして集団による暴力のあの「全員対一人」の図式――ここでジラールはサルトルの「融解集団」という言葉さえもちいている――がたちまちのうちに形成され、神話的なスケープゴートのメカニズムが仮借なく作動することになる。イエスから見れば、「彼らは理由なしに私を憎んだ」(ヨハネ、一五の二五)のであり、「彼らは何をしているのか自分でわからない」(ルカ、二三の三四)まま、事態は不可逆的に進み、そんな神話的暴力の熱狂のなかで、イエスは無実の犠牲者として十字架にかけられる。

しかし、ここまでだけなら受難にはなんら特別の要素はなく、世界のどんな神話の起源にも見られることだ。しかし、とジラールは言う。「驚くべきは、福音書はあらゆる神話のテクスト、あらゆる政治的テクスト、さらにはあらゆる哲学のテクストがそうするだろうように全員一致を強調するのだが、それはその全員一致に屈服するためではなく、そこにある誤り、このうえない非=真理を告発するためにこそ強調するのだということである」[9]。要するに、福音書の唯一無二の特異性とは、世界の神話ではつねに迫害者の側から婉曲に歪曲して語られるスケープゴートメカニズムを、「この世で初めて」犠牲者の側から解明し、故意に暴露することによって、世界のその他の神話、文化に見られるような迫害表象を一気に危機に陥らせ、以後それを完全に作動させなくしてしまうことにあるというのがジラールの主張なのである。これは、たとえばアリストテレスの言うカタルシス、つまり犠牲によって排除される悪しきものの浄化を、一挙に恥ずべき低次の感情に格下げにしてしまう底のものなのだと。だからこそ福音書が一貫して「定礎の暴力」に起源をもついっさいの供犠を退けつづけるとしても、なんら驚くに値しないと述べて、ジラールはそのあと福音書のテクストの非供犠的、反暴力的な読みを縷々と展開しているのだが、ここではさしあたって模倣的欲望論、「供儀的危機」、文化の基礎としての「定礎の暴力」、スケープゴート論がどのような形で聖書に「啓示」されているのかをめぐる彼の説明を大まかに辿ることを主な目的としているので、その議論の詳細に立ち入る必要はないだろう。

いずれにしろ、ほぼ以上のような論拠と論述によって、ジラールは次のように言って憚らないのである。

福音書は最初は不可解で、根本的に非合理に見えるが、結局のところ唯一の同じ要因に還元できるし、またそうすべきである。福音書はあらゆる種類の悪しき人間関係を私たちに見せてくれる。その要因とは無意識的模倣ということであり、これが人間を引き裂くもの、人間の欲望、ライバル関係、そして悲劇的であるとともにグロテスクな誤解の根本原因なのである。したがって、無意識的模倣はあらゆる無秩序の原因であるが、また同様にして人間を本能的に和解させる身代わりの山羊を介したあらゆる秩序の原因でもある。というのもこの犠牲者は、つねに模倣的であるが、しかし全員一致の終局の最悪期において、それ以前のさほど極端でなかった模倣の効果によって対立しあっていた者たちの敵意を一身に集めるからである。世界中のあらゆる神話と宗教の生成の基盤をなすのは、むろんこの仕組みであり、すでに見たように、キリスト教以外の他の諸宗教は集団による殺人を削除ないし偽装し、さらに迫害の常套形式をさまざまなやり方で緩和したり、消去したりしながら、その仕組みをみずからに、そして私たちに隠すことに成功しているのに反して、福音書は逆に、この同じ仕組みを他に匹敵するものがないほど厳密かつ力強く暴露するのである(10)。

いくつかのジラール批判

以上のような唯一無二の非供犠的、反暴力的宗教としてのキリスト教という宣明は、むろん各方面からさまざまに批判を浴びた。ごく単純に考えても、ジラールがいくら博学だとはいえ、キリスト教だけが「唯一無二の非供犠的、反暴力的宗教」と断定できるまでに世界のあらゆる宗教に通じているのかという疑問を、だれしも抱かざるをえないからだ。ジラールがキリスト教の特異性としている現世否定、非暴力主義はたとえば仏教にも類似のものが見られるはずである。なかでもここで特に注目しておきたいのは、ジラールの模倣的欲望論とスケープゴート理論の有効性を認め、それに一定の支持をあたえている論者たちのジラール批判である。たとえば、ジラールの欲望論に立脚しつつ近代経済学を再考しようとした『物の地獄』のなかで、ジャン゠ピエール・デュピュイはこう書いている。

かつてないほどに強く模倣によって相互に繋がれていた人間たちは、いかなる神秘な力のおかげで、解放される術を見いだすのだろうか。ジラールはすでに次のように答えている。世の初めから隠されていることの認識、またその認識に由来する絶対に合理的な結論こそが、欲望の模倣からの解放の手段であると。だがこのような回答を信じるわけにはいかない。というのもそれを信じれば、ジラールの思想の全体系が崩壊するからである。ジラールの思想は模倣という仮説の上に立つピラミッドのようなものである。認識と理性が欲望の模倣よりも強力であることが明らかになれば、ジラールの理論はもはや理解できなくなる。自身を認識すれば必ず消滅するのは、犠牲の仕組みであって欲望の模倣ではない。模倣衝動およびそこから生じて争いをまねく占有の模倣は、人類という種そして高等哺乳類全体の消しがたい性質であって、おそらくそうした動物の脳の特徴や学習能力と結びついている。欲望の模倣について認識を深めたとしても、それでもって模倣が課す隷従を全面的に免れることができるわけではないのだ。[11]

論理的にも事実上も、これはまことにもっともな指摘だと言えよう。たしかに理性がそんなにも簡単に模倣的欲望を抑えらえるものなら、模倣的欲望をほとんど人間の本性、本質に近いものとみなしているジラール理論は成り立たなくなる。ジラールはまた模倣的欲望の悪循環から逃れる唯一の道はいっさいの模倣的欲望を断念し、全面的に暴力を放棄して、ひたすらキリストだけに従いながら、愛によって絶対的に透明な人間関係を取り戻すことだと繰り返し言っているのだが、デュピュイは「世俗の世界で絶対的な透明という理想にたいして近似的に接近するのでさえ、驚くべき暴力を代償にしてはじめて可能であるというのに、そのような理想をめざすのは狂気の沙汰ではないだろうか」と深刻な疑問を呈している。たしかに私たちにとって、だれであれ、どんな他者もそう簡単に、また持続的に自己と同一視したり、一体化したりできる存在ではない。私はこのデュピュイの意見にも全面的に賛成である。

さらに、ジラール理論の批判的な理解者である人類学者リュシアン・スキュブラは、ジラールとは別の聖書の読解によって、「キリスト教だけが唯一非供儀的な宗教である」というジラールの主張にたいして、福音書はかならずしも供儀を否定しておらず、むしろ奨励している箇所さえもあると指摘し、キリストが「定礎の殺害」をこの世ではじめて啓示し、あからさまに告発し、厳しく断罪しているという主張も、「神の暴力という考えは福音書の発想にはない」というジラールの主張と同様にテクスト的にはまったく支持しえないと説明したあと、「ジラールの解釈は興味深いものだとしても、福音書のテクストの全体とは両立しない。彼の解釈はあまりにも自分に都合よくテクストを解釈し、テクストのもっとも基本的な側面のいくつかを完全に無視しているのだ。犠牲の仕組みが聖書ではじめて啓示されているのだから、ユダヤ=キリスト教のテクストを読むだけで充分なのであり、そうすればそのあと他のすべてのテクストが読めるようになるなどと言うのは事実に反している。原始宗教を理解させてくれるのは新約聖書ではなく、私たちのキリスト教理解を相当に豊かにしてくれるのがまさにジラールの人類学なのである。したがって、ジラールのキリスト教は福音書のキリスト教ではないのだ[12]」と異論を唱えている。

また、自己組織化理論の生物物理学者でタルムード注釈者としても知られているアンリ・アトランも同じく、人類学者としての身代わりの犠牲論を全面的に認めつつも、福音書によるジラール理論の「啓示」との直接的な関連を疑問視し、旧約聖書の精緻な読解によって、ジラールのスケープゴート論は必ずしも彼の福音書解釈から派生させる必要はないことを論証しているのだが[13]、ここではその議論に深く立ち入る必要はあるまい。さしあたって私たちは、ジラールのキリスト教護教論にはいくらでも異論の余地があり、また彼の模倣的欲望論、スケープゴート論を必ずしも彼の福音書解釈と関連させずに人間(社会)理解の軸にできることを確認しておくだけで充分だからである。

以上かなり長くなったが、ルネ・ジラールの三つの命題、すなわち(1)欲望の模倣理論、(2)文化の基礎としてのスケープゴート理論、(3)そして前二つの理論=仮説がいずれも福音書よって啓示されているという主張と信念の概略を、できるだけジラールに寄り添うようなかたちで辿ってきた。以下の章では、やはり主に文学の分野だが、これまでとは別の領域で私なりにジラール理論を検証し、具体的に考察してみたいと思う。第二章「ロマン主義の神話と小説の真実」は主として(1)欲望の模倣理論、第三章「暴力的人間と人間的暴力」は(2)文化の基礎としてのスケープゴート理論、そして第四章「反時代的な考察」（1―3まで）は(3)ジラールの福音書主義の部分的な検証と検討をおこなうことになるだろう。そこであらかじめ断っておけば、私は(1)欲望の模倣理論の心理学者ジラールをきわめて高く評価し、(2)文化の基礎としてのスケープゴート理論の人類学者ジラールもそれなりに評価する者である。ただ、(3)の主張と信念に見られる唯一の真理しか認めない絶対的なキリスト教主義者ジラールには、すくなくともかなり懐疑的である。そのいずれの理由も、これからの論述の過程で徐々に明らかになるだろう。また、私がここまでに素描したジラールの全体像にはまだまだ相当な欠落がある。その欠落もまた、これから徐々に埋められてゆくはずである。それと同時に、これまでその骨格を示したにすぎない彼の思想の広がりと深みもまた徐々に示されることになるだろう。

第二章　ロマン主義の神話と小説の真実
――夏目漱石『行人』論

1　パオロとフランチェスカの恋

アルベール・チボーデと言っても、現在では仏文科の大学生でもほとんど名前さえ知らないが、戦前・戦後にはフランスを代表する有名な文芸評論家としてわが国でもよく知られていた。たとえば、一九三〇年代の渡辺一夫はかなりチボーデに傾倒していたふしがあり、その著作集第七巻には「アルベール・チボーデ管見」「チボーデの遺言」「チボーデの『小説論』」「チボーデ・バンダ・ブロック」の四編のエッセーが収められている。このうちの「チボーデの『小説論』」には、「小説の読者」と題する簡潔ながら、いまでも興味深く思われるテクストが紹介されている。もしかするとその影響だったのか、私もまた、ときどき文学史、小説論の講義などでこのテクストをつかったことがある。ただ、原題のliseur de romansの〈liseur〉とはかなり特殊な言葉であって、文中ではたんなる読者〈lecteur〉と区別されて、ほとんどマニアに近い小説の読者の謂である。日本語にはきわめて訳しづらい語で、生島遼一が試みた邦訳では、小説のリズールとレクトゥールといったふうに原語のカタカナ読みで区別されている。ある小説の味わいを形容するのにしばしば葡萄酒の銘柄に譬えてみせるのを得意とし、死の床にあったときには、もうこれまでと悟ってぽつり、bière（棺桶とビールを意味する）とつぶやくと、家人があわてて棺桶でなくビールをもってきたという逸話を残したほどの酒好きだったチボーデを、たんに「飲酒者」というよりもむしろ「（大）酒呑み」と言ったほうがいいのと同様、liseur de romansは「小説の読者」よりも「小説好き」あるいは「小説狂い」と訳したほうがよいのかもしれない。(1)

それはともかく、このテクストでチボーデは、中世フランスの俗語であったroman（ロマン語）がいかなる過程を経てroman（小説）を意味するようになったかとか、近代小説の創始者セルバンテスの『ドン・キホーテ』が無類の小説好きを主人公とする小説であり、フロベールの『ボヴァリー夫人』と同様に「小説のなかで行われる小説批判、反小説」だったといったような、さながら「読者の期待の地平」（ヤウス）から出発して文学史を考え直そうとする試みさえおこなっている。ところで、これは彼のテクストの挿話的部分にすぎないのだけれども、チボーデは古代ギリシャ時代には喫煙と小説の快楽がなかったと言ったうえで、「小説の読者」、「小説好き」の姿を描いた「近世でもっとも有名な詩句」、「小説の出生証明に、大詩人と見事な詩が押した輝かしい太鼓判」として、ダンテ『神曲』地獄篇第五歌のパオロとフランチェスカのエピソードを長々と引いている。とはいえ彼は、ジョルジュ・サンドとアルフレッド・ド・ミュッセがヴェネチアに恋の逃避行をするさいに気取って見せたその名高い不倫の恋人たちをドン・キホーテやエンマ・ボヴァリーの先駆者として、いわばその歴史的意味のみを認めているにすぎず、それ以上の論及はしていない。そして、おそらくチボーデが考えつきもしなかった「小説の読者」、あるいは「小説好き」としての意味合いをより踏み込んだかたちで別の角度から考察したのが、ルネ・ジラール『地下室の批評家』にある「『神曲』から小説社会学へ[2]」というテクストだと思われる。ここでのジラールの狙いは、『神曲』に描かれているがままのパオロとフランチェスカの恋は、サンド＝ミュッセ風のロマン主義的な読解を許すものではけっしてありえないと示すことにある。それを知るには、ただダンテのテクストに当たってみるだけで充分なのだという。

フランチェスカはラヴェンナの城主の娘でリーミニの城主ジャンチオット・マラテスタに嫁した。ところが彼女は婚前にだまされて美男の弟パオロと見合いをしたのであって、輿入れをしてはじめて自分の結婚相手が美男の弟パオロではなく、醜男のその兄だったと知ったのだった。そんな経緯もあったので、やがてふたりは不義と知りつつも、まるで運命にみちびかれるように相思相愛の仲になり、それがジャンチオットの知るところとなって無惨にも打ち殺された。こうして地獄に落とされた不義の恋人たちを見つけたダンテが、相手の気持ちを知らずにひとりで恋心を抱いていたころに、どのようにして相手の秘められた愛情をそれと察したのかと尋ねると、フランチェスカはふたりでランスロットの物語を読んでいた日のことを話し、そのときまでは別にやましい気持ちなどなかったのに、思いがけずこんな成りゆきになったのだと打ち明けた。

その読書の途中、何度か私どもの視線がかちあい、
そのたびに顔色が変わりましたが、
次の一節で私どもは負けたのでございます。
あの憧れの微笑みにあのすばらしい恋人が口づけする
あの件を読みました時に、この人は、
私から永久に離れることのないこの人は、
うちふるえつつ私の口に接吻いたしました（平川祐介訳）。

真実の恋の成就のためには、神の定めも人の掟もかえりみず地獄に落とされた恋人たちというロマン主義的な読解をするにしては、この恋は明らかに不純であるとジラールは指摘する。なぜなら、この恋はなんら自発的なものではなく、媒介者（ランスロットとグィニヴィア）の欲望の完全な模倣によってはじめて成立したものだからである。媒介者の出現（『円卓騎士の物語』の読書）以前には、ふたりにはなんらやましいところはなかったのだ。もちろん、あくまでロマン主義的読解、神話に固執する者たち――というのも、ロマン主義者ほど手のつけられない頑固者たちもまれだから――は、そんなことは運命的な恋の自然な成りゆきに加えられた取るに足らない細部にすぎないと言うだろう。しかし、ダンテ

はつづいてフランチェスカにこう言わせているのである。

本が、本を書いた人が、ガレオットでございます。
その日私どもはもう先を読みませんでした。

ガレオットはアーサー王の敵であり、王にたいする敵意から后グィニヴィアと騎士ランスロットの恋を取り持った男であった。これはなにを意味するのか。

パオロとフランチェスカの恋がランスロットの物語なしにはありえなかったのはむろんのこと、ランスロットとグィニヴィアの恋もまたガレオットの不純なささやきなしにはありえなかった、とフランチェスカ自身が認めているということである。つまりダンテは、「書かれたものであれ、言われたものであれ、恋をそそのかすのはつねにだれかの言葉であることを強調しているのだ」。

こうした事情を知ってなお、この恋の自発性、運命性を信じようとするのはロマン主義の不自然きわまりない嘘、神話にほかならないとジラールは断じる。ここでもう一度、そのように言って憚らないジラールの〈主体―媒介者―対象〉という名高い欲望の三角形理論を思い出しておけば、人間は主体的、自発的には欲望しえず、なんらかの形で他者におのれの欲望対象を媒介し、示唆、指示してもらわねばならない。主体は媒介者の現実もしくは架空の欲望に触発され、それを模倣することによってしかみずからの欲望対象を見いだしえないのだ。近現代人の自尊心にとってはいかにも苛立たしいかぎりだとはいえ、そうした欲望の三角形構造をはっきり認識し、「啓示」するのはダンテばかりではない。セルバンテスにはじまってプルーストにいたる、偉大な近代小説家たちもやはりそれ以外のことはしていないのだ。だから、ロマン主義は欲望における媒介者の役割をきまって見ないふりをする点で嘘であり、逆説的ながら、欲望の本質的模倣性をあえて認めるロマン、小説こそが真実だというべきなのだ。このようにジラールは、みずからの模倣的欲望論の仮説をダンテの詩によって検証し、パオロとフランチェスカの恋の非ロマン主義的な読解を提示してみせたのである。

ところで、夏目漱石の読者ならだれでも、『それから』にしろ『こころ』にしろ、『門』にしろ『明暗』にしろ、主人公の三角関係が主要なテーマであり、なかでも『行人』は三角関係のテーマのみならず、まさしくパオロとフランチェスカのロマンスが登場人物たちのじつに意味深い話題さえなっていることを知っている。『行人』第三部「帰ってから」二七章で、長野一郎は、家を出て独立しようとする弟二郎に向かって突然、「お前パオロとフランチェスカの恋を知っているだろう」と訊く。このくだりは実質的に、間もなく不幸な結末を迎えることになる兄弟の最後の会話となるのであって、作中のエピソードとしてはきわめて重要な場所に置かれている。

二郎、なぜ肝心な夫の名を世間が忘れてパオロとフランチェスカだけ覚えているのか。そのわけを知っているか……おれはこう解釈する。人間の作った夫婦という関係よりも、自然が醸した恋愛のほうが、実際神聖だから、それで時を経るに従って、狭い社会の作った窮屈な道徳を脱ぎすてて、大きな自然の法則を嘆美する声だけが、われわれの耳を刺激するように残るのではなかろうか。もっともその当時はみんな道徳に加勢する。二人のような関係を不義だと言ってとがめる。しかしそれはその事情の起こった瞬間を治めるための道義に駆られた言わば通り雨のようなもので、あとへ残るのはどうしても晴天と白日、すなわちパオロとフランチェスカさ。どうだそう思わんかね……二郎、だから道徳に加勢するものは一時の勝利者に違いないが、永久の敗北者だ。自然に従うものは、一時の敗北者だけれども永久の勝利者だ。ところがおれは一時の勝利者にさえなれない。永久には無論敗北者だ……二郎、お前は現在も未来も永久に、勝利者として存在しようとするつもりだろう。(3)

ここには長野一郎のパオロとフランチェスカの恋の解釈のみならず、その解釈をとおして「永久の敗北者」という彼のつらい自己認識がほとんど悲壮な調子で語られている。ジラール的な基準によれば、この自発性を欠いた恋を「大きな自然の法則」と見て疑わない一郎の解釈は明らかにロマン主義のそれである。さらに言うなら、パオロとフランチェスカの物語をどう解釈するかは登場人物の問題であっても、事実そのものをどのように読者に伝えるかは作者の問題である。漱石が『神曲』の不義の恋人たちだけでなく、ランスロットの物語のことも知りつくしていたことは、江藤淳『漱石とアーサー王伝説』の示すところである。してみれば、夏目漱石自身もまたロマン主義的——漱石的語彙をもちいるなら、明らかに「外発的」であって「内発的」でなく、「他人本位」であっても「自己本位」ではない——恋愛観を長野一郎と共有していたのだろうか。かつて彼は『薤露行』という、ガレオットの存在を無視したランスロットの物語を書きえたのであれば、よけいそう思いたくなる。しかし、そのことを知るには、いかに重要な場所に配置され、いかに悲壮、悲痛な調子を帯びたものとはいえ、ただひとつのエピソードではなく、小説全体の構造を見渡してみなければならないだろう。

2 『行人』の様々な解釈

これはもちろん私のいたって狭い知見の範囲内、したがってある程度独断の危険を冒して言うのだが、『行人』は従来、一郎説話を中心と見なす――それも第二部「兄」で一郎が弟二郎に妻お直の「節操」を試すよう強要するという、その異常さによって有名なエピソードと、第四部「塵労」で友人Hさんの手紙によって伝えられる、異常をきたした彼の精神状態に焦点をあてるかたちで――解釈されるのが通例であった。そして解釈者たちはだいたい、その「異常さ」から出発したにもかかわらず、近代人の孤独や心の深淵、近代日本のインテリゲンチャの苦悩や悲劇などといったごく抽象的かつ類型的なストーリーをくりかえして展開している。たとえば、漱石研究を画期的に刷新した江藤淳までが『行人』に「近代日本に於けるおそらく最初の近代的生活人の発見」を見、花袋や藤村らの自然主義作家たちの「仮設された孤独」と比較しつつ、「一郎の孤独は、一種の非人間的な孤独であった。しかし、それにもかかわらず、ここに描かれているのは生活者の孤独――あるいは生活者たらんとして、生活者たり得ぬ者の孤独である」[4]などと、うっかり筆を滑らせていた。

夏目漱石と同時代の他の作家たちとの生活観との比較の問題でなら、あるいはそう言えないこともないだろうが、すくなくとも『行人』のテクストに描かれるかぎりでの一郎は「一種非人間的な孤独」を味わっているのかもしれないと想像できても、とても「生活者たらんとして、生活者たり得ぬ」人物とは見えない。家庭にあっては終始不機嫌で、弟に「倫理上の大問題」になりかねない「難題」をもちかけるばかりか、なにかというとすぐに「癇癪」を起こして当たり散らし、口では妻の「いわゆるスピリット」をつかまえたいと言いながら、その妻を「あやす」変わりに「頭に手を加え」たりしている。どう見ても彼は生活者たりえぬことは明らかなのだが、だからといって「生活者たらん」としている様子はいっこうにないのだ。たしかに、とりわけ「塵労」には、ドストエフスキーの『地下生活者の手記』の主人公の、「おれはひとりきりなのに、連中はぐるなのだ」といった孤独な叫びに近い崇高さがあるという意味で、一種の崇高さが感じられることを私とて認めないわけではない。だが、それにもかかわらず、一郎の日常の生活行為の卑小さは蔽うべくもないと思う。一郎の異常をとらえて近代人の孤独、苦悩云々のストーリーを語ることができるのは、もっぱら彼の崇高さのみを見て、卑小さのほうにはとりあえず眼をつむることができるからにほかならない。

同じ一郎に着目するにしても、その崇高さでなく卑小さ、あるいは崇高さと卑小さとの対照に「異常性」を認めようとする一連の研究がある。言うまでもなく精神医学者、精神分析家たちの仕事がそれで、名高い千谷七郎『漱石の病跡』[5]によれば、一郎の異常性は漱石の「内因性鬱病」によると診断されている。ただ、この精緻な論考は「塵労」のかなりの記述にそれなりの整合性をあたえてくれはするものの、一郎の言動のすべてを説明するものでもなければ、まして小説の構造全体を照らしてくれるものでもない。そもそも作家がみずからの病識を記述するためにわざわざ面倒な虚構をかまえて小説を書くと見なすこと自体に無理があるし、理由は後述するが、この小説はかならずしも一郎中心に展開するとは断定できないからである。いや、一郎は内因性鬱病ではなく、精神分裂症なのだと診断するのは、これまた名高い土居健郎『漱石の心的世界』(6)である。その他にも漱石は混合精神病、パラノイア、神経症敏感関係妄想、偏執症状……等々と、さまざまな医師たちからじつにいろんな心の病をかかえていたと指摘され、端から見ているとなんとなく気の毒になってきて義憤さえ感じたくなるほどである。

しかし、そのことはさしあたって問題にしないで、しばらく土居氏の説に耳を傾けてみよう。病名はともかく、一郎の——とくに二郎との関係における——異常性について、テクストに即したかたちでいくつかの興味深い指摘がなされているからである。土居氏はほぼこう述べているようである。

兄が妻の貞操を試すために仲を疑っている相手の弟に妻と一泊してきてくれと頼むという行為は「非常識きわまる」が、それよりもまえに驚くべきはまず、その行動以前の兄の弟にたいする「法外な期待」のことであり、さらに二郎とお直が和歌山で一夜を過ごしたあと、弟から「ねえさんの人格について、お疑いになる所はまるでありません」との報告を受けとると、「急に色を変え」ることだ。「これは考えてみればおかしな話」であって、弟を本当に信用しているなら、「当然一応は安堵の色を浮かべてもよい」はずではないか。また、弟が家を出て独立しようとするとき、「二郎、お前は現在も未来も永久に、勝利者として存在しようとするつもりだろう」と言って妻と弟との――「自然」で「神聖」な――恋愛関係について確信しながらも、弟にたいして嫉妬心も恨みの念ももたず、みずからは「永久の敗北者」の地位に甘んじ、「ほとんど諦念ともいうべき心境を抱いて」いることをどう解釈すべきなのか。土居氏はこう説明をつづける。一郎はもともと「母親の自然の愛情」をめぐって二郎とのあいだの三角関係を経験していたのだが、「真に悲劇的なこと」に、この関係が妻をめぐる弟との関係のなかに「転移、反復」された。最初の三角関係のときは弟と「敢えて同一化」することによって「漸く家族全体と結びつく」ことができたのに、二郎が独立する今度ばかりは、同一化の対象である弟を「永久に失った」と感じざるをえなくなったために「精神病の世界に沈みこむより他に行き所がなかった」。こう考えると、「一郎の二郎に対する気持の中に同性愛と呼ばれねばならないような何ものかがあった」と推測される。

一郎の異常性を二郎との関係の異常性に見ようとする土居氏の指摘はことごとくテクスト的にも充分支持されるように見える。また、この問題に「側面から照明を投げかけるもの」として「愚かな物好きの話」という題のセルバンテスの短編小説を引用されているのも、まことに適切だと言える。この短編はたしかに、『行人』の一郎、二郎、お直の三角関係を彷彿させるものだからである。ただ『ドン・キホーテ』前編第三三、三四章に挿入されているこの小説は、短編といってもかなり長いものなので、ここでは土居氏自身の要約で以下に紹介しておこう。

――アンセルモとロタ―リオと呼ばれる二人の紳士がフィレンツェに住んでいたが、彼らは「二人の友」というあだ名で呼ばれていたほど仲のよい友達だった。やがてアンセルモはロターリオの縁結びで美しい娘カミーラと結婚した。アンセルモの喜びは勿論大変なものであったが、しかし結婚後親友ロターリオの足が自然遠のくようになったことは彼にとって予期しない失望だった。そこで彼はロターリオに彼の家を自分の家と思ってこれまでのように出入りしてほしいと懇願したが、ロターリオは節度を守ってアンセルモの期待に充分には応えなかった。ある日アンセルモはロターリオに次のように訴えた。自分は幸福なはずなのに憂鬱である。それというのも妻カミーラが本当に貞操の堅い女であると信ずることができないからである。それには彼女がどのような誘惑にも負けないということを実際に証明してみなければならない。一つこの誘惑者の役割を引き受けてくれないかというのである。ロターリオはこの馬鹿げた申し出を思い留まらせようと一心にアンセルモを説いたが、ついにその甲斐がないことを知った時、彼を満足させるためにその要求に従うことを決心した。しかし、その結果はすべての者の予期に反したものであった。というのは、ロターリオとカミーラは恋に陥り、アンセルモは友情を裏切られて憤死したからである。

3　個人間心理学　ジラール理論による『行人』の解釈

さて土居氏は、一郎と二郎の関係と同様、アンセルモのロターリオにたいする友情は「明らかに同性愛的」であったとしているが、はたしてそれほど「明らか」だと言えるだろうか。彼らの同性愛的関係がたとえ「悲劇的」なかたちにせよ、なぜお直、カミーラといった「異性」の関与を必要とするのか、この異常な三角関係のなかで「異性」はどんな役割を担い、どんな意味をもっているのか、すくなくともここで土居氏は明らかにしていないからである。土居氏の「同性愛的関係」という説明だけでは不充分だと思わざるをえないこの「愚かな物好きの話」については、じつは精神分析学ではなく模倣（ミメーシス）的欲望論に基づくルネ・ジラールの別の読解がある。死んだ妻のかつての愛人のひとりで、富豪で独身の色男ヴェリチャニノフに妻の死後も執拗に近づき、再婚を決意したあとも自分の新しい許嫁の値打ちをなんとしてもヴェリチャニノフに保証してもらおうとふたりで許嫁を訪問した結果、当然のように許嫁をヴェリチャニノフのほうに押しやってしまうことになる男、パヴェル・パヴロヴィッチの異様な振る舞いを描いたドストエフスキーの小説『永遠の良人』と対比しつつ、愚かな物好きの話」についてジラールはこう書いている。

　このふたつの小説において、主人公はいずれも愛する女を無償で、まるで信者が神に生贄を捧げるように、媒介者に差し出すように見える。だが、信者は神が生贄を嘉納するようにと捧げるのに反して、内的媒介の主人公たちは神がそれを嘉納しないようにと差し出すのだ。彼が愛する女を媒介者のほうに押しやるのは、ライバルをしてその女を欲望せしめ、そのことによってライバルの欲望に打ち勝つためである。彼が欲望するのは媒介者に即してではなく、むしろ媒介者に逆らってである。主人公が欲望する唯一のものは、彼が媒介者から奪い去ろうとするものだけなのである。とどのつまり彼の関心をひくのは、尊大な媒介者にたいする決定的勝利だけだ。アンセルモやパヴェル・パヴロヴィッチの欲望をみちびくのは、性的な自尊心であり、彼らをこのうえない屈辱的破局に駆り立てるのもその自尊心なのである。(7)

主体は媒介者の欲望に触発され、それを模倣することによってしかみずからの欲望対象を見いだしえないというのがジラールの三角形的欲望理論の前提であったが、同じ欲望の媒介でも、たとえばアマディス・デ・ガウラをモデルとするドン・キホーテの欲望のように、欲望の主体と媒介者とがけっして触れ合わないほどの物理的・精神的な距離がある場合を「外的媒介」、またヴェリチャニノフとパヴロヴィッチ、アンセルモとロターリオのように欲望の主体と媒介者の距離が縮まり互いに触れ合っている場合を「内的媒介」といったふうに区別できる。そしてこの内的媒介の場合にあっては、主体と媒介者とのあいだに深刻な軋轢、葛藤が生じる可能性がある。というのも、もし模倣性が人間性の重要な、そして本質的な一部であるなら、主体と同じく媒介者もまた、だれか他者の欲望を模倣するはずであり、場合によっては媒介者のほうが逆に主体の欲望を模倣することにもなるからだ。そこから欲望の「相互媒介」という現象が生まれ、ふたつの主体がお互いに相手の欲望の媒介者になって、顕在的もしくは潜在的なライバル関係が発生することになる。もちろん、主体はおのれの欲望が媒介者の模倣であることを公然と認めはしない。自尊心が高ければ高いほどよけい、おのれの欲望の恥ずべき模倣性を媒介者にたいして隠そうとし、場合によっては「二人の友」のように見せかけるかもしれない。友情は熾烈な暗闘の仮面にすぎなくなるのだ。

以上のようにジラールのテクストを引用し、やや長くその補足的な説明をおこなったというのも、アンセルモとロターリオの関係と同様、長野一郎と二郎との関係を潜在的な「同性愛的」関係ではなく、もっと端的にライバル関係と見る視点をみちびきたかったからにほかならない。じじつ、母親の「自然の愛情」との関係で言えば、二郎の出現は一郎にとってまずライバルの出現として意識されたろうことはもとより、小説にはくわしい事情は書かれていないものの、二郎のほうが一郎よりもまえにお直を知っていたこともはっきりしている。それゆえ、土居氏も一郎の二郎にたいする「信用」は、「実は陰に不信感を潜ませたアンビヴァレントなもの」だと認めている。さらに、もし氏の断定するとおり、一郎が二郎に根本的な疑いをもち、二郎を「永久に失った」と思ったがゆえに「精神病の世界に沈みこむほか行き所がなかった」のだとすれば、つまり潜在的同性愛者一郎にとって異性のお直よりも同性の二郎のほうに強い「固着」があったのだとすれば、一郎はまずお直の「節操」ではなく、二郎の欲望をこそ試したかったと考えるほうがはるかに論理的ではなかろうか。もしかすると兄は、弟というライバルに打ち勝つために、はたして自分の欲望を弟が模倣し、そのことによってみずから敗北したことを告白してくれるのかどうかを知りたかったのではないか。だからこそ、和歌山の一夜のあと弟から「ねえさんの人格について、お疑いになる所はまるでありません」との報告を受けとると、つまり弟が自分の欲望を模倣などしなかった——「おれは一時の勝利者にさえなれない」——ことを知ると「急に色を変えて沈黙し、やがて独立し自分のもとを去ってゆく弟を「永久の勝利者」とし、「ほとんど諦念ともいうべき心境を抱いて」みずからを「永久の敗北者」になぞらえたのだ。公然たると否とを問わず、同性愛者がそもそも勝敗のタームで相手との関係を意識するものかどうか、すくなくとも疑問だと言わねばならない。

しかし、これまでのところでは『永遠の良人』、「愚かな物好きの話」、そして『行人』に書かれているような、一見同性愛的関係に見えかねない異常な三角関係において妻や許嫁、カミーラやお直といった「異性」がどんな役割を担い、どんな意味をもっているのかはまだ考察されていない。それを問うことはまた、異常な主人公たちがなぜ物好きにも、愛する女たちをわざわざライバルの生贄に捧げるという「非常識きわまる」、「馬鹿げた」振る舞いに走るのかを問うことでもある。そしてこのこともまた、欲望の三角形理論から考察してみることができる。

私たちは容易に手にはいるものに激しい欲望を抱くことはありえない。欲望の対象の価値はふつう、それを入手するときに出会う困難、抵抗に比例して増大する。容易に手にはいらないものだからこそ、よけい激しい欲望の対象になるのだ。さらに今問題にしている異常な三角関係のような欲望の「内的媒介」の場合には、欲望の実現の困難、抵抗の増大に伴って欲望を示唆する媒介者＝モデルの価値もまた同時に増大する。欲望の主体にとって対象と媒介者の価値は同時に、相互的に、さらには加速度的にさえ増大するのだ。それはほとんど自動運動のように働くのである。そしてそれがある臨界を越えると、今度は主体は欲望の対象よりもむしろ、媒介者＝ライバルのほうに眩惑され、ますます偉大もしくは尊大と見えてくる「媒介者にたいする決定的勝利」だけに心を奪われるようになり、それに伴って欲望の対象の価値、実質が減少してくる。主体の欲望はだんだん抽象的、さらに言えば「形而上的」になってくるのだ。だからこそ、愚かな物好きたちの三角関係――一見「同性愛」の観を呈する三角関係――においては、欲望の対象たち、「異性」たちの役割が著しく減少し、二次的なものになってしまうことになるのである。

だが、アンセルモや長野一郎の悲劇、あるいは狂気はそれだけではまだ充分説明できない。私たちはだれでも人生においてライバル関係の一つや二つぐらいは経験し、みずからを「敗北者」と認めるしかない経験をもたないわけではない。しかし、だからといって、つねにアンセルモのように自殺したり、長野一郎のように「精神病の世界に沈みこむより他に行き所がなく」なるわけではないからである。この点で、きわめて示唆的だと思えるのは、ジラールが『ロマン主義の嘘と小説の真実』で提示した欲望の「内的媒介」のメカニズムをさらに広範囲に展開、深化させた『世の初めから隠されていること』第三部「個人間心理学」の「対象の消滅と精神病の構造」と題されたところで、かつてフロイトがひとを死や狂気に駆り立てる原動力に関して提案した「死の本能」という概念を退けつつ、こう述べている考え方である。

主体がみずから犠牲を払って引き出すのは、模倣的欲望そのものの論理である。欲望それ自体はすこしずつ対象から離れ、モデル［媒介者=ライバル］に執着するようになるのであって、〈徴候〉の深刻化はそうした運動と一体をなしている。というのも、正常な仕方で行動するとは模倣的欲望を免れることではなく——それを免れる者などひとりもいない——、どんな対象をも見失ってしまい、ひたすらモデルだけが気になるほどまでに模倣的欲望に屈しないということだからだ。分別がある、あるいは正常な機能を保っているとは、欲望の対象をもっていて、その対象のまわりをいそいそと立ち回るということなのである。そして気が狂うとは欲望のモデルに完全に捕らえられるがままになること、したがって欲望の使命を完遂すること、きわめて相対的だとはいえ、人間の欲望を動物的生命から区別するところのものをその究極の帰結にまで押し進めることである。私たちに抵抗し、私たちを力ずくで従わせるかぎりでのモデルの眩惑に身を任せることである。(8)

このような人間の欲望の本質的模倣性の論理に照らしてみると、同性愛と見えるものはじつは三角形的欲望の一局面——主体が欲望対象(異性)よりも媒介者=ライバル(同性)の眩惑に捕らえられている一局面であったことが、いよいよはっきりしてくる。また、アンセルモが生贄としてロターリオに差し出せるほどカミーラに無関心になった挙げ句に憤死し、一郎が欲望対象としてはきわめて抽象的な妻の「いわゆるスピリット」などという元来摑みえないものしかもちえなくなり、しかもそれを摑む役割ですらライバルの二郎に委ねたことから狂気に向かうことになったというのも、そうとは知らずに模倣的欲望の論理を究極の帰結にまで押し進めた結果、もはやどんな欲望対象も見出せなくなったからだと解釈できるようになる(ちなみに、『漱石とその時代』第五部の江藤淳は、『行人』執筆当時の漱石の神経衰弱を「関係性の喪失」と特徴づけている)。

ところで、『漱石の心的世界』の土居氏もまた、一郎の「対象の消滅」あるいは「関係性の喪失」といった「徴候」に着目し、「にいさんのいわゆる物を所有するという言葉は、畢竟物に所有されるという意味ではありませんか。だから物から所有される事、すなわち絶対に物を所有することになるのだろうと思います。神を信じないにいさんは、そこに至って始めて世の中に落ち付けるのでしょう」（四一四八）というHさんの指摘を「まことにすぐれた洞察」であり、一郎の問題は結局みずからの模倣的欲望を「正常」と認める「平凡な人間存在の心理の問題」であったと認めている。だが、それにしても不思議なのは、たったこれだけのことを認めるのに、「同性愛」、「同一化」、「転移」、「アンビヴァレント」等々の精神分析学用語は、いったいなんの役に立ったのかということである。土居氏の『行人』解釈はドストエフスキーの初期作品に見られる「病的嫉妬」、「マゾヒズム」、ライバルにたいする「過度のやさしさ」、そしてやはり「潜在的同性愛」について語って現象の特異さを的確に観察しつつも、その特異さを説明しようとしたとたんに無力さを露呈せざるをえなかったフロイトの事例を想起させる。むろんこれは偶然ではなく、土居氏やフロイトの感性、文学観の問題でもない。動態として捉えるべき人間の欲望現象をさまざまな「原型」「図式」に還元して疑わず、ひたすら静態的に説明しようとするあまり、肝心な欲望の運動、過程をしばしば取り逃がしてしまう、精神分析学そのものに内在する問題だと考えるべきだろう。

4　自尊の逆説と病理

精神分析学のことはともかく、一郎の問題はそう単純に「平凡な人間存在の心理に関する問題」に還元されないのであり、およそ凡人の心理などをはるかに越える、もっと知的、近代的で、崇高なものでもあったはずだという異論も当然ありうるだろう。それにはまさにその特殊な近代的知性、その崇高さこそが問題なのではないかと問い返すかたちで、こう答えることができる。アンセルモと同様、一郎が模倣的欲望の論理を究極にまで押し進めることができたのは、破局に通じるそのメカニズムをそれと知らなかったか、あえて知ろうとしなかったからにほかならない。もし一郎に、二郎がお前のライバルなのだと言ってやれば、「馬鹿を言え、あんな軽薄児などなんでおれのライバルなものか」と答えるに決まっている。「正常」と言われる範囲内でしかじかの欲望対象のまわりをいそいそと立ち回っている私たちでさえ、お前のその欲望はだれか他者の模倣だと言われて嬉しい気はしない。まして、アンセルモや一郎といった並外れて自尊心の強い意識の持ち主であれば、模倣的欲望のメカニズムといったことは耳にしたくもないだろう。だが、認めまいとすればするほど、ますます彼らはそのメカニズムに巻き込まれて行く。逆説的ながら、自尊心こそ模倣的欲望のメカニズムをより迅速かつ強烈に、より完璧に作動させる当のものなのだ。ジラールはそうした悪循環に巻き込まれた主体の欲望を結局は欲望対象を見失ってしまうところまで行くという意味で「形而上的欲望」と言い、それと知らずにそうした欲望の虜になっている自尊心の狂おしい状態を「存在論的病《やまい》」と呼んでいる。なぜ病かと言えば、自尊心の行き着くところ結局は絶対的矛盾になり、死によってしか終わることのない、文字通り「死に至る病」（キルケゴール）だからである。

　自尊心はいかなる意味においても他者に依存することなく、欠ける所のない完璧な自我を追求する。だがもし、追求の中途で自分でおのれを認めることなど恥ずべき自己満足、憐れむべき自己憐憫にすぎないのだとすれば、おのれの完璧な姿はどこかで、おのれ以外のもの、つまりは〈他者〉によって承認されることが必要になる。ところが、まさしく他者などにおのれを認めてもらうことこそ、自尊心がその出発点において斥けたことなのだ。他者は同類だからいやなので、絶対的な他者である神がいるではないか、と言う人がいるかもしれない。しかし、一郎の場合でも他のだれの場合でも、絶対的な自尊心はそもそも絶対者を前提とし秘かに絶対者に取って代わりたいという、近代固有の欲望にほかならないのだ。そこで、自尊心は途方もない自己矛盾に出会うことになる。たとえば、ヴァレリーのように「純粋自我」と言ってみたところで、おのれがその「純粋自我」であることをだれにもいっさい知らせないというところまでは行かない。おのれの自我が純粋であることを示そうとしてみずから書く、したがって他者に認めてもらおうとする、ということはつまり、どうしても不純にならねばならないのだ。ロマン主義の最後の化身とも言えるヴァレリーの「純粋自我」をふくめて、ロマン主義的な孤独とはただひとりになることだけでなく、ひとりでいることをだれかに見てもらいたいということにすぎないのである。

ルネ・ジラールには、このような純粋自我——一種「プロメテウス的野心」をみせびらかすヴァレリーとそのような近代的な自我——の野心を断罪し、その行き詰まりを予見しているドストエフスキーとそうした野心とを対比的に論じているテクストがある。

媒介者が欲望する主体に接近すればするほど、存在論的病は悪化する。存在論的病の自然の最終段階は死である。自尊心の浪費的な力は分裂し、つぎに断片化し、そして完全な崩壊にいたることなしには無限に行使されえない。ひとつにまとまろうとする欲望は散乱し、ここにいたると最終的な散乱状態になる。内的媒介の産み出す諸矛盾がついに個人を破壊することになるのだ。マゾヒズムに引きつづいて、形而上的欲望の最終段階、すなわち自己破壊の段階がやってくる。キリーロフやスタヴローギンの自殺のような身体的な自己破壊、そして眩惑のあらゆる形態によって最後の苦悶が構成される精神的な自己破壊。自尊心は主体によって自由に選ばれたものなのだから、存在論的病の宿命的な結末はつねに、直接的であれ間接的であれ、ある形態の自殺になる。(9)

ところで、ジラール的意味ではそれなりにロマン主義者でありながら、「一種の非人間的な」というより、今や「あまりに人間的な」というべき孤独のなかに身を置いて、「死ぬか、気が狂うか、それでなければ宗教に入るか。僕の前途にはこの三つのものしかない」(四—三九)と述べる長野一郎の心理状態は右のテクストに解明されている通りのもの、すなわち「存在論的病」の「自然の最終段階」と見なして大過ないだろう。ただ彼は、すくなくともヴァレリー的な純粋自我よりよほど明晰である。ここには、おのれが純粋自我であることを示す言表自体のうちにふくまれる矛盾に眼をつむる厚かましさがないからである。死、狂気、宗教はいずれも、絶対矛盾としての自尊心の論理的帰結、すなわちその自己破壊の形式だが、身体的な自殺を斥け神を認めず自分が正気であるか狂気であるかを問う一郎は、自尊心にとって残された今や唯一の生、すなわち自尊心そのものの死を生きようとしているかのようである。だから、一郎の病がなんであるかを問うまえに、なぜ一郎が病になり、その病が深刻になるのかを問うのでないかぎり、私たちは一郎を完全には理解できないのだ。もしかすると一郎には内因性の素質的欠陥があったのかもしれず、性的に異常な傾向があったのかもしれない。しかし、それだけが彼の病の原因でも、病の進行の要因でもない。彼が私たちと同じように自分の欲望の模倣性を認めないからこそ——だが私たちよりもはるかに強烈な自尊心の持ち主であったればこそ——、私たちがすでに侵されているかもしれない「存在論的病」を見えるようにしてくれているのである。

一郎が「存在論的病」に罹っていて、その自我が「分裂、つぎに断片化、そして完全な崩壊に」いたろうとしている徴候を認めるのは、そうむずかしいことではない。それは言葉のうえではあからさまな矛盾、行動のうえでは自己矛盾に苦しむ自尊心の苛立ちとして現れる。たとえば、「二郎、おれはお前を信用している。けれども直を疑っている。しかもその疑られた当の相手は不幸にしてお前だ」と言いつつ、お直の貞操を試せという命令をきかないなら「おれは生涯お前を疑るよ」(二—二五)と、まさしくグレゴリー・ベイトスン的な二重拘束そのものによって二郎を縛りつけるとき、この「信用」という言葉にどれほどの重みがあろうか。こうした矛盾は一郎の病が進行するにつれ、ますます露骨になる。第四部の「塵労」では外界をさして、「あれらはことごとく僕の所有だ」と断言したかと思う間もなく、「僕はもうたいていのものを失っている。わずかに自己の所有としているこの肉体さえ……遠慮なく僕を裏切るくらいだから」（四―三六）と言う。彼の「僕は絶対だ」「神は自己だ」という断定はやがて、「僕の世界観が明らかになればなるほど、絶対は僕から離れてしまう」（四―四四）とあっさり打ち消されてしまう。彼はHさんに、「論理的に終始を貫いて真直ぐに見え」ながらも「暗い奥には矛盾がすでに漂っています」と看破されるだけではない。自分でも「僕は迂闊なのだ。僕は矛盾なのだ。しかし迂闊と知り矛盾と知りながら、依然としてもがいている」（四―四五）と告白し、いみじくも「自分のしていることが、自分の目的《エンド》となっていないほど苦しい事はない」（四―三一）と打ち明けるのだ。

矛盾に苦しむ自尊心はしばしば「癇癪」を起こし、弟、父、あるいは「大概は僕のよりも不善で不美で不真な」意志しかもたぬ「世の中」に向けた罵倒、暴言になり、その暴言が端的に妻にたいする暴力に転化したりもする。かと思うと、自尊心がただ空虚でしかないことへの苛立ちにうんざりして、ときに――むろん自尊心を傷つけない範囲内でだが――おのれとは正反対のものに憧れる瞬間がある。他家の下働きをして黙々と給仕しながら「天真」を失わないお貞さんがつくづく「幸福に生まれた人」に見えてくる。あるいは、「電車の中やなにかで、ふと目を上げて向こう側を見ると、いかにも苦のなさそうな顔に出っくわす事がある。自分の目が、ひとたびその邪念のきざさないぽかんとした顔に注ぐ瞬間に、僕はしみじみうれしいという刺激を総身に受ける。僕の心は旱魃に枯れかかった稲の穂が膏雨を得たようによみがえる……僕はほとんど宗教に近い敬虔の念をもって、その顔の前にひざまずいて感謝の意を表したくなる」（四―三三）ことさえある。これはまさしく、ジラールの言う「ひとつにまとまろうとする欲望は散乱し、ここにいたると最終的な散乱状態にな」る「存在論的病」の「最終的な段階」と言ってよいだろう。

5 『行人』の作品構造とその解釈

江藤淳『漱石とその時代』第五部によれば、このように一郎の存在論的病の「病跡」を描いていた当時の夏目漱石は、何度目かの「神経衰弱」と「胃潰瘍」に悩まされ、「関係性の喪失」に苦しみながらも、危うく精神の均衡を保っていたらしい。だから『行人』には当時の漱石の経験していた症状が意識的、あるいは無意識的に「投影」されていたとしても、あるいは不思議でないかもしれない。だが、生活者としての「自我」と創作者としての「自我」は厳密に区別されねばならないとは、『サント＝ブーヴに反論する』のプルースト以来文学研究者の常識にさえなっていることである。まして、『行人』は私小説ではなくて新聞小説なのだ。作者は当然、たとえみずからの経験だとしても、それを対象化し、つねに一般読者に興味を抱かせる仕方で虚構し、客観的に表現しなければならない。それが最低限必要な小説家の条件というものである。だから、一郎の異常性を即漱石の異常性と見なしてはならないのはいたって当然な話なのである。にもかかわらず、さきに言及した千谷七郎氏をふくむ一部の論者たちはあえてそうしている。しかしそれはあくまで、一郎を『行人』の主人公とし、この主人公を作者の代弁者だとみる素朴な前提のうえに立ってのことである。

だが、そもそも一郎は『行人』の主人公なのだろうか。かつて越智治雄「長野一郎・二郎」、そしてとくに伊豆利彦「『行人』論の前提」などすぐれた国文学者たちによる実証的仕事(10)は、すくなくともそれを疑ってみなければならないことを私に教えてくれた。とはいえ私は、一郎、二郎のどちらが小説の主人公かという問題にさして意味があるとは思わない。どちらを主人公と見ようと、この小説の読解としては一面的たるを免れず、『行人』は一郎説話でも二郎説話でもなく、このふたりの関係――さらに言えば、ふたりの欲望の相互媒介的関係――の物語として読まれねばならず、またこの相互媒介的関係をはっきりと意識しながら書いたところにこそ、小説家としての漱石の炯眼、手腕が見られるのだと考える。二郎なしに一郎がありえなかったことはすでに見たが、これから一郎なしに二郎もまたありえなかったことを見ることにする。

もし欲望の本質――というか、先ほどから私は欲望は静態としてでなく動態として現象するという立場に立とうとしているのだから、欲望の常態と言うべきだ――が模倣であるとするなら、一つの欲望がそれと知らずに他の欲望を誘発するのは当然である。このような欲望の無意識的「感染」という点について、最後にもう一度、『世の初めから隠されていること』第三部「個人間心理学」のルネ・ジラールの見解を見ておこう。

無意識的模倣とは人間関係における感染である。そして、これを免れる者は原則として、だれひとりいない。モデル（媒介者）が主体に指し示す対象への熱情を倍加するのは、モデル自身がその感染に身を任せるからである。とどのつまり、モデルは弟子を介して自分自身の欲望を模倣することになる。もし弟子が自分自身のモデルにたいしてモデルとして役立つなら、モデルは逆に自分自身の弟子の弟子になる。要するに、人間たちのあいだには、より正確には人間の欲望のあいだには、真の差異はないのである。交換され、移動し、漂流する差異という表現で思考するだけでは、やはり充分ではないのだ。いわゆる差異なるものはつねに、相互性のいくらか恣意的な断絶にすぎないのである。(11)

ジラールがここで確認しているのは、欲望の媒介者と主体の関係、差異は相対的なものにすぎず、その関係はすぐにでも逆転し、差異もまたやがて消滅してしまうことが模倣（ミメーシス）的欲望の常態であるということだ。だからこそ、「理想主義者」ドン・キホーテの途方もない欲望ですらついに「現実主義者」サンチョ・パンサに「感染」するのだし、ロタ―リオもヴェリチャニノフも、まるで一種の眩暈に屈するかのように、アンセルモやパヴロヴィッチの差し出す女たちを愛するようになったのだった。だから『行人』でもまた、一郎の異常な形而上的欲望がやがて二郎に「感染」し、ふたつの欲望のあいだで辛く空しい相互的媒介の劇が演じられることになるだろう。しかも漱石は相当意識的にそのことを書き込んでいるのであって、ちょうど一郎が狂気に陥るまえに三沢の入院、その三沢と精神病の娘のエピソード、そのエピソードをめぐる一郎自身のコメントといった具合に手順をふんだのと同じく、二郎が自発的に欲望しえず容易に他人の欲望に「感染」しやすい人物であることを示す布石をいくつか打っている。小説の冒頭、二郎は結婚まえにはなんの興味もなかった岡田の妻お兼に再会したとき、彼女が「眼の縁に愛嬌を漂わせる」なかなか魅力的な女であることを初めて発見し、「いい奥さんになったね、あれなら僕がもらやよかった」（一—三）などと軽薄なことを言うばかりでなく、それから徐々に彼女の性的魅力に敏感な反応を示すようになる。さらに、同じ第一部「友達」の最後の数章を費やして長々と描かれる、友人三沢の知っている「あの女」と二郎が近づく美しい看護婦をめぐる、じつに奇妙なエピソードについて、軽薄であるはずの二郎にしては、このようにずいぶん穿ったことを言う。

自分の〈あの女〉に対する興味は衰えたけれども自分はどうしても三沢と〈あの女〉とをそう懇意にしたくなかった。三沢もまた、あの美しい看護婦をどうする了見もないくせに、自分だけがだんだん彼女に近づいてゆくのを見て、平気でいるわけにはゆかなかった。そこに自分たちの心づかない暗闘があった。そこに持って生まれた人間のわがままと嫉妬があった。そこに調和にも衝突にも発展し得ない、中心を欠いた興味があったのである。要するにそこには性の争いがあったのである。そして両方ともそれを露骨に言う事ができなかったのである（一—二七）。

ここには二郎が自発性を欠き、ただ他者の欲望の「感染」によってしか欲望しえない人物であることが明示されているが、この状況はまだ「中心を欠いた」、つまり欲望対象への熱情が相互に見えない、いわば停止状態のライバル関係である。しかしすくなくとも、いずれ「興味の中心」が、欲望の〈主体―媒介者―対象〉の関係が明確になれば、二郎がすぐにでも他者の欲望に「感染」してしまうだろうことだけは暗示されている。だからこそ二郎は、三沢ならけっして口にしないだろうことを「持って生まれた人間のわがままと嫉妬」の権化のような一郎が「露骨に」口にしたとき、兄とのあいだで「性の争い」の「暗闘」を開始することができたのである。

　じっさい私たちは、もし一郎の「直はお前に惚れているんじゃないか」（二―一八）の一言がなかったら、二郎がお直を欲望の対象として見ることも、お直が「大胆すぎる」行動に及んだり、「ロマンチックな言葉」を口にすることも、一郎自身が狂気にまで追いつめられることもなかったことにもっと驚いてもよい。二郎は一郎よりさきにお直を知っていたのだし、その後もずっと同居しながら、彼女になにか特別の感情を抱いていたなどということはどこにも書かれていない。だから、一郎が二郎をパオロ、お直をフランチェスカになぞらえたのはおそらく正確だったが、自分自身がフランチェスカの夫であると同時にランスロットの物語の作者でもあることに気づいていなかったことに、一郎の真の悲劇があったのである。しかしまた、まさしく一郎がガレオットでもあったという二重拘束のゆえに、二郎とお直はダンテの恋人たちのようには振る舞えないことにもなる。

　だが、二郎がそのことに「心づく」のはもっとあとになってからだ。さしあたって彼はうろたえながらも、ロターリオ、ヴェリチャニノフ、それから他者の欲望に感染したどんな者たちとも同じように行動することになり、和歌山の一夜以降はお直をはっきりと欲望対象として意識するところまでゆく。それと平行して、欲望対象へのそれ以上の接近をさまたげているように見える一郎を「からかうというほどでもないが、多少じらす気味」になったり、「敵愾心」をもったり、「軽蔑し始め」たり、要するに兄が徐々にライバルに変貌して行く。しかし、二郎にとって一郎が充全なライバルになりきることはない。と同時に、お直が積極的に近づいてくる気配を感じても、二郎は自分のほうから近づくことはできない。小説が進むにつれ、「事の起こりそうで起こらない」(三—三八)状態がいよいよ目立つようになるのだが、それはかならずしも二郎がインセスト・タブーをまえに怯んでいるからではない。妹のお重や母親の目を意識するあたりに多少そうした怯みが見られはするが、最大の理由はやはり出発点にあったというべきである。

そもそも二郎は、一郎にお直の節操を試すようにと執拗に迫られたとき、すでに「兄を真正の精神病患者だと断定した瞬間さえあった」(二—二五)。その後、この疑惑は彼が媒介者一郎に示唆された欲望対象お直のことを考えるたびに蘇ってくるのであって、たとえば第三部「帰ってから」の冒頭、大阪から帰る寝台車のなかで、「自分は暗い中を走る汽車の響きのうちに自分の下にいる嫂を何うしても忘れることが出来なかった。彼女の事を考えると愉快であった。同時に不愉快であった。何だか柔らかい青大将に身体を絡まれるような心持ちもした」という奇怪な幻想を抱く——これは「まことにアンヴィバレント」な幻想として、精神分析学者たちの好餌にされかねないところだろう。だが、やがてその青大将がとなりで眠っている一郎のところに向かい、一郎の「頭から足の先まで巻き詰めているように」感じられ、「自分の想像にはその青大将が時々熱くなったり冷たくなったりした。それからその巻きようがゆるくなったり、堅くなったりした。兄の顔色は青大将の熱度の変ずるたびに、それからそのからみつく強さの変ずるたびに、変わった」（三─一）と、なにやら漠然とした恐怖のいりまじった性的嫉妬さえ覚えるが、まもなくその一郎の眠り方が「今でも不審の一つ」として記憶されるほどのトラウマとして残る。

要するに二郎は、欲望対象に向かおうとすればするほど、媒介者たる一郎が「真正の」ライバルなのかどうか疑わざるえなくなり、模倣的欲望のメカニズムが逆方向に働くことになるのだ。そして、その疑いが大きくなるにつれ、一郎は欲望の媒介者としての威信を次第に失ってゆき、多少の紆余曲折はあっても、やがて媒介者に示唆された欲望対象であるお直にたいする二郎の興味もまた徐々に薄れて行く。こうして、相互媒介された模倣（ミメーシス）的欲望のメカニズムが停止するとともに、二郎はふたたび「中心を欠いた」内面の空虚さに送り返され、「周囲と全く遮断された人の淋しさを独り感」（四─六）じ、「心の裡で、自分こそ近頃神経過敏症に罹っているのではないか」（三─二九）とさえ思うことになる。小説の展開につれ、二郎は「その拠り所たる現実を喪失し……ほとんど一郎に近づいて行く」[12]とは越智治雄の卓見だが、終局にいたって一郎（媒介者＝ライバル）の狂気が決定的に判明したとき、彼はすべてを失い、間違って兄をライバルと意識したみずからの迂闊さ、軽薄さをひたすら後悔することしか、もはや残されていなかったように見える。

6　漱石の晩年

『行人』はそれと知らずにライバルを狂気に追いやった人間が、若かった頃の自分の過去を「懺悔」する物語として書かれている。もし二郎の「懺悔」に死をまえにしたドン・キホーテの、「今ではわしはアマディス・デ・ガウラ、ならびに、おびただしいその一族の敵であり、ああした遍歴の騎士道の不埒な書物をおぞましく思う者であります。あれらのものを喜んで読んでいた自分の愚かさと、みずからが陥っていた危険にやっと気づいたのです。つまり、神の広大無辺のお慈悲とわし自身の苦い体験により、ああした書物を嫌悪するようになりましたのじゃ」（牛島信明訳）といったような、おのれの欲望の模倣性を明確に自覚した「懺悔」と、ロマン主義の神話から解放される決定的な「回心」とを認めることができるなら、私たちは『こころ』について作田啓一が、「この作品において、漱石は愛における媒介者の役割をはっきり意識しており、漱石がロマンチスムを超えた[13]」と言ったように、『行人』の作者がジラール的意味においてロマン主義の作家からロマン、小説の作家に移行したと言いうるかもしれない。『行人』『こころ』の漱石はたしかに、ロマン主義的人間をその内面の空虚さを露わにさせるかたちで書きうるまでに、非ロマン主義的作家になっていることは事実だからである。

だが、『行人』の場合にはまだ一郎的なものに比重がかかりすぎ、終結部「塵労」の後半がそっくりHさんの報告の手紙で占められているのに、それにたいする語り手の二郎のほうにはなんの感想もないまま小説が終わっているのだから、彼の「懺悔」なるものの最終的な実質と意味合いがもうひとつ明確に現れてこない嫌いがある。またあえて言えば『こころ』の場合も、「先生」は自分の恋、欲望ばかりか死すらも他者の模倣であることを充分意識しないまま、あるひとが言ったように、「いささか無理やり自殺させられた」感が否めないのだ。

おそらく、漱石の晩年をジラール的意味における「回心」という観点から検討してみてもいいと思われる要素がいくつもある。むろん、これは軽々に扱うにはあまりにも重要な問題であり、専門的には当然必要とされる最低限の準備すらも私にあるわけではない。そう断ったうえでの話だが、たとえばあのじつに名高い「則天去私」という思想＝小説技法である。もとより、もっぱら喪ったばかりの師を神格化しようとする弟子たちの断片的な伝聞に基づくしかない「則天去私」を、なにかしらのまとまった哲学的、ないし宗教的思想として論ずるにはあまりにも一次資料がすくなすぎる。その輪郭はどうしても曖昧たらざるをえないから、いくら試みても結局抽象的な思弁、不確かな憶測の域を越えるのは不可能に近いだろう。とはいえ、正宗白鳥のように「人間は気力が衰えた時には、年甲斐もなく、いやに感傷的な言葉を吐きたがるものである。〈人の死せんとするや、その言うことや善し〉と云うのも、畢竟は、気力の衰えをさすに過ぎないことがある。……漱石晩年の作品に、私は、彼の心の惑いを見、暗さを見、悩みをこそ見るが、超脱した悟性の光が輝いているとは思わない(14)」とにべもなく言い放つだけでは、いくらなんでもあまりに身も蓋もないというべきだ。

同じ漱石の脱神話化を図るにしても、若き江藤淳のような「〈則天去私〉の視点に関する一つの仮説を提起すれば、それは作家の作中人物に対するfairnessあるいはpityである。これは必然的に、作家に於ける自己の内部の対象化を要求する。『道草』でこの態度は漸くうかがわれ、『明暗』ではかなり明瞭にうかがわれる」[15]という評価のほうがずっと公平である。というのも、「則天去私」は漱石晩年の思想・宗教的境地としてのみならず、また「芸術には私心を去り、神と同じような心持ちなって対せねばならぬ。己を一つ見てくれと云うような態度で芸術に向かってはならない」という岡栄一郎の証言に見られるように小説技法への言及でもあったからで、しかも『道草』と『明暗』の小説技法上の顕著な特徴はまず、作者の登場人物にたいするその並々ならぬ「公平さ」に見られるからである。

いくら作者の自伝的小説であろうと、いや、まさしく自伝的要素を扱っているからこそなおさら、『道草』では健三が主人公であっても、けっして彼の「自己は絶対者ではありえない。自己と同一の平面にはかずかぎりない他人がいて、一挙手一投足を拘束」される。ここでは健三と同様に、その妻お住、金銭をせびりにくる養父の島田などの人物はいずれも、彼らなりに「自己の存在を全編にわたって主張している」[16]のだ。この小説は知的、倫理的エリートであったはずの健三がみずからの軽蔑の対象であった他人――『行人』の一郎にとっての「大概は僕のよりも不善で不美で不真な」意志しかもたぬ「世の中」――と同一の平面に立っていることを思い知らされ、しかもその幻滅にはそれなりの理由があると実感することで、他者とともに自己を発見する物語である。だからこそ、「世の中に片付くなんてものは殆どありゃしない」ということになる。

また、漱石には手厳しかった正宗白鳥にしては珍しく、「この作者には免れがたい癖であったロマンチクな取扱振りがない[17]」点を評価している『明暗』では、この公平さがさらに徹底し、津田はけっして主人公にされることはないし、小説が津田の視点からだけ書かれているわけでもなく、しばしばお延の視点からも書かれている。いや、ただ津田、お延夫婦のみならず、その他お秀、小林などすべての人物たちが、まるで「神の如く公正に」（江藤淳）扱われて間然するところがないのだ。ここではすべての登場人物たちが見事に相対化されている。もし近代小説がそこでは「だれもが正しくなく、またまったく誤っているわけではない相対性のカーニバル[18]」のことであり、また小説家のモラルとは「道徳的判断を中断し、ただちにみんなを裁く、理解することなしに裁くという、人間の抜きがたい性向に反対する」（ミラン・クンデラ）ことであるなら、『明暗』ほど典型的な近代小説はまたとあるまい。『明暗』は未完に終わっているから、この「ぼくらの所有する数少ない真の近代小説の一つ」（江藤淳）を十全に論じることは結局不可能だが、いずれにしろ作者の作中人物たちにたいする公平さに関してはまったく異論の立てようはないのである。

このように『道草』『明暗』では、いかなる意味でもひとりの主人公だけを特権化することなく、すべての登場人物たちを徹底して相対化する公正さが貫かれ、それまでの漱石の作品に見られた、あたかも「己を一つ見てくれと云うような態度」、ロマン主義的な善悪二元論に立脚して安易に人を裁く態度が完全に姿を消している。ルネ・ジラールならきっと、そこに「実存的な断絶」を見、これらの小説を「ソフォクレス的な恐るべき公平さ」と形容するにちがいない。そして、この両作品に共通するエピグラフとして、こんな言葉を提案するかもしれない。「したがって、ひとを裁く者よ、あなたには弁解の余地がない。他人を裁くことにより、あなたは自分に罪を宣告する。他人を裁くあなた自身が同じことを行っているからである」（ローマ人への手紙、二の一）。

第三章　暴力的人間と人間的暴力――深沢七郎の世界

1　『楢山節考』の作品構造と内的統一性

ふたつの映画

深沢七郎が信州の貧しい山村の棄老伝説をテーマにした小説『楢山節考』を発表したのは一九五六年一一月である。「中央公論新人賞」応募作品だったこの小説が伊藤整、武田泰淳、三島由紀夫ら当時の選者たちに強い衝撃をあたえ、さらに夏目漱石にはあれほど手厳しかった正宗白鳥までが、「ことしの多数の作品のうちで、最も私の心を捉えたものは、新作家である深沢七郎の『楢山節考』である……私は、この作家は、この一作だけで足れりとしていいとさえ思っている。私はこの小説を面白ずくや娯楽として読んだのじゃない。人生永遠の書の一つとして心読したつもりである」[1]と最大級の讃辞をおくったことは、戦後文学史のあまりにも有名な出来事である。作家、批評家たちの『楢山節考』観についてはのちに述べることとし、いささか迂回することになるが、これまで二度映画化された『楢山節考』にすこし触れておきたい。

映画はもちろん「面白ずくや娯楽として」のみ存在する芸術でなく、ときに「人生永遠」の作品になることもないわけではない。『楢山節考』の映画化はまず、わが国の高度成長初期に木下恵介監督によって、その後バブル期に今村昌平監督によってなされ、後者はその年のカンヌ映画祭で最優秀作品賞まで獲得した。私は中学時代に小説『楢山節考』を読み、幼いながらも自分なりに受けた強烈な感銘をずっと忘れずにいたので、このふたつの映画はいずれも封切り直後に見ている。そして、二度とも失望した。これではとうてい「人生永遠」の作品とは言えないのではないかと。むろん映画作品は多数の観客を相手にしなければならないのだから、原作をある程度「面白ずくや娯楽として」映画に翻案するのはやむをえないとしても、いずれの映画化の場合にも原作にない余計なものがあまりにも無神経に付け加えられ、これでは原作の本質を伝え損なっていると思わざるをえなかったのだ。

まず、木下作品では、たとえば辰平が母おりんを雪の楢山に捨てた帰路、楢山まいりの道順の途中にある七谷にさしかかると、往生際の悪い父、銭屋の又やんを倅が必死に谷底に突きおとそうとしているところに出くわす。原作では、辰平はただ「あんなことをするのだから（しきたりの）振舞酒も出さないわけだ」と思いながら、「狼が走って行くように背を丸めて逃げてゆく倅を眺めている」だけである。

ところが木下版《楢山節考》では、実の父親にたいする息子の、あまりにも心ない仕打ちに義憤を感じた辰平が、銭屋の倅を谷底に突きおとし、制裁を加えるというふうになっていた。もし私の記憶に間違いなければ、原作に付け加えられたこの殺人は、過酷だが絶対的な掟によって老母を山に捨てざるをえなかった辰平の苦悩と悲哀、そして激しい後悔を対照的に際立たせ、たしかに彼のヒューマンな一面を強調してはいた。しかし、そのヒューマニズムは一方的であり、ルネ・ジラール的に言えば「ロマン主義的」なヒューマニズムである。そこには、銭屋の倅とてなにも好きこのんで非人間的な暴力に訴えたわけではなく、父親の又やんが気丈な辰平の母おりんのように従容として死に赴いてくれたほうがどれだけ有り難かったかわからないといった公平な、あるいは常識的な視点が欠落しているからだ。楢山まいりの掟をまえにした辰平と又やんの倅との違いは、たまたま往生際のよい親をもったか悪い親をもったかの違いにすぎない。だからこそ原作の辰平は「あんなことをするのだから振舞酒も出さないわけだ」と、不幸な銭屋の父子を理解し憐れむことはあっても、自己の感情なり幸運なりを絶対視して安易に他者を裁き、あまつさえひとりよがりな制裁を加えるなどいった軽はずみなことはしないのだ。

木下版《楢山節考》には辰平の殺人よりもさらに啞然とする場面があった。姥捨などといった野蛮な時代も終わって、いつしか楢山のそばを汽車が通るようになり、楢山駅のプラットホームにスキー客がちらほら登場する幕切れである。それまでは田中絹代の熱演もあって、歌舞伎仕立ての人情劇と見ればそれなりに観客を泣かせるものだったのに、興ざめもいいところ、私は時を置いて二度見たが二度ともあの突飛なフィナーレの意味が解せなかった。強いて推測するなら、あれは「姥捨などは昔の伝説です。

現代ではあんな極貧も、悲しい母子の別れも、非情な掟もありません。かつて老母の死骸を覆った白い雪のうえで、いまや都会の息子や娘たちがスキーを楽しむようになっているのです。おりんと辰平母子の残酷な別離に涙を流された観客の方々、どうかご安心めされ。さいわい人間社会には進歩というものがあり、その進歩をこそ私たちは信じましょう」とでも言わんばかりに、昭和三〇年代高度成長初期の経済的楽観主義を語っていたのだろうか。

今村版《楢山節考》は、七〇になった老人は口減らしのために山に捨てるという掟と、長男のみが性的権利を有し、次男以下は家畜同然に働かされるが、性的に存在することは認められないという禁制とを併せ持つ閉ざされた村の物語といったふうに、『楢山節考』と『東北の神武たち』を一本にして翻案、脚本化された映画だった。その結果、辰平は老母を山に捨てるべきか否かという悩みの他に、弟の性的フラストレーション解消のために頭を使い、おりんはおりんで楢山まいりの前日に次男のセックスの相手を捜し回らねばならないといったように、なんともしまらない心配をさせられる。そのほかにも、辰平がかつて楢山まいりの掟に従いきれなかった実父を恥じて秘かに殺害し、その父親殺しの思い出がおりん・辰平の母子関係に無形ながら強い影響をあたえているとか、孫の嫁になるはずの松やんを「池の前」でなく、盗みを働いたために一家が皆殺しにされる「雨屋」の娘に代えたために、おりんは策を弄して松やんを実家に帰し、いわば間接的に松やんを殺すことまでさせられる。他の作家の場合ならばともかく、そもそも「性」の問題が「生」の重要な要素になるとか、主人公が安易に殺生をおこなうといった発想は、およそ深沢七郎の世界観から程遠いものだろう。『東京のプリンスたち』や『千秋楽』

などを読めば、深沢的世界において性はほとんど罪悪に近く、嫌悪と忌避の対象でさえあることが窺えるし、『みちのくの人形たちは』は便法としての殺生という発想自体を宗教的な敬虔さで否定している。だが、さしあたってそのことは問題にせず、今村版《楢山節考》でも主たるテーマであることに変わりはない「楢山まいり」が、はたしてどのように処理されているのか、ということだけに焦点を当ててみよう。

そうすると、今村作品ではその肝心の「楢山まいり」が木下作品に比べてさえも劇的行為としてのリアリティを著しく欠いていると感じるほかはない。理由は簡単で、そもそも姥捨の掟を必然化したのは共同体の貧困であったはずなのに、おりんたちの村の山には山菜がふんだんにありそうだし、家にはほとんど労働しない馬までいる。楢山まいりの途中の川には魚がうようよ泳いでいる。そのそばにはかわいらしい鹿までいる。辰平は鉄砲をもっているのだから、そんなにも一家の飢えが問題なのであれば、どうしてその鉄砲を使って食糧を確保しないのか、と素朴な観客なら思ってしまうだろう。要するにこの映画の道具立てからは、口べらしのために七〇歳を越えた村の老人を山に捨てなければならないほどにも厳しい飢えの問題があるとは、とうてい見えないのだ。蛇や蛙まで使ってしつこく描かれる様々な「性」のエピソードは、もちろん辰平やおりんたちの直面する「生」の深刻な問題を嘲笑うような役割しか果たしていない。その結果、さながら重い荷物を背負って登山でもしているかのように、息を弾ませ汗を流しつづける緒形拳＝辰平の楢山まいりは、それが決まりだから行かなければ世間体が悪いというだけの、いたって形式主義的な楢山まいりに堕してしまい、そこには「人生永遠」の作品にふさわしい崇高さがいささかも見られないのである。

あるいは、もしかすると監督＝脚本家の今村昌平自身、共同体の飢えの問題解決の窮余の一策である楢山まいりという前近代的で野蛮な因習を今さらながら——とりわけ、地球的に言えば、飢餓の問題も人減らしの問題もけっして消滅したわけでなく、むしろ深刻化していたというのに、この国だけがバブルに浮かれ、「安楽への全体主義」（藤田省三）に埋没して、物質的には一見豊かに見えても、精神的にきわめて貧しく浅ましかったあの時代に——映画化するのに、充分な内的必然性を感じていなかったのかもしれない。そうとでも考えなければ、飢餓という共同体のぎりぎりの死活問題を——たしかに別様に「生」の深刻な問題であるとしても——「性」の問題で補足し、辰平に秘かに父親殺しを演じさせて、この楢山まいりにエディプス的な心理的意味合いまで付与した理由が分からなくなるのだ。結局、今村版《楢山節考》はおりんの楢山まいりも、それに先立つ雨屋一家の集団的リンチも、ただ前近代的で残酷な掟であるのではなく、つねに貧しく、したがって貧しさゆえの争いが絶えず、一旦誘発された暴力は容易に制御できないことを片時も忘れてはならない共同体が、かろうじて存続するための、いわば人間的暴力であることを見ないか、あえて無視するロマン主義的、あるいは過度に個人主義的な作品だと思わざるをえなかった。

『楢山節考』の世界

かりに深沢七郎の原作を読まずに、木下作品にしろ今村作品にしろ、ただ映画だけを見た観客がいるとすれば、私が以上に述べてきた不満や批判は、きっと不可解な難癖にすぎないと思われることだろう。そこで以下、これからの論述とも関連するので、小説『楢山節考』の作品構造と――少し言いかけたが――その内的統一性を私なりに確認しておきたいと思う。

この小説は死者を迎える盆の楢山祭りについての描写と説明に始まり、生者を強制的に死者にする暮れの楢山まいりの顚末によって終わる。楢山祭りは「他の行事より特別に力をいれる祭り」であり、ご馳走をこしらえるのもこの祭りのときだけだが、それと同時に、来年七〇歳になるおりんにとって、きたるべき楢山まいり、姥捨による死の準備をすべき時を告げるものでもある。楢山祭りの意味をそのように知らせたあと、作者は以後、あらゆるエピソードを村の恒常的な貧しさ、そしてその貧しさが村人に課した生活観、人生観、掟と風習（最低限の文化）を述べつつ、みずからが属する共同体の論理と倫理の必然性を信じ切ったおりんの楢山まいり、つまり自己の死の準備としてのみ描く。辰平の後妻に玉やんが来てくれて嬉しいのは、後事を心配せずに安心して山に行けるからだし、年寄りには丈夫すぎる歯を火打ち石をつかってへし折ってしまうのも、やがて山に捨てられる老人にふさわしい体裁をととのえるためだ。孫のけさ吉が「池の前」の松やんを孕ませたことでおりんの心を悩ますのは、家の「性」が村の「生」のありように違反すること、すなわち見境もなく食い扶持をふやしてしまうことの恥であり、これがますます楢山まいりの決意をおりんに固めさせる。そして隣の銭家父子のたしかに人間的と言えば言えるけれども、いかにも情けないエピソードは、楢山まいりに向けたおりんの決然とした意志と周到さを際立たせる対照例として語られる……。

原作を読んだ者ならだれしも、ここまでの要約には異論がないだろうと思う。しかし、これまで多くの『楢山節考』論者が次の、他家の食料を盗んだために「極悪人」としてリンチされる雨屋のエピソードをさほど重視していないのは、いささか不思議な気がする。小説では、盗みが発覚した雨屋一家の一二人全員が「楢山さんに謝る」ために「祭りの場」に引きずり出される。そしてその後におこなわれる「家探し」には村人が全員一致して参加しなければならず、その後雨屋一家は「村中の申し合わせ」で暴力的に「根絶やし」にされるのだ。食料に関する絶対的な掟を破った者にたいするこの集団リンチは、楢山祭りが表であるとすればその裏とも考えられ、いずれも「楢山まいり」の掟の神聖さを尊重すべきことを教える役割を果たしている。おりんが楢山祭りの歌がきこえるようになったときに楢山まいりの準備をはじめたのと同様、ずっと懊悩し、逡巡していた辰平が初めて「おばやん、来年は山へ行くかぁ」という恐ろしい文句を口にするのは、雨屋の一家の「根絶やし」の絶対的な必要性を確認して参加したこのときなのである。だから、このエピソードは作品の内的論理において決定的な意味をもっているのであり、読者はここで初めて、辰平とともに姥捨の必然性を具体的な形で納得させられる。そしてこの直後にクライマックスの楢山まいりが語られる。真の宗教的な儀式そのものと言っていいほど厳密で、内密な楢山まいりの「作法」の伝授の長い描写と説明のあと、往生際が悪いために倅を手こずらせた挙げ句、谷間に突き落とされて無数の黒いカラスの餌食になる不運な銭屋と、ほとんど神の祝福でもあるかのように降りはじめた白い雪に覆われ、浄められる「運のいい」おりんという、対照的な二とおりの楢山まいりが描かれて、改めて掟の絶対性が確認される。

以上のような構造をもつ『楢山節考』の内的統一性とは何であろうか。まず飢えにたいする先祖代々からの恐怖。つぎに飢えが惹き起こす暴力、そしてこの暴力が野放しにされたときに予想される共同体の全滅への恐怖。だから、飢えが必然的に誘発する暴力に何らかの歯止めをかけなければ途方もない混乱が生じ、共同体が死滅の危機に瀕するので、すこしでも暴力の種になりかねないものは、その都度全員一致で排除すると取り決めて、なんとしても平和の維持を図らねばならない。それが雨屋の「家探し」と「根絶やし」の意味であり、この出来事のおかげで村の儀礼、風習がいわば再活性化される。だが雨屋のエピソードは、言ってみれば偶発的かつ後発的な暴力の種にすぎず、恒常的に食料が欠乏し、飢餓の可能性が日常化している共同体が致命的な暴力を誘発せずにみずからの存続を確保するには、より根本的かつ絶対的な掟が必要だった。要するに共同体の成員の数を制限して「口減らしをする」ほかはなかったのだが、だれを、どんなかたちで犠牲にするかをあらかじめ定めておかねばならない。そうでなければ、それぞれの家族がたえず他の家族を「根絶やし」する誘惑に駆り立てられかねないだろう。そこで、おりんの村ではごく原初のころに七〇歳を越えた老人をそれぞれの一家の責任において共同体から追放するという取り決めがなされ、それを絶対に遵守するという掟がつくられた。また、生まれたばかりで、まだ人間とは見なせない赤子の間引きということもかなり頻繁に行われていたらしいことは、作中のすて吉の台詞からうかがえる。ともかく、暴力の最大限の節減をはかりつつ村の存続を保証するのに必要最小限の暴力として、相対的に無力であるとともに、それぞれの家族が責任をもつことで報復の恐れのない老人の「楢山まいり」が絶対的な掟となり、その掟を全員一致して遵守することを確認し合うために、掟の違反者を集団的に排除し、全員一致して毎年一度「楢山祭り」を祝う。おりんはこのような共同体存続の論理と倫理をすべてわきまえて死に赴くのだし、辰平は雨屋一家のリンチのさいにそれを最終的に受け容れる。雨屋のリンチの先頭に立ち、力ずくで父親を楢山まいりさせざるをえなかった銭屋の又やんの倅もまた、きっとそのことをわきまえていたのだ。私が木下版《楢山節考》に不満を覚えたのは、それが共同体の論理と倫理を最終的に自覚する以前の辰平の視点にとどまっていたからであり、今村版「楢山まいり」に違和感を覚え、落胆したのは、すべてがあの往生際が悪く浅ましい又やんに近い視点からしか提示されていないと思えたからである。これは第五章でもっと一般的に論じることだが、要するにいずれの場合も、伝統的社会の全体論（ホーリズム）に属することが近代の個人主義的な範疇で考えられているのだ。

2 『楢山節考』の諸解釈

一九五六年、小説『楢山節考』の出現が当時の文学者たちにあたえた衝撃は、ほとんど戦後文学の伝説のひとつになったと冒頭に述べたが、その文学史的意義については、のちに批評家・国文学者たちのあいだでほぼ意見の一致をみたようである。それを最大公約数的に要約していると思われるのが、山田博光のこの文章である。

『楢山節考』の老女おりんは、我執の全き否定の上に成り立っている。我執の最大なるものは、自己の生命保存欲である。そして近代日本を貫くヒューマニズム思想は、生命尊重を核として、個我尊重を唱えた。ところが『楢山節考』はこの近代日本の常識をいとも簡単にひっくり返してしまった……近代文学は、一般に人間の生死を一回限りの人生の問題として、大きくとりあつかう。それに反し、深沢七郎の認識世界では、一人の死があれば一人の生があり、家族ないし村という共同体には変わりないという見方をとる。山本健吉は、「深沢七郎の作品」でこの点にふれ、フレイザーの『金枝篇』の中の、役に立たなくなった王が殺される原始社会の掟になぞらえている（「伝説や民話は、厳密に言えば神話ではないが、日本の庶民たちのあいだで古くから神話の代用をつとめたものであり、そのような意味で、おりんは一種の神話的人物といってもよく、それだけに彼女の心情はわれわれの奥深くに棲っているものである」――引用者補足）。伊藤整も、「深沢七郎の作品の世界」で、この山本健吉説に同意を示し、「我々の祖先は、たしかに犠牲による死を契機として他者との愛の連繋を持つ方法を知っていた」と要約している。そして更にこの契機は近代においては全部否定的な評価を受け、「近代人としての我々は、自己の死を愛とのつながりとして生に転化する契機を失っている」と結んでいる。私は、この伊藤整の考え方に同感である。(2)

私もまた、山田博光のこの要約、とくに前半の部分にはほぼ同感であるが、中略以下の後半は、深沢のこの作品の場合にはいささか不充分であり、もっと深く掘り下げて見るべきだと考える。深沢が個我尊重の上に立つ近代ヒューマニズム思想の常識をひっくり返したのだとしても、それは山田の言うようにかならずしも「人間の生死を自然の季節の交替のように眺」め、あたかも個々の人間にとって一回限りの人生の問題ではないかのごとく振る舞うからではあるまい。それどころか、人間の生死が一回限りの人生の問題だからこそはじめて、おりんの死の受容も美しく感動的になりうるのである。ただ深沢はそんな分かり切ったことを声高に叫ぶことはなく、いわずもがなの自明のこととしてつねに秘しているにすぎない。おそらく同じ理由で、深沢が近代の人間中心的な思想とは対蹠的な地点に立つアンチ・ヒューマニストであり、(人間をふくむ)あらゆる素材を「物としてとらえる存在透視力、ないしはメタフィジック」の持ち主であるといった日沼倫太郎の見方[3]もまた、いささか皮相にすぎると思われる。私としては山本＝伊藤説が暗示しているこの小説の神話性、宗教性のことをもっと重視し、そしてこの作品の神話性と宗教性を考えるのにイギリス人のフレーザーではなく、『暴力と聖なるもの』の結論のところで、「様々な宗教的表象の背後に隠れている恐るべき働きについて何も知ろうとしない」近代主義者としてのフレーザーを根本的に批判したフランス人のルネ・ジラールを引き合いに出したいのだが、しかしそのまえにやはりフランス人だが、かつてコレージュ・ド・フランスの日本学講座の教授を務め、しかも『楢山節考』を一読して深く感動し、ただちにこの小説のフランス語訳をおこなったベルナール・フランクの意見を紹介しておきたい。フランクはみずからの訳書の序文でほぼこう述べている。

——近代日本の大多数の作家たちとは違って、いわゆる知識人とはまったく縁のない芸人によって書かれた『楢山節考』は日本の古い言い伝えである姥捨をテーマにしているが、飢えの不安、貧困ゆえに子どもや老人を棄てるという話はなにも日本にだけ固有のものではなく、こんにちなお人類の大多数が免れていない深刻な問題である。フランスでもたとえば、貧しい樵夫婦が思いあまって何度も子どもたちを森のなかに棄てる、一七世紀のペローの童話『親指小僧』にその名残を見ることができる。しかしまた、『楢山節考』はそれとは別様にも解釈できる作品であり、たとえば利己的に生きた又やんが死ぬときに無数の黒いカラスに襲われるのに反して、自己犠牲的に生きたおりんのほうは極楽の白蓮を思わせる白い雪に包まれるというエピソードは、『往生要集』に見られる因果応報の観念の現代世界への置換と読むことができる。これは、よく言われることとは反対に、仏教がこんにちなお日本人の思想の源泉として生きていることを示すものである。深沢自身も、因果応報という観念はそれとは明確に意識していなかったものの、自分の言いたかったことをきわめて適切に言い当てるものであり、自分の心情はごく自然にその観念に引き寄せられると認めている。それゆえ、「深沢は日本に関して、カフカがユダヤ世界について、ロルカがスペインについて解き放ったのと同じように深いなにか――すなわちそこではすべてが溶け合っている生と死、自然の感覚を解き放ってみせたのかもしれない(4)」。

以上のようなベルナール・フランクの『楢山節考』論を引いたのは、それをただたんに仏教的と言えるかどうかは別として――というのも、深沢七郎は短編「白鳥の死」のなかで「私の『楢山節考』のおりんはキリストと釈迦の両方とも入っている」と言い、ずっと聖書を愛読していて、短編「アラビア狂想曲」でイエスが十字架にかかってから復活までの物語を書いたとまで述べているからだが――、この作品には宗教性と呼ぶほかはないポエジーがあることが否定できないと思うからだ。そして私は、最良の深沢はその宗教的感性の鋭敏さ、宗教的なものの描出にこそあると思わざるをえないのである。ここで私が宗教的なもの、宗教性、宗教的感性と言っているのは、『暴力と聖なるもの』で「宗教的なものは断じて〈無益〉なものではない。宗教的なものは、暴力を非人間化して、人間から人間固有の暴力を減じる。それは適切な儀礼や謙虚で慎重な行動によって暴力を鎮静化することが絶対に必要であるとともに、暴力をつねに存在する超越的な脅威とすることによって、人間を暴力から解放するためだ……宗教的にものを考えるということは、人間が暴力を支配すると思いこんでいればいるだけ、それだけいっそう仮借なく人間を支配することになる暴力との関連において人間共同体の運命を考えることである。したがってそれは、暴力を離れたところに置き、暴力を放棄するために、暴力を超人間的なものとして考えることである(5)」と言うルネ・ジラール的な意味における宗教的なもの、宗教性、宗教的感性のことである。

さらに、第一章で述べたことでも容易に推測されるように、このジラールは「結局のところは、つねに贖罪のいけにえの殺害に根ざした全員一致の状態の想起、記念、永続化に関する一切の現象を宗教的なものと呼ぶ」のであり、近代合理主義によっては説明できない宗教的なものすべてを〈狂信〉と〈不作法〉だとして近代人のまともな思考から追放してしまったフレーザーを徹底的に批判しつつ、「宗教的なものにたいする近現代人の無理解は宗教的なものの延長であり、かつて宗教的なもの自身が現在よりはるかに直接的に本質的暴力にさらされていた様々な世界で果たしていた機能を、私たちの世界で果たしているのだ。私たちは暴力が人間社会に及ぼしている支配力を誤認しつづけているのであり、だからこそ聖なるものと暴力とが同一のものであることを容易に認めたがらないのである」[6]と信じてやまない思想家でもある。

私が感じる深沢七郎の宗教的感性と、ジラールが言うこのような「宗教的なもの」の考え方とを、はたしてどこまで関連づけることができるだろうか。

3　共同体の暴力と宗教的感性

まず、深沢七郎はそもそも人間の暴力をどのように感受し、認識していたのだろうか。たとえば『風流夢譚』の事件のあと、深沢が北海道で逃亡の旅をつづけていたある日、北大に知人のO氏を訪ねる。たまたま不在だったO氏に代わって構内を案内してくれた弟子の口から、クラーク博士の有名な「青年よ、志大なれ」という言葉をきかされて、じつに驚くべき反応を示す。なんと、「ツマラナイことを言ったものですね、クラーク博士は、ココロザシ大ナレなんて、そんなことを言う人は悪魔のような人じゃないですか、普通の社会人になれというのならいいけど、それじゃ全世界の青年がみんな偉くなれと押売りみたいじゃないですか。そんなこたァ出来ませんよ、そんな、ホカの人を押しのけて、満員電車に乗り込むようなことを」（「流浪の手記」）と言ってのけるのである。

この発言は字面だけをとらえれば、ただトリッキーというだけで、暴力への感受性とはなんの関係もないように見える。「日本人は全体で五百人ぐらいが丁度いいのではないか」とか、「私は人間を愛さないが私の畑からとれた野菜は愛している」といった、無責任な放言とも見える他の「人間滅亡の唄」についても同様だ。だが、そんなトリッキーな表面の裏にほとんど異常、さらには病的と言っていいほど鋭敏な、暴力への感受性があることを見抜くのはそう難しいことではない。クラーク博士が青年たちにすすめる大志が具体的なある集団に持ち込まれた場合、それがどうしても「ホカの人を押しのける」暴力になりかねず、「みんな偉くなる」どころか、きっと忌わしい葛藤、抗争の種になるしかないと予感し、そこから予想される暴力をただちに感じ取って「大志」という暴力の犠牲者、「押しのけられる人」の側に吸い寄せられてしまう感受性。人間はなんであるよりもまえに、本質的に暴力的存在である――クラーク博士の言葉に「悪魔」の囁きを聞くには、そのような人間観が前提されていなければならない。要するに深沢は、社会を支配する模倣的欲望＝暴力を「誤認」するどころか、多くの宗教者が罪悪についてそうであるように、私たちから見れば過大評価、さらには過剰反応さえしてみせる人間だと言わねばならない。だからこそ、人間の数はできるだけ少ないほうがよく、人間よりも野菜のほうが愛すべきものになる道理である。

ところで、ルネ・ジラールもまたクラーク博士の言葉に「悪魔」の囁きを聞く立場から、まるで深沢の右の言葉を補足するかのように、「ホカの人を押しのける」現代社会という模倣的欲望の産み出す「地獄」、より正確に言えば恒常的かつ一般的な現代人の「躁鬱状態」をこう描いている。

ここで問題になるのは他覚的（他人から見て分かる）とも形容しうる一つの執念である。そしてその執念に結びついている気質の交代である。ライバルを悲しめるものを喜ばないこと、ライバルを喜ばせるものを悲しまないのは困難である。私を高めてくれるものはすべて私の競争者たちを狼狽させ、私の競争者たちを高めるものはすべて私を狼狽させる。個々人の地位が予め定められておらず、序列が消滅した社会では、人間たちはつねに自分の運命を切り開き、他人たちに〈自分の考えを押しつ〉け、群から〈自分を区別する〉、すなわち〈出世する〉ことに心を奪われている。私たちの社会は取り返しのつかないシステムの暴走、つまりサイバネティクスで言う「制御不能」を怖れることなしに、多くの分野で模倣的欲望を解き放つことができる唯一の社会である……個々人がその生まれもしくはその他なにかしらの要因――といってもその安定性は恣意的なものに基づいている――のために占めている地位によっては規定されなくなった世界では、競争心は鎮まるどころか、逆にこれまで以上に燃え上げる。どんな固定した基準点もない以上はどうしても〈確実〉たりえない（他人との）種々の比較に、すべてが依存することになる。(7)

ジラールの模倣的欲望＝暴力理論によれば、いわゆる「民主的な競争社会」におけるこのような模倣（ミメーシス）的欲望の激化は必然的に暴力を誘発し、その暴力の模倣的かつ相互的な伝染によって個々の人間の差異が無化されてゆき、やがてはすべてが非差異化される混沌と無秩序が現出するはずである。では、深沢においてそのような模倣的かつ相互的な暴力の伝染による深刻な非差異化の状態、つまりなにかしらの「供儀的危機」が書かれたことがあっただろうか。たしかに、あった。それがまさしく、一九六〇年というわが国戦後史を画した安保闘争で世情が騒然となり、デモに参加した女子学生が警察に殺され、公衆の面前で社会党の書記長が右翼の青年に刺殺されるといったように、暴力が噴出し社会化した年に書かれ、そしてあたかも一旦誘発された暴力が新たな報復の暴力を産み出すといったような暴力の連鎖のかたちで、言葉以前のラシュディ事件とも言うべきセンセーショナルな事件を巻き起こした、あの『風流夢譚』である。

ただラシュディの『悪魔の詩』とちがって、「三つの浪漫的小品より――その(一)」として発表されたこの「物騒なフィクション」(ベンスラマ)は、文学作品と言うにはあまりにも内容が貧弱で、とりとめがない。たしかに一九六〇年安保の時代の皇居前での、「左欲」の「革命」もしくは「暴動」の一シーンを扱っているとはいえ、それは話者が眠っているときに止まってしまうのだという腕時計のエピソードに象徴されるように、いわば現実の時間の関節が外れてしまい、実際にはありえない状況として語られている。私たちがそこに読みとることができるのは、なにかしらの政治・イデオロギー的な主張ではなく、またなにかしらの思想的ないし文学的表現の明確な意志でもなく、いくつかの生々しいディテールがあるとはいえ、時代の雰囲気に触発された気紛れのような例外的状況において、一時的にすべてが非差異化される「位階の危機」の夢想にすぎない。その夢想は私たちがソポクレスの『オイディプス王』、あるいはシェイクスピアの『ジュリアス・シーザー』に見たのと同質の「供犠的危機」、「位階の危機」に近いものであることに間違いはないが、文学的表現として昇華されているとはとうてい言えないのだ。だから、『風流夢譚』は社会・歴史的事件としてはともかく、すくなくとも思想・文学的にはまともに論じるに値しない作品である。しかし、深沢はそのまえに、人間は本質的に暴力的存在であり、ささいなことですぐに暴力が誘発され、そして一旦誘発された暴力は簡単に止められるものではないといった彼の人間観（と私に見えるもの）をよく表現しえた真っ当な小説を書いていた。それが『笛吹川』である。

『笛吹川』の世界

深沢七郎が『風流夢譚』の二年まえの一九五八年にはじめて書いた長編小説『笛吹川』は、彼の生まれ故郷である甲州の石和と甲府とのあいだを流れる笛吹川の川筋にある、「ギッチョン籠」と渾名される家に住んだ六代にわたる人間たちの年代記であり、武田信玄が生まれるまえから、信玄の時代のあと、勝頼が死ぬまでのほぼ六、七〇年を時代背景とする歴史小説である。「ギッチョン籠」の半平には四人の子供があり、長女がミツ、次女がタケ、三女がヒサ、そして末っ子が男の半蔵であった。小説はこの「ノオテンキの（向こう見ずな）半蔵」が信玄の家来のひとりに加えられるところから始まるが、まず半蔵に「いくさ」に行けとすすめた「おじい」が、信玄が生まれたときに胞衣を埋める役を買って出たものの、肝心の土を掘るときになって誤って自分の脚を傷つけ、神聖であるべき場所を血で汚したことで「お屋形様」の怒りを買って無惨に殺される。これを発端に、「いくさ」に行く者たち、あるいは「いくさ」に行かないまでも「お屋形様」に近づく者たち、つまりタツの娘ノブ、半蔵、そして半平の養子となって「ギッチョン籠」の当主となった平吉の子供の惣蔵、安蔵、平吉、ウメ、さらに妻のおけいまでもが「お屋形様」に発する暴力に巻き込まれて死んでゆき、最後に平吉ひとりが取り残される。まるで毎年おこる笛吹川の洪水のように、とどめようもなく起こる「いくさ」が、ほとんど避けがたい悲劇のように次々に人を殺してゆくのである。かつて花田清輝が「この作家には悲劇というもののかなり的確な把握がある」(8)と言ったのは、きっとこのことを指しているものと思われる。

ただ、花田がこれにつづいて、「農民の支配階級に対する心理の二つのあり方、そのあり方のギャップ、つまり先祖代々お屋形様のご恩になっているという支配階級に巻き込まれている連中のコンヴェンショナルにいだいている意識と先祖代々怨みをもっている農民の意識との間にみいだされるギャップが描かれている」とか、「大衆の間にアンダー・カレントとして常に流れている憎悪に対する認識が、戦争中から戦後にかけてのインテリゲンチャの間ではかなり稀薄なような感じをぼくはもっていたが、ここではそういう点がかなり微妙にとらえられている」などと、もっぱら支配階級対農民(大衆)の構図でこの小説を理解しようとしているのは、はたして妥当だろうか。

たしかに、支配階級にたいする大衆の憎悪は、たとえば焼き打ちによって母ミツをふくむ家族を皆殺しにしたお屋形様にたいしてタツが抱きつづける深い怨念と復讐の執念に見られはするものの、このエピソードは作品全体にあっては副次的なものにすぎない。しかもタツは作品中、つねに定平やおけいたちが心配してやらねばならない困った存在として描かれている。またお屋形様のご恩を口にする連中とは、半蔵、惣蔵、安蔵など「蔵」のつく人物たちのことだろうが、彼らは支配階級に「巻き込まれる」

どころか、いわば「志大にして」みずから進んで「いくさ」に出かけるのである。だから、この作品はやはり、直接的もしくは間接的に「いくさ」に加わって結局死んでいく人間たちと、「いくさには行かんように」している半平、定平、平吉らの「平」のつく名前の人間たちとのコントラストの相のもとに読まれるべきなのである。

とりわけ、この小説の主人公とも言うべき平定という人物は注目に値する。じっさい、これは私たちの常識からすればじつに驚くべき人物なのであって、結果的には一族の者たちの命を次々に奪っていったお屋形様ら支配階級にたいする憎悪がまったく見られないばかりか、「ノオテンキな」惣蔵、安蔵らの息子たちが「いくさ」に行くことを明らかに嫌いながら、それでもあくまで制止しようとはしないし、また、そんなことができるとも思っていない。腹違いの妹タツにたいしてはお屋形様への復讐を断念するようすすめさえする。『笛吹川』の圧巻は、武田家滅亡の最後の「いくさ」で、「ギッチョン籠」の一族は「お屋形様には先祖代々恨みはあっても恩はない」はずなのに、突如として「お屋形さまのご恩」を口にするようになった惣蔵、安蔵のみならず、娘のウメ、「いくさには行かん」と言っていた平吉、さらに妻のおけいまでもが、まるでペストにでも感染するようにいかんとも抗いがたく、次々とお屋形様=武田勝頼と運命をともにするにいたる、最後のギリシャ悲劇的な「ペリペティア」にあるのだが、ここでも定平は「ギッチョン籠」の家を一歩も動かない。このような平吉の人間的本質は、小説の結びの次の文句によく表されている。

川から竿を上げようとしたら、川の底に旗さしものが長く延びているのである。思わず手を突っ込んでひきずり出した。濡れた髪のようなお屋形様の紋どころが黒く絡みついてきた。攻め太鼓の音が聞こえてくるようで、あわてて、パサッとまた川しもに投げ込んだ。(9)

この結びを花田清輝のように物足りないと思うのは、あくまで支配階級対大衆＝大衆の憎悪の図式に従ってこの小説を読もうとするからで、「いくさ」、すなわち暴力――お屋形様とは暴力の象徴であり、さらに言えば、冒頭で「おじい」がご胞衣を血で汚して殺されるところから最後の武田家全滅の「ペリペティア」にいたるまで、暴力の起源以外のなにものでもない――に染まる者たちと、できるだけ暴力に近寄らず、忌避しようとする者たちのコントラストという図柄を念頭に置いて読めば納得がゆく。定平は最後まで暴力を遠ざけえた唯一の人物として提示されているのだ。これほどまでに徹底して非＝暴力的な人物像も稀だろう。だから、この非＝暴力的な定平には先祖崇拝、「生まれ変わり」の信念、「お水神さん」信仰などがあったように、深沢七郎は「人間滅亡の予感」があるからこそ「みちのくの人形たち」にあれほど「胸をしめつけられる」、すなわち人間の暴力をけっしてみくびることがないがゆえに、ある種の宗教的感性を保ち、宗教的に思考することができるのだと一応言えるだろう。

ここで私が宗教的感性、宗教的な思考というのは、前述のようにジラール的な意味においてである。そこで、「宗教的なもの」についてのルネ・ジラールの次のような考えをもう一度想起しておこう。「宗教的にものを考えるということは、人間が暴力を支配すると思いこんでいればいるだけ、それだけいっそう仮借なく人間を支配することになる暴力との関連において人間共同体の運命を考えることである。したがってそれは、暴力を離れたところに置き、暴力を放棄するために、暴力を超人間的なものとして考えることである」[10]。しかもジラールは「あらゆる儀礼の単一性」を確信し、「贖罪のいけにえの殺害に根ざした全員一致の状態の想起、記念、永続化に関する一切の現象は宗教的なもの」であって、「私たちは暴力が人間社会に及ぼしている支配力を誤認しつづけているのであり、だからこそ聖なるものと暴力とが同一のものであることを容易に認めたがらないのである」[11]と断言する思想家である。要するに、スケープゴート・メカニズムこそが宗教の起源であり、そのスケープゴート・メカニズムを認めようとしないからこそ、近現代人は宗教の合理性と論理を理解できず、したがって人間の暴力を「誤認」しつづけている結果、いつまでも暴力から解放されないのだと言うのである。では、このようなジラール理論=仮説によって、私たちはどこまで深沢七郎の世界を解明できるのだろうか。

4　ジラール理論=仮説による『楢山節考』再解釈

ここで重複を厭わずに、第一章で概略を述べたジラールのスケープゴート・メカニズム論をもう一度確認しておこう。人間が模倣（ミメーシス）をする動物であることはだれでも知っている。子供が大人を真似ることによって言葉や習慣を身につけるなど、文化の伝達・保存のために模倣が本質的な役割を果たしている。だが、模倣はただ、そのような理解や調和、そして秩序ばかりをもたらすのではなく、抗争と暴力の無尽蔵の種にもなることを忘れてはならない。たとえば、ふたりの人間がミメーシスによって同一のものを同時に欲望し、獲得しようとすることが度々ある。これをかりに「占有」もしくは「横取り」のミメーシスと呼んでおけば、ふたりの人間が同時に同一のものを占有することは現実にありえないのだから、かならず両者のあいだに争いが生じ、一方もしくは双方の暴力が引き起こされる。さらに、とりわけ人間の欲望は対象それ自体の魅力よりも、むしろその対象を欲望する他者の眩惑によってより一層強くなる特質をもっているから、ことはそれだけよけいに厄介になる。ところで、人間だけでなく動物たちもまた食物、性的対象などをめぐって相争うことがあるが、しかし人間と違って、同一種の動物が占有のミメーシスのために殺し合うことはけっしてない。動物の勝者は敗者をゆるし、敗者のほうは勝者に属するものを欲望しないという、抑制の生物学的メカニズム（動物行動学者たちの言う「序列制」）がそなわっているからだ。

だが、人間にはそのような動物的メカニズムがそなわっていないので、占有のミメーシスによってライバルを殺してしまうこともありうる。そこで、まだ法もなく、生物学的な抑制のメカニズムもなかった原始的な人間集団のなかでは、模倣が模倣を生み、誘発された暴力がまた新たな暴力を誘発し、各人が果てしなく増大し激化した暴力のなかで、互いが互いにとって狼のような存在になってしまう事態が想定される（相互的暴力の支配）。そうなれば各人がいずれも暴力の化身になって相似てくるようになり、あらゆる差異、秩序が消え失せ、それに基づいていた文化はもとより、集団そのものが存亡の危機に瀕することになるだろう。無差別的かつ盲目的な暴力（本質的暴力）に燃え上がった集団はそのまま放置されれば、相互的な殺戮を繰り返して、やがて全滅してしまうかもしれず、じっさいそのようにして消滅してしまった人間集団もあったろう。しかしまた、本質的暴力を免れて存続しえた集団も当然あった。それでは、動物的な抑制のメカニズムすら欠いていた暴力集団が、いったいなにによって絶滅の危機を脱し、社会状態を回復しえたのか。危機の絶頂にあってすべてが失われたように見えるその瞬間、すなわち「供犠的危機」の臨界点において、次のようなスケープゴート・メカニズムが作動し、このメカニズムが以後人間において動物の「序列制」に取って代わるようになったからにちがいないというのがジラールの仮説である。ジラールがスケープゴート・メカニズムを具体的に説明する重要なテクストをここではじめて引いておこう。

もし暴力が現実に人間たちを画一化し、もしそれぞれの人間が自分の対立者の〈分身〉あるいは〈双生児〉になるとすれば、そしてもしあらゆる分身たちが同じものであるとすれば、彼らのうちのだれでもが、いかなる時であれ、他のすべての者たちの分身になりうる、すなわち全員に共通の眩惑と憎悪の対象になりうることになる。ただひとりの犠牲者が潜在的なすべての犠牲者、めいめいが放逐しようとしているすべての敵対する兄弟たち、すなわち共同体の内部において例外なしにすべての人間たちの身代わりになりうるのだ。そこで、各人の各人にたいする疑惑が唯一の人間にたいする全員の確信になりうるためには、なにも、あるいはほとんどなにも必要ではない。どんなに取るに足らない指標でも、どんなに些細な憶測でも、やがて目も眩むような速さで次から次へと伝わり、ほとんど瞬時に反駁しがたい証拠に変わってしまう。その確信が雪だるま式にふくれあがり、各人はなかば瞬時のミメーシス効果によって他人たちの確信を自分の確信にしてしまうのだ。万人の確固たる信念は、それ自身の不条理の抗しがたい全員一致状態以外の、なんの検証も求めないのである……。

ほんのしばらくまえには個別の無数の葛藤があり、互いに孤立しあった敵対する無数のカップルたちがいたところに、ふたたび一つの共同体が現れる。その成員のたった一人だけにたいして吹き込まれる憎悪のなかで完全に一体となった共同体が。無数の異なった個人にたいして分散されていたすべての遺恨、相反するすべての憎悪が以後、唯一の個人、〈身代わりの犠牲者〉に収斂することになる。この仮説の一般的な方向は明瞭だと思える。暴力の餌食になっているか、あるいはなにかしらの災厄に打ちのめされ、その災厄を打開できないどんな共同体も、このんで盲目的な〈贖罪の山羊（スケープゴート）〉狩りに身を投ずるのだ。ひとは耐えがたい暴力にたいして、本能的に直接的かつ暴力的な対抗措置を探し求める。人間は自分たちの悪がただひとりの責任者のせいであり、その責任者を追い払うことは容易だと得心したがるのである。ここですぐに、危機にある共同体のなかで自然に解き放たれる集団的暴力の諸形態、リンチ、ポグロム（ユダヤ人集団虐殺）、即決裁判のような現象が思い浮かぶ。これらの集団的暴力はたいていの場合、父親殺し、近親相姦、子殺しなどのタイプの告発によって、おのずから正当化されるというのは意味深長なことである。[12]

相当に長い引用になってしまったが、このようなかたちで暴力の究極的な非差異化の状態、「供儀的危機」において、ただ一人の犠牲者がすべての人間たちの身代わりになるスケープゴート・メカニズムが作動し、そしてこのスケープゴートを共同体が全員一致で排除、殺害することをジラールが「定礎の暴力」と呼んでいることは、まえに何度も見たところである。そして彼がこの「定礎の暴力」による共同体の再生、秩序回復に「宗教的なもの」の起源を見て、宗教的でない共同体はありえないと考えていることもまた、まえに見たとおりである。だから、ジラールにとって「聖なるもの」とは「定礎の暴力」そのものの、秩序回復後の現れようのことであり、性的なものにせよ、食べ物その他に関するタブーはすべて本質的暴力を予め回避することを目的としたものである。また、宗教的な儀礼とは「定礎の暴力」の模倣のことだが、その目的が暴力を共同体の外に追いやることだから、犠牲者は原初のスケープゴートを想起させるものの、共同体の成員外の者と見なしやすいもの、あるいは動物に代えられてゆく。共同体の成員を生贄にすれば、暴力を外に追いやるどころか、逆に内にみちびき入れかねないからだ。

以上のようなジラールのスケープゴート仮説に照らして、『楢山節考』をもう一度解釈し直してみれば、ほぼ次のようになるだろう。恒常的な食糧不足に悩まされているおりんの村では、食料をめぐる「占有のミメーシス」がいつなんどきでも村民を「供儀的危機」に陥れかねない。そこで、祭りとか病気の時以外には「白萩様」、つまり白米を食べず、酒（どぶろく）も呑まない云々の食物のタブーが生まれた。しかしそのタブー以前に、食物を盗んだ者は村人全員参加のリンチの対象になるというふうに決められたのは、「定礎の暴力」の記憶がいまだ生々しかった時期である。そして「楢山まいり」は、もちろん「定礎の暴力」の模倣と反復だが、それはすでに絶対的な「掟」として制度化されたものであり、村に蓄積するさまざまな暴力を定期的かつ予防的に共同体の外に追いやるための「儀礼」ということになる。村民はこのような掟と儀礼によって暴力の汚れから浄化され、しばし暴力から解放される。又やんの倅の言い方では「枕を高くして寝ることができる」。したがって、おりんのように七〇歳を越えると楢山に棄てられる老人たちは原初の「身代わりの犠牲者」に代わる「供儀の生贄」だと考えることができる。さらに、「楢山には神が住んでいるのであった。楢山へ行った人は皆、神を見てきたのであるから誰も疑う者などいなかった」と語られるが、楢山には本当に聖なる神がいたのではない。たえず感謝すべきものであると同時に畏怖すべき神とは、致命的な危機、「供犠的危機」に瀕した共同体にふたたび平和と秩序をもたらし、その存続を可能にした「定礎の暴力」の場が事後的に誤認され、神格化されたものにほかならないのである。

もちろん深沢はどこでも、模倣的暴力の蔓延によって共同体を存亡の危機に陥れる「供犠的危機」とか、共同体の全員が一致して一人のスケープゴートを排除、殺害する「定礎の暴力」などといったことを語っているわけではない。はたして彼がそんなことを想像したことがあったかどうかということすらも疑問である。ただ、すくなくともジラールの言う「定礎の暴力」を仮想してやれば、およそ現代人の想像を絶するおりんの村の非人間的なまでに特異で過酷な習俗・風習の意味がより理解しやすくなることだけは事実だろう。さらにまた、深沢七郎という作家がジラールのように宗教的なもの、そしてその原因である人間の本質的暴力をけっして見くびり、誤認しない作家であるばかりか、「人間が暴力を支配すると思いこんでいればいるだけ、それだけいっそう仮借なく人間を支配することになる」ことを知っている稀な現代人であるのも事実だろう。そして、このような姿勢がいかにも全体論的で、前近代的な態度に映ることもやはり事実だろう。

だが、ジラールと深沢七郎との関連づけはたぶんここまでしか可能でない。深沢七郎がほとんど露悪的にニヒリスティックな「人間滅亡の唄」を歌ってやまないのに反して、ジラールのほうは逆に、「人間が一瞬のうちにあらゆるものを無に帰すことができる手段を手に入れているこのときに、人間の運命は無意味であり虚無であると言ってみても……安心できるものではない。このような絶対的な懐疑主義、知識にたいするそのようなニヒリズムは、しばしばそれに先だったドグマティズムと同じほどドグマティックなかたちで姿を現す。ひとは今やあらゆる確信、あらゆる権威を拒否するが、その口調はかつてなかったほど確信に満ち、権威に満ちている」[13]と、まったく逆の考え方をするからだ。これは「人間滅亡の唄」の、それこそ「確信と権威に満ちた」否認だとさえ言える。

また、深沢七郎はかつてベルナール・フランクの『楢山節考』仏訳に尽力したジャン・ポーランが来日した折り、「あなたの宗教は?」と尋ねられて、「日蓮宗」と答え、しかしその日蓮宗でも「戦闘的なところだ大嫌いだ」(「おんな曼陀羅」)と書いているように、たしかに仏教に親近感を抱き、宗教的なものを軽視しないとはいえ、じっさいに確固たる仏教徒だったかどうかは疑問である。これに反してジラールのほうは、さきに見たように「唯一の反供犠的・非暴力的宗教」としてのキリスト教の熱心な信者で、かつそのほとんど「戦闘的な」擁護者でさえある。彼は「あらゆる大危機においてつねに問題だったのは暴力を共同体の外に追いやることだったが、諸宗教やかつての様々なヒューマニズムにおいては、その暴力の追放がかならず暴力にそれなりの役割をあたえつつ、すなわち犠牲者の、つまりあらゆる人間社会外の存在の犠牲においてしかなされえなかった。こんにちの問題はそれとはとてもよく似ていながら、とても異なったことである。依然として暴力を斥け、人間たちを和解させることが問題なのだが、今度はそれをどんな暴力もなしに、そして〈社会外の存在〉がいないようなかたちでおこなうことだ(14)」と絶対非暴力主義を説くのだが、それはこのような非暴力的な人間たちの和解はただイエス・キリストに全面的に従うことによってしか可能でないと言うためなのである。

以上のような深沢七郎とルネ・ジラールの相違をどのように考えるべきか。ジラールのスケープゴート論の一定の有効性は『楢山節考』においてほぼ確認されると思うが、しかし深沢はジラールにとって異教徒である。異教徒もまたスケープゴート・メカニズムを的確に理解し、すばらしい詩的表現にまで昇華しうるのだ。とすれば、これは福音書によってのみスケープゴート・メカニズムが「啓示」されるというジラールの主張を、いくぶんか突き崩すことになりかねない事態である。このように、おそらく宗教的なものを見くびらず、暴力をできるだけ遠ざけようと考える人間はなにも深沢にかぎらず、またジラール的に福音書を読まなくても、彼が想像する以上に「この世の初めから」他にも少なからずいたはずだし、現にいるにちがいない。これはジラールのスケープゴート論を原則的に確認すると同時に、本書第二章で私たちが見たジラール理論の批判的継承者ジャン=ピエール・デュピュイ、あるいはリュシアン・スキュブラの指摘と批判、すなわち「この世で唯一無二の非供犠的、反暴力的宗教」としてのキリスト教擁護論者ジラールの熱烈、過激な信念がかえって、人類学者ジラールの業績を崩壊させかねないという指摘と批判を裏付けることでもある。

第四章　反時代的な考察

――ルネ・ジラールとミラン・クンデラ

1　ジラールとクンデラの類縁性

ロマン主義＝感傷主義批判　小説の精神と真実

ミラン・クンデラとルネ・ジラールとを結びつけ、いくらかでも正面から論じようなどといった突飛なことを思いついたのは、世界広しといえどもおそらく私ぐらいなものだろう。ジラールがクンデラを読んでいるかどうかは分からないが、すくなくともクンデラはジラールの『ロマン主義の嘘と小説の真実』を読んでいる。このことは『裏切られた遺言』第Ⅶ部「一家の嫌われ者」のなかで、「ヤナーチェクはストラヴィンスキーとは反対に、ロマン派にたいして感情を語りすぎたことを非難したのではなく、感情を偽造したことを、感情の直接的な真実を感傷的な身振り（ルネ・ジラールなら〈ロマン主義の嘘〉と言うかもしれない）に代えてしまったことを非難したのである」と書き、その註として「私はやっとルネ・ジラールの名前を引く機会を得た。彼の本『ロマン主義の嘘と小説の真実』は、小説芸術について私がかつて読みえた最良のものだ」と付け加えていることから分かる。そこで私は、この指摘を出発点にして、前著『ミラン・クンデラの思想』第Ⅲ章「ホモ・センティメンタリスとホモ・ポエティクス」で、ジラールのロマン主義批判、小説論とクンデラの感傷主義批判、小説観とを並行的に論じたのである。(1)

まず私は、ジラールにおける反ロマン主義とクンデラにおける反感傷主義について、このふたつの倫理・審美的態度をほぼ同質のものと考えた。ただ前著はもっぱらクンデラに捧げられた著書だったから、ジラールの反ロマン主義についてはほとんど触れることがなかった。逆に本書の序章および第一章、第二章において、ジラールにとってロマン主義者とは人間が自発的には欲望しえず、かならず他者の欲望の模倣をするのだという欲望の模倣性を認めようとせずに、あくまで主体の（すくなくともみずからの）欲望の自発性を信じて疑おうとしない人間である。そして、たとえいくら崇高、孤高に見せかけても、内心ではけっして根絶できず、隠しおおせもできない卑小かつ傲慢な自尊心のゆえに、「おれはひとりきりなのに、連中はぐるなのだ」といったような単純きわまりないマニ教的善悪二元論に陥り、たえず「だれが有罪でだれが無罪かを問い」つつ、安易に他者を裁くのをやめない者たちであることを繰り返し説明した。さらに、ロマン主義的な人間とは「自分が孤独でありたいのではなくて、孤独な自分を他人に見てもらいたい人間なのだ」とも。私はこれから、前著で素描したにすぎないクンデラとジラールの比較というか、むしろ類縁性と言ったほうがよい事柄をめぐる考察をもうすこし展開してみたいと考えるのだが、それに先だって、これまで伏せておいたジラールのロマン主義批判の核心だと思われるテクストを、ここではじめて引いておくことにする。

ロマン主義的批評はただひとつのコントラストだけを孤立化させて、もうそれしか見ようとしない。この批評は主人公を全面的な讃美もしくは憎悪の対象とする対立を求めてやまず、ドン・キホーテやジュリヤン・ソレルを絶対的な例外、《理想》の騎士、全員ひとしなみに我慢できない連中だときまって私たちが知らされることになる、あの〈他人たち〉に苦しめられる殉教者に変えてしまう。ロマン主義的批評は規範と例外の小説的弁証法を誤認する。そうすることで、小説の神髄そのものを破壊するのだ。ロマン主義的批評は小説のなかに、小説の神髄がやっとの思いでしか克服できない〈私〉と〈他人たち〉とのマニ教的な分割を再導入するのである。こうした視覚的誤謬はなんら驚くべきことではない。批評が是が非でも小説の傑作のなかに見いだしたがる絶対的な対立は、典型的にロマン主義的だからである。内的媒介が勝ち誇るところには、つねにマニ教が存在する。ロマン主義的な例外が〈善〉の化身になり、規範が〈悪〉の化身になるのだ。したがってこの対立はもはや機能的なものではなく、本質的なものになる……。

（ロマン主義的批評は）諸々の対立を固定化し、それらに一義的な意味をあたえることによって、小説家の最高の征服、セルバンテスやスタンダールにあっては規範と例外の絶妙な弁証法によって脆弱にされるどころか、かえって確保される〈私〉と〈他人たち〉のあいだの、あの崇高な取扱いの平等を損なわせる……〈私〉と〈他人たち〉とのあいだのマニ教対立に囚われているロマン主義者は、つねに単一の平面で作業をするのであり……小説的な深みを獲得できない。なぜなら、ロマン主義者は〈他者〉にたどりつくことができないから。小説家はロマン主義的な正当化を乗り越える。多少なりとも内密に、多少なりとも公然と〈私〉と〈他者〉とのあいだの柵を越えるのだ。死の瞬間、主人公と世界との和解というかたちで小説そのもののなかに記録されるのは、その記念すべき乗り越えなのである……このような小説的な和解には、審美的かつ倫理的な二重の意味がある。いまや主人公＝小説家は形而上的欲望を乗り越え、彼を眩惑していたあの媒介者のうちに、ひとりの〈同類〉を発見するがゆえに、小説的な第三の次元を獲得する。このような小説的な和解のおかげで、〈他者〉と〈私〉のあいだ、観察と内省のあいだに、ロマン主義的な反抗には不可能な総合が可能になる。そしてこの総合のおかげで、小説家は自分の登場人物たちのまわりを回り、小説的な第三の次元とともに、登場人物たちに真の自由と運動をあたえることができるのである。(2)

ここでジラールが述べているのは、自己中心的な絶対的かつ単純きわまりない二元論としてのロマン主義観であり、その根底的な批判であるが、またこのロマン主義批判は同時に、マニ教的な「ロマン主義の嘘」と訣別する「小説的な第三の次元」の確認、「小説の真実」の宣明と擁護になっている。そしてあたかもこれに呼応するかのように、クンデラは「感傷性」という言葉でジラール的「ロマン主義」を、そして「ホモ・センティメンタリス」という言葉で「ロマン主義者」を言い表し、反感傷主義、反ロマン主義こそがまさしく「小説の精神」そのものだと言うことになるのだが、そのことをまずテクスト的に確認しておこう。この章の冒頭ですでに、「ヤナーチェクはストラヴィンスキーとは反対に、ロマン派にたいして感情を語りすぎたことを非難したのではなく、感情を偽造したことを、感情の直接的な真実を感傷的な身振り（ルネ・ジラールなら〈ロマン主義の嘘〉と言うかもしれない）に代えてしまったことを非難したのである」とクンデラが書いていたことを紹介した。また、彼はカフカが「小説のなかで性を発見した最初の作家のひとり」だったという立場から、「聖」カフカのテクストから「性」にかかわる文章を検閲したマックス・ブロートの感傷性を非難し、「ブロートはロマン主義者だった。これに反してカフカの小説の基底には、根深い反ロマン主義者がはっきりと認められると私は思う。その反ロマン主義は、たとえばカフカの社会の見方、文章の構成の仕方といったように、いたるところに現れているが、しかしおそらくその起源はカフカの性の考え方のなかにあるのかもしれない(3)」と述べている。そして、このことをもっとはっきり言明しているのは、『裏切られた遺言』第Ⅲ部「ストラヴィンスキーに捧げる即興」に見られる次のような主張だろう。

カフカがディケンズの小説『デイヴィッド・コパーフィールド』のパロディーとして書いた小説『アメリカ』には、たとえば主人公カールにたいするボイラーマンの即興的な友情とか、ポランダーの発作的な情愛といったような一方的で、「説明がつかないほど過剰な感傷的身振り」が数多く見られる。ところが、そんなボイラーマンにしてもポランダーにしても、カールがその友情、情愛をすこしでも必要とするときになると、今度は逆に驚くほど冷淡になり、どんな反応も示さない。クンデラはこのことをこう解釈する。

カフカの『アメリカ』においては、ひとは場違いで、見当違いで、誇張されているが、奇妙に空虚な感情の世界に身を置くことになる。カフカは日記のなかでディケンズの小説をこのような言葉で特徴づけている、「感情あふれる様式のかげに隠された心の冷淡さ」と。じっさい、そのようなことがカフカの小説という、これみよがしに見せつけられたかと思うと直ちに忘れられるそんな芝居の意味なのである。この「感傷性の批判」（パロディー的で滑稽な、しかしけっして攻撃的でない暗黙の批判）は、ただディケンズのみならず、ロマン主義一般をも対象としている。この批判はまた、カフカの同時代のロマン主義の後継者たち、なかんずく表現主義者たちと彼らのヒステリーと狂気の崇拝を対象とし、心情の〈聖教会〉全体を対象としているのだ。さらに言えば、この批判こそがカフカとストラヴィンスキーという、一見じつに異なっているこのふたりの芸術家を互いに近づけるものなのである。(4)

なぜ、カフカとストラヴィンスキーがここで突然結びつけられることになるのか。引きつづき、クンデラの感傷性＝ロマン主義＝心情の〈聖教会〉批判を追ってみよう。ロシアからヨーロッパ、そしてアメリカに移住した作曲家ストラヴィンスキーの音楽は、その好敵手だったシェーンベルクの擁護者である哲学者のテオドール・アドルノたち、またストラヴィンスキーのもっとも忠実で献身的な友人のひとりだった指揮者エルネスト・アンセルメからさえも、「反心理的な激情」「音楽以後の音楽」とか、音楽の存在理由にかかわる「みずからの感情生活の自立性の欠如」「心情の貧しさ」などと仮借なく非難され、誹謗された。だが、このストラヴィンスキーは「みずからの移住の傷を心に抱」え、「他のいかなる国も祖国も取って代わることができないと理解して、音楽（あらゆる音楽家たちの音楽のすべて、音楽の歴史）のなかに唯一の祖国を見いだし、そこにこそ落ち着き、根づき、住もうと決意した」音楽家だった。それが「音楽の歴史を駆けめぐった彼のもうひとつの旅」の実存的かつ審美的な選択だった。このようにストラヴィンスキーのことを考えてみると、「彼の誹謗者たちはもっぱら感情表現だと考えられている音楽の擁護者たちであり、彼の〈感情生活〉の耐えがたい慎重さに憤慨し、彼の〈心情の貧しさ〉を非難したが、そんな彼ら自身は、音楽の歴史を横断する彼の放浪のかげに、どんな感情の傷があるのかを理解するだけの心情さえももっていなかったのだ。だが、それは意外なことでもなんでもない。感傷的な人間ほど無情な者はまたとないからだ。思い出してもらいたい、〈感情あふれる様式のかげに隠された心の冷淡さ〉を」(5)と言わざるをえない。このようにクンデラは、まさしくカフカの場合と同様に、非＝感傷性、反＝ロマン主義の立場、心情の〈聖教会〉への嫌悪のゆえにストラヴィンスキーを擁護するのである。

だが、事態はこれだけにはとどまらない。クンデラの感傷性＝ロマン主義批判はのちになるとカフカやストラヴィンスキー、あるいはヤナーチェクらの芸術作品を理解し、解釈する審美的次元をはるかに越えて、実存的もしくは存在論的次元にも及び、おのれの「感情を価値に仕立て」、なんの羞恥心もなくみずからの「感性的自我」を前面に出し、押しつけることを善と心得る人間を「ホモ・センティメンタリス（感傷人間）」と名付け、その容赦のない批判に行きつく。たとえば、小説『不滅』におけるこんな指摘。

感情というものは、われわれのなかに知らず知らずに、そしてしばしば意に逆らって沸きあがってくる。われわれがそれを感じようと欲すると（ドン・キホーテがドゥルシネーアを愛そうと決めたように、われわれがそれを感じようと決めると）、感情はもはや感情ではなくなり、感情を模倣する紛いもの、感情の誇示になってしまう。ふつう一般にヒステリーと呼ばれるものになってしまう。だからホモ・センティメンタリス（いいかえれば、感情を価値に仕立てた人間）は、じっさいホモ・ヒステリクスと同一なのである……だからしてホモ・センティメンタリスは、その強烈な感情によってわれわれを幻惑したすぐあとで、今度は説明しがたい無感動でわれわれを面食らわせるのである。(6)

さらにクンデラは「ドン・キホーテ、あるいは人生という敗北」と題した短いテクストのなかで、ドゥルシネーアを愛そうと決め、おのれの感情を模倣し、誇示する感傷的人間＝ヒステリー的人間の典型とも言うべきドン・キホーテを、見事な冷静さで描ききってみせたセルバンテスの画期的な創意についてこのように述べる。

さまざまな不貞、背信、愛の幻滅、どんな説話文学もずっとまえからそれらを知っている。しかし、セルバンテスにおいては、愛する者たちでなく愛が、愛の概念そのものが疑問に付されるのだ。というのも、もしある女を知らずにその女を愛するとすれば、そもそも愛とはいったいなんなのか？　愛そうというたんなる決意なのか？　あるいはひとつの模倣でさえあるのか？　この問いは馬鹿げたものでも、あるいはたんに挑発的なものでもない。もし幼年時代から愛の模範に従うように誘われていなかったとすれば、そのことが、つまり愛するとはどういうことなのか、はたして私たちは知るだろうか？（エンマ・ボヴァリーはここから遠くはない。もし彼女がロマン主義的な愛の模範にみちびかれていなかったなら、彼女の感情の苦しみはあれほど酷いものになっただろうか？）ドン・キホーテのドゥルシネーアへの情熱という、あの壮大な冗談のおかげで、諸々の確信のカーテンが一挙に引き裂かれ、それまで未知だった広大な領域が開かれて、そこではあらゆる態度、あらゆる感情、あらゆる人間的状況が実存的な謎になる。(7)

「みずからの感情を価値に仕立て」て疑わない感傷性＝ヒステリー＝ロマン主義へのこの批判は、例外を善、規則を悪とし、自己中心的な善悪二元論に立って安易に〈他人たち〉を裁き、けっして「同類」としての〈他者〉を理解しようとしないロマン主義にたいするジラールの批判にきわめて接近してくるばかりではない。「愛の模範」「模倣」という語彙にいたっては、人間は自発的には欲望できず、必ず媒介者を必要とするというジラールの模倣（ミメーシス）的欲望論のそれとほとんど区別がつかないほどになるのだ。それればかりでない。クンデラがここで「諸々の確信のカーテンが一挙に引き裂かれ、それまで未知だった広大な領域が開かれて、そこではあらゆる態度、あらゆる感情、あらゆる人間的状況が実存的な謎になる」と書いているのはまさしく、セルバンテスによって創始された近代小説の成立状況への言及であるが、これこそ私が前著で指摘したジラールとクンデラのもうひとつの「類縁性」なのである。

クンデラは『小説の精神』第一部「セルバンテスの評判の悪い遺産」のなかで、「かつて神が宇宙とその価値の秩序を統べ、善と悪とを区別し、事物にそれぞれひとつの意味をあたえていた地位からゆっくりと立ち去りつつあったとき、ドン・キホーテは自分の家をあとにしたが、彼にはもう世界を認知することができなかった。至高の〈審判者〉の不在のなかで、世界は突然おそるべき多義性において姿をあらわした……デカルトとともに、思惟する自我をすべての根拠と理解し、かくして宇宙にただひとりで対決すること、それはヘーゲルが英雄的と正しく評価した態度ではある。しかし、セルバンテスとともに世界を多義性と理解し、絶対的なひとつの真理のかわりに、たがいに相矛盾する多くの相対的な真理（人物と呼ばれている想像上の自我に具現された真理）に対面しなければならず、したがって唯一の確実性として不確実性の知恵を所有すること、この態度もまたそれにおとらない偉大な力を必要とする」(8) と述べていた。

　また『裏切られた遺言』においては、「小説という相対的な世界にあっては憎悪のための場所などない。(個人的なものであれ、イデオロギー的なものであれ)みずからの決着をつけるために小説を書く小説家は、完全で確実な審美的失敗をするに決まっている……小説という無限の相対性のカーニバルのなかでは、だれも正しくはないし、まただれもまったく誤っているわけでもないのだ」と言い、「道徳的判断を中断すること、それは小説の不道徳性なのではなく、それこそが小説の道徳なのである。直ちに絶えずみんなを裁く、理解する以前に、理解することなしに裁くという人間の抜きがたい慣行に対立する道徳。小説の知恵という観点からすれば、裁くというこの熱心な身勝手さほど憎むべき愚行、有害な悪はないのだ」(9)とつけくわえていた。

　小説は世界の多義性、真理の相対性、人間の知恵の不確実性、そして他者を理解しようともせずに安易に裁くことの不当性を明らかにする。このような小説観はまさしく、ジラールが非ロマン主義的な真の小説家の「〈私〉と〈他人たち〉のあいだの、あの崇高な取扱いの平等」とか、あるいは安易に他者を裁くことはなく「〈私〉と〈他者〉とのあいだの柵を越え」る、つまりロマン主義的＝マニ教的な絶対的対立を越えてこそはじめて獲得される「小説的な第三の次元」「小説的深み」「世界と主人公との小説的な和解」と呼んでいたものにきわめて近い。このように、ロマン主義＝感傷主義批判において共通するばかりでなく、ジラールの小説論とクンデラの小説観とは、ここでほぼ完全に重なり合ってくるのだ。

小説の知恵、小説の奇跡

クンデラとジラールの意外な類縁性は、さらに具体的かつ肝心なところにも見られる。それはクンデラが「小説の知恵」という謎めいた言葉で言っていることにかかわる。たとえば、『小説の精神』第七部「エルサレム講演――小説とヨーロッパ」のなかのこんな言葉。

小説家はだれの代弁者でもない。そして私はこの断言を押しすすめて、小説家は自分自身の思想の代弁者でさえないと言うだろう。トルストイが『アンナ・カレーニナ』の最初の草稿を書いたとき、アンナはきわめて反感をそそる女であり、彼女の悲劇的な最期は当然の報いでしかなかった。小説の決定稿はこれとはまったく異なっているのだが、私はトルストイがその間に彼の倫理的思想を変えたとは思わない。むしろ彼は書いているあいだに、個人的な倫理的信念とは別の声を聞いていたのだと言いたい。彼は、私なら小説の知恵と呼ぶものの声に耳を傾けていたのだ。およそ真の小説家ならすべからく、この超個人的な知恵に耳を澄ます。このことが、偉大な小説がつねにその作者よりすこしばかり聡明であることを説明するのである。自分の作品よりも聡明な小説家は、職業を変えるべきだろう(10)。

個々の小説家よりも聡明な、超個人的な「小説の知恵」。ジラールもまた『ロマン主義の嘘と小説の真実』第一二章「結び」でほぼこれと同じ考えを「小説の奇跡」という言い方でこう述べている。

小説家は自分が告発する媒介者の罪については自分も有罪であると認める。オイディプスが〈他人たち〉に投げつけた呪いは、ふたたび彼自身の頭のうえに落ちてくる。フロベールの有名な叫び、〈ボヴァリー夫人は私だ！〉が表現するのはそんな呪いである。ボヴァリー夫人は最初、フロベールが個人的な決着をつけようと心に誓った軽蔑すべき〈他者〉だと考えられていた。ボヴァリー夫人は最初はフロベールの敵だった、ちょうどジュリヤン・ソレルがスタンダールの敵であり、ラスコーリニコフがドストエフスキーの敵だったように。しかし、小説の主人公は〈他者〉であることをけっしてやめないまま、創作の過程ですこしずつ小説家と一体になってゆく。フロベールが〈ボヴァリー夫人は私だ！〉と叫んだとき、彼はボヴァリー夫人が今や、ロマン主義の作家たちが好んで取り囲まれたがるあの追従的な分身のひとりになったと言いたいのではない。小説の奇跡のなかでは〈私〉と〈他者〉が一体になると言いたいのだ。偉大な小説的創造はつねに、乗り越えられた眩惑なのである。(11)

超個人的な「小説の知恵」、そして「小説の知恵」に耳を澄ますことから〈私〉と〈他者〉の対立が乗り越えられ、すべてが相対化されることによって「主人公と世界との和解」を生じさせる「小説の奇跡」。小説観についてのこれほど驚くべき類縁性もまた稀と言うべきだろう。だからこそ、クンデラは「私はやっとルネ・ジラールの名前を引く機会を得た。彼の本『ロマン主義の嘘と小説の真実』は、小説芸術について私がかつて読みえた最良のものだ」と書くことができたのである。そこで、私は前著『ミラン・クンデラの思想』第Ⅲ章「ホモ・センティメンタリスとホモ・ポエティクス」で、主人公ルドヴィークが自分を裏切った眩惑的な友人（ジラール的に言えば欲望の媒介者）の妻を誘惑することで積年の復讐を遂げるのだが、やがて「大部分の者たちは二重に間違った信念によってだまされている。彼らは（人間、事物、行為、民族の）永続的な記憶とか（行為、過失、犯罪、不正の）贖罪を信じている。これはどちらも虚偽の信念なのだ。現実はまさにその逆で、すべては忘れられ、何一つとして償われないだろう。贖罪（復讐さらには容赦）の課題を代行するのは忘却なのだ」と気づくようになり、あるとき故郷の民俗音楽の、孤独によって「浄化された世界」の音に耳を傾けているうちに、不意に「数年前に完全に見限ってしまったこの世に対する愛に満たさ」れ、ほとんど奇蹟のような「救い」と「安らぎ」を覚えるクンデラの『冗談』を「世界と主人公との小説的な和解」に到達しえた作品とみなすジラール的読解を試みたのだったが、ここではその詳細は省略する。(12)

2 ジラールとクンデラの非両立性

小説の結末

前著『ミラン・クンデラの思想』は一九九八年六月に刊行され、私がその年の夏休みを利用して概要をクンデラに送ったところ、彼はさっそくその感想を長いファックスで知らせ、ジラールに関しては「きみがわたしのバフチンとの類縁性でなく、ジラールとの類縁性を論じてくれたのは正しいし、わたし個人としても大変うれしかった」と書いてきてくれた。その年の一一月、クンデラが事実上の監修者であり、彼の弟子のラキス・プロギディスが編集長を務める季刊文芸雑誌《ラトリエ・デュ・ロマン》第一八号が、四〇年近くまえに出版されたジラールの『ロマン主義の嘘と小説の真実』の特集をおこなった。もしかすると、私の突飛な思いつきがこの特集と無関係ではなかったのかもしれない。いずれにしろ、私としてはクンデラのいわば「お墨付き」を得て、もうすこしクンデラとジラールの類縁性のこと、そしてありうべきふたりの「非両立性」のことを論じたいのだが、そのまえに《ラトリエ・デュ・ロマン》誌の特集の内容にふれておくべきだろう。

さて、編集長のラキス・プロギディスは、もっぱら小説の問題を考察することを目的としている《ラトリエ・デュ・ロマン（小説の工房）》誌が、小説という芸術に「存在論的次元」をあたえた最初の人間であるルネ・ジラールの仕事のことを考え、たえず「対話」しているのは当然だが、しかしまた『ロマン主義の嘘と小説の真実』で語られている、様々な媒介者（médiateur）によって媒介された欲望（désir médiatisé）というジラール的欲望の形態が、この四〇年のあいだに地球的に発達したマスメディア（mass media）社会において計り知れぬほど広大な領域に及ぶようになり、それにともなって「ロマン主義の嘘」もまた著しく普遍化、大衆化されることになったと言う。(13) そしてそのような状況認識のもとに、七人の小説家たちにたいして、こんにち『ロマン主義の嘘と小説の真実』をどのように読み、どのように考えるか、それからより一般的に、批評作品は作家活動の実践にどんな寄与をおこなうことができるのか、以上の二点について寄稿を求めた。だが、そんなふうに寄稿を求められた作家たちはいずれも戸惑い、かなり困惑せざるをえなかったらしい。

たとえば、プルーストにおいて他の欲望はともかく、彼独自の審美的な欲望だけはどうみても自発的な欲望だったのであり、だれにも媒介されなかった欲望だったのではないのかとジラールの欲望論そのものの射程に反論を差し挟む作家もいれば、ジラールのモラリスト的側面、さらには「神学者的」な側面に違和感を覚える作家もいる。さらには、ドストエフスキーやプルーストに小説の最高の達成を見るということは、ヘーゲルが絶対知のうちに歴史の終焉を見たのと同じように、ジラール自身がそれ自体ひとつの「小説」と見なすべき『ロマン主義の嘘と小説の真実』のなかで、「小説の歴史の終焉」を語っているということではないのかと疑問を投げかける作家もいる。このような反論、疑問が続出したについては、一般的に批評家と創作家の関係の問題というよりもむしろ、ジラール自身の小説論の根幹にその原因があったと思われる。というのも、ジラールに異論を唱え疑問を呈する作家たちはいずれも、『ロマン主義の嘘と小説の真実』の第一二章「結び」のところにことさら反発しているのだからである。

第一二章「結び」とは、私がこの章の最初のほうで「ジラールのロマン主義批判の核心だと思われるテクスト」として引いたテクスト中にあるものの、その段階ではまだ時期尚早と判断して故意に略した部分にかかわる。そこでのジラールは、「小説家はロマン主義的な正当化を乗り越える。多少なりとも内密に、多少なりとも公然と〈自我〉と〈他者〉とのあいだの柵を越えるのだ。死の瞬間、主人公と世界との和解というかたちで小説そのもののなかに記録されるのは、このような記念すべき乗り越えなのである」と書き、そのあとを「この記念すべき乗り越えのことは最終章で見ることにするが、主人公が小説家の名前で語るのは結び、ただ結びにおいてのみなのであり、死につつある主人公は、つねに自分の過去の人生を否認するのである」[14]とつづけていた。つまり、ジラールは主人公と世界の小説的和解はつねに主人公が死のうとする瞬間に、みずからの過去の人生を全否定するかたちで生ずるのであり、そのときになってはじめて主人公と小説家が一体となると述べていたのである。

そして、じっさい最終章の第一二章「結び」においてジラールは、『悪霊』のスチェパン・トロフィーモヴィッチが死を目前にして、「一生涯、私は嘘ばかりついてきた。私が真実を語っていたときでさえ、そうなのだ……以前はそのことを知っていたが、私がそのことをこの目でみたのは今だけだ」と語る場面、これ以上はないほどの唯我独尊的なロマン主義者だった『赤と黒』の主人公ジュリアン・ソレルが断頭台をまえにして発する、「他人が私には何と大切なことだろう！　だが他人と私とのつながりが、いま突然断ちきられようとしている！」という最後の叫び、さらには瀕死のドン・キホーテの「わしは今、自由で明るい理性をとりもどしている。あの騎士道に関するいとわしい書物をおぞましくつづけさまに耽読したために、わしの理性のうえに覆いかぶさっていた無知という霧のかかった影さえないのじゃ。わしは今にしてああいう書物の馬鹿馬鹿しさと欺瞞がようやくわかるのじゃ」という自己否認の言葉などを引きながら、近代の偉大な小説の主人公たちはいずれも「みずからの過去の観念をきっぱりと否定」して、「真の回心」を遂げるのであり、「あらゆる小説的結末は回心である」と断言したあとこうつづける。

ロマン主義的批評はつねに本質的なものを拒否する。死の彼方に輝く小説の真実に向かって形而上的欲望を乗り越えることを拒否するのだ。主人公は真実に到達することによって死に、自分の洞察力の遺産を自分を創造してくれた者に委ねる。小説の主人公という称号は、悲劇的な結末において形而上的欲望に打ち勝ち、そのことによって小説を書くことができるようになる人物にだけあたえられねばならない。主人公とその創造者は小説の展開のあいだはずっと分離しているが、結末においてー体となる。主人公は死に瀕してみずからの失われた人生を振り返る。彼はクレーヴの奥方にもたらされるような「はるかに壮大で、はるかに遠くまで見通す視力で」みずからの人生を見つめるのだ……したがって、小説の結末はつねに回想＝記憶である。結末は知覚それ自体よりも真実だった記憶の闖入になる。それはアンナ・カレーニナのそれのような「鳥瞰的ヴィジョン」である。それは「過去のレミニサンス（再生）」である。この「過去のレミニサンス（再生）」という表現はプルーストのものだが、しかしこのとき小説家が語っているのは、ひとが想像するように『見いだされた時』ではなくて『赤と黒』なのだ。霊感はつねに記憶なのであり、記憶は結末からほとばしり出てくる。あらゆる小説の結末はまた始まりであり、「見いだされた時」なのである。(15)

このような小説の結末＝死を間近にした主人公の回心＝主人公の全過去の再生＝小説の真実（奇跡）という図式は、これだけでもかなり特異なものである。これでは主人公が最後に死なないか、回心しない小説は真の小説ではなくなり、「ロマン主義の嘘」になってしまいかねない。また、かりにあるとき小説家がジラール風の「小説の真実」に到達しえたとしても、その小説家はもし自己模倣をみずからに許さないほどの矜持の持ち主ならば、小説家であることをやめねばならないことにもなりかねない。だから、《ラトリエ・デュ・ロマン》誌の特集でジラールに反発した現役の小説家たちには、それなりに正当な理由があったと言わねばならない。また、ジラールが『ロマン主義の嘘と小説の真実』の第一二章「結び」で「小説の歴史の終焉」を語っていると感じた作家にも同様に正当な理由があったといえる。私自身も前著『ミラン・クンデラの思想』でクンデラの小説観とジラールの小説論の類似性を論じたとき、この点については留保しておいた。そして、クンデラは結末においてはじめて主人公の死を語るような小説は書いていないことも指摘しておいた。しかし、ジラール独特の小説論によって惹起される問題は、それのみにとどまらない。彼がここで主人公の「回心」というとき、それをなんとしてもキリスト教的に解釈しようとすることだ。たとえば、さきのテクストのあとに見られるこのような言明。

小説の結末は私たちの身近な探求の結末でもある。小説作品のなかではいたるところで真実が作動しているが、その真実はとくに結末に住まっている。結末はその真実の社《やしろ》なのである。真実の現前の場所である結末は、誤謬が遠ざかる場所である。誤謬は小説作品の統一性を否定するにいたらない場合には、その統一性を無効にするように努め、それを平凡と呼ぶことで不毛の烙印をおそうと努めることだろう。その平凡さを否定すべきでなく、逆に声高に要求すべきなのだ……それは西欧文明においては本質的な平凡さなのである。小説の大団円は個人と世界、人間と聖なるものとの和解である。多様な情念の世界が崩壊し、単純性に立ちもどる。小説的回心が夢みさせてくれるのはギリシャ人のアナルシス（解決）であり、キリスト教徒の第二の生なのである。小説家はこの最後の瞬間に、西欧文学のすべての頂点と一体になる。さらに偉大な宗教道徳と卓越したヒューマニズム、すなわち人間のもっとも近づきがたい部分を選び取るヒューマニズムと一体になるのだ。(16)

このようにジラールは、その名に値するあらゆる西欧小説は同一の「平凡」な結末をもつが、それこそが人間と聖なるものとの和解、キリスト教徒の第二の生を保証する「真実の現前」なのだと言う。さらにジラールはこれでもまだ不充分だとでもいうように、「誤謬」の擁護者としてやや唐突にモーリス・ブランショまで持ち出す。ブランショは『文学空間』のなかで、カフカの小説に見られるような結末をつけることの不可能性は、作者が作品のなかで死に、死のなかで自分自身から解放されることの不可能性であると言っていた。そのブランショにあえて逆らって、「不可能な結末は〈文学空間〉を定義するが、この〈文学空間〉は和解の彼方ではなく、此方にある……偉大な小説家たちはモーリス・ブランショの定義する文学空間を横切りはするが、そこにとどまりはしない。彼らはその空間の彼方に身を投げ、ひとを解放する死の無限のほうに向かうのだ。偉大な小説の結末は平凡なものだが、慣習的なものではない……死における回心は安易さへの横滑りではなく、小説的恩寵へのほとんど奇跡的な降下だと私たちに見えるはずである。そう見れば、私たちはやっと、キリスト教的な象徴主義は普遍的である、なぜならただこのキリスト教的な象徴主義だけが小説の経験に意味をあたえるのだから、ということを理解するようになるだろう」[17]と、あくまで絶対的な唯一の「真実」、つまりキリスト教至上主義を言い募ってやまないのである。これでは、キリスト教的な象徴主義の名のもとに小説、文学の存在理由、そしてやがては非=キリスト教的な現代的実存までが最終的に止揚、否定されることにもなりかねない。むろん、現実にそんなことがあるわけはないのであって、ジラールの小説論のこの結論はあまりにも特異で偏狭なものだと言わざるをえない。

現在時の具体と人間の記憶

《ラトリエ・デュ・ロマン》誌の『ロマン主義の嘘と小説の真実』特集で私がことのほか興味深く読んだのは、イヴォン・リヴァールのテクストだった。その理由は私がジラールの小説論の結論があまりにも特異で偏狭だとして上述したことを別の角度から確認してくれているからだが、またジラールが「小説の結末はつねに回想=記憶である。結末は知覚それ自体よりも真実だった記憶の闖入である」と述べているところが、まさしくクンデラの記憶の根幹にかかわってくるからでもある。リヴァールは、「小説家は（ロマン主義者のように抽象的なもの、形而上的なものではなく）具体的なもののほう、つまり自我と他者とのあいだの敵意ある対話のほうに向かって手探りで進む」とジラールが書いているが、しかしそのような対話によって覆い隠される具体的なものとはまた、「状況の聴覚的・視覚的な具体」でもあると言ってクンデラの一文を引用する。出典は明記されていないが、『裏切られた遺言』第V部「失われた現在を求めて」の、「ためしにあなたがたの生活の会話の一つ、喧嘩の会話あるいは愛の会話を再構成してごらんなさい。このうえなく大切で、このうえなく重要な状況でも、永久に失われているにちがいない。残っているのはその抽象的な意味（私はこの観点を擁護したが、彼は別の観点を擁護した。私は攻撃的だったが、彼は守勢にまわった）、場合によっては一、二の細部であり、ずっとつづいたその状況全体の聴覚的、視覚的な具体は失われてしまっているのだ。しかもその具体が失われたのみならず、ひとはその喪失に驚きさえしない。ひとは現在の喪失を甘受し、現在の瞬間をただちにその抽象に変えてしまうのだ[18]」という一文である。

もし現在時の具体が永久に失われ、ただちに抽象に変えられるしかないという、クンデラのこの記憶論が正しいなら――そして私はじっさいそれが正しいと感じざるをえないのだが――、ジラールのように小説の結末における主人公＝創作者の回心後の回想＝記憶を「知覚それ自体よりも真実だった記憶」などとそう簡単に言えるものだろうか。いくら過去の「鳥瞰的ヴィジョン」、「過去のレミニサンス（再生）」と言ってみたところで、かりに人間の記憶がさまでに不確実で頼りないものであるとするなら、その実体もまたたんなる「抽象」、あるいは過去の捏造にすぎなくなるのではないか。だからこそ私は、「ジラールが小説の真実の結果としているものはまた、その原因にもなりうるのではないだろうか。真正な印象、失われた現在をふたたび見いだす、あるいはすくなくともその方向に向かうことは、その真正な印象を覆い隠している臆見を捨て去る一つのやり方になるのではないだろうか」と問うているリヴァールに賛成したくなるのである。

じつを言えば、私はこのリヴァールの疑問に出会うまで、クンデラ的「小説の知恵」とジラール的

「小説の奇跡」の「類縁性」のことにばかりに注目して、この二つの概念の「非両立性」のことはさして真剣に考慮してこなかった。だが、リヴァールのこの疑問は、私のうちにもうひとつの疑問、かなり根本的な疑問を呼び覚ます。そう言えば、クンデラは「失われた現在」のさきのテクストに引きつづき、「私たちは現在時に生じていて、現にあるがままの現在を知らない。ところが、現在はその思い出とは似ていないのだ。思い出は忘却の否定ではなく、忘却の一形式なのである……構造としての現在の具体は、私たちにとっては未知の惑星である。したがって私たちは、現在を自分の記憶にとどめることも、想像によって再構成することもできないのだ。ひとは自分がなにを経験したのか知らないまま死んでいくのである[19]」と、ほとんどパスカルを思わせる辛辣さで人間の記憶の「悲惨」を書いていたではないか。そして、たとえばジラールがもっとも高く評価しているドストエフスキー（あるいはバルザックなど一九世紀の偉大な小説家たち）に見られるのが「具体的なものというよりはむしろ演劇的なものへの情熱」であったのに反して、現在時の具体を把握することがフロベール以後の小説の恒常的な傾向になったのであって、二〇世紀のジョイスにおいては「現在時のたった一秒がちいさな無限になる」。このような傾向は「私たちの人生が基づいている平凡なものと劇的なものとのたえざる共存の発見」であり、「散文の世界の発見」という「存在論的な発見」に由来しているのだと言っていたではないか。さらに彼は現代の小説家のひとりとして、こんな信条の告白めいたことさえ述べていた。

散文の世界の発見。というのも、散文はただ韻文と区別される言説の一形式であるばかりでなく、現実の一つの顔、現実の日常的、具体的、一時的な顔であり、神話の対極にある顔だからである。ここでひとは、人生という散文ほど隠されたものはなにもないのだという、あらゆる小説家の内奥の信念にふれることになる。どんな人間もたえず自分の人生を神話に変えようとし、それをいわば韻文に書き直し、韻文（拙劣な韻文）によって覆ってしまおうとする。もし小説が一つの芸術であり、たんに一つの「文学ジャンル」でないとするなら、それは散文の発見こそが小説の存在論的な使命であり、小説以外に他のどんな芸術もそれを全的に引き受けることができないからにほかならない。[20]

このような散文の世界の発見というクンデラ的小説の「存在論」を改めて想起してみると、あらゆる小説をただ一つのメッセージ、キリスト教の真理の顕現、キリスト教への回心の促しという同一のメッセージに還元してしまおうとするジラールの小説論の結論は、やはり一種のメロドラマのようなもの、あるいはクンデラが「たえず自分の人生を神話に変えようとし、それをいわば韻文に書き直し、韻文（拙劣な韻文）によって覆ってしまおうとする」試み、「集団的な無意識からくる誘惑、永遠の社会的要請」として語り、だからこそよけい根底的に批判している「ひとがなにを生きたのか知らないようにするため」の「キッチュ化の解釈[21]」にほかならないとさえ思えてくる。むろん、個々の小説家よりも聡明である超個人的な「小説の知恵」、そして「小説の知恵」に耳を澄ますことから生じる「小説の奇跡」という認識において両者の小説観の「類縁性」は否定できないとしても、その認識の「解釈」においては逆に、両者のあいだに決定的な「非両立性」があり、両者は最終的には「存在論的」に対立するはずだということを、おそらくここで確認しておく必要があるのかもしれない。この必要性は、フランスにおけるジラールの擁護者のひとりだったはずのカトリック左派の雑誌《エスプリ》の編集長ジャン＝マリ・ドムナックのこのような疑問が、ジラールの仕事へのオマージュとして催されたスリジー・ラ・サルのシンポジウムですでに呈されていたという事実がいまさらのように思い出されるだけに、私にはよけい強く感じられる。

知識欲（libido sciendi）は〈西欧〉の偉大さを成したが、また〈西欧〉の暴力、帝国主義の核心にあるものでもある。人類学を神学に置換することは、神の認識の次元におけるひとつの決定的な進歩の手段というよりもずっと、私たちの現代的な自惚れと錯乱の徴候だと私には思える。この観点からして意味深いのは、ジラールが人を欺くもの、幻想を抱かせるものの集積所としてのロマン主義を最初から処刑してしまうことである。私としてはむしろ、ミラン・クンデラのように、一七世紀以来〈西欧〉が追求している合理的な統一性への還元の途方もない努力のために、感情の〈反理性的〉な諸々の力は小説のなか、すなわち〈一なるもの〉に反対する〈多なるもの〉のなかに避難してしまったのだと見なしたい——それなのにジラールは、ミメーシスの隠されたメカニズムをその小説のなかに追いこみ、そのことによって単一の説明を元来単一の説明に逆らって創り出されたもの（＝小説）に結びつけるのである……（私がジラールの主張に同調できないのは）かつて私が追い払ったデーモン、すなわち歴史を閉じてしまう総括的な説明への自負、ついに実現された社会的透明性という神話、〈神の息吹き〉が行き渡り〈善〉に加護される国の夢、要するにおのれの限界を知らず、過去、現在、そして将来の歴史を一挙に解明しようとする知識欲を、そこにふたたび見いだす思いがするからである。(22)

ここには、たとえ同じロマン主義＝感傷主義批判から出発したとしても、「人間的事象の相対性への同意」「確信というものはないという確信」「不確信の知恵」を甘受する相対主義者クンデラと、ほとんどデモーニッシュな感さえある知識欲に駆られて「世の初めから隠されていること」を総括的に究明したとの「自負」から、元来「唯一の真実」に逆らって存在している小説までをも「唯一無二の非供犠的、反暴力的宗教」としてのキリスト教の「絶対的な真実」に還元しようと躍起になる絶対主義者ジラールとの「非両立性」が、ジラールのほうの「おのれの限界を知ら」ない「知識欲」の「自惚れと錯乱」として、まことに的確に指摘されていると思われる。

とはいえ、ジラールの小説論の結論の特異な由来について、もうすこし補足しておくのが公平というものだろう。第一章でもふれたことだが、ジラールは『ロマン主義の嘘と小説の真実』のまさにこの一二章を書いているときに、神の呼びかけを聞き、じっさいに懐疑主義からキリスト教に最終的に「回心」し、その結果として皮膚癌が奇跡的に治癒したという、私のような俗人にはなんとも注釈のしようのない、まことに神秘的な個人的体験をしていた。(23) このような稀有な体験をしたばかりの時期であれば、彼の信仰がその小説論の結論にもそれなりの影響をあたえたとしても、あながち不思議ではなかったのかもしれない。さらに、これもやはり序章で述べたことだが、さすがのジラールものちに、「小説的回心」というあまりにも特異な言い方をいささか後悔しはじめたらしく、『羨望の炎——シェイクスピアと欲望の劇場』の『冬物語』を論じているところで、「この図式はあまりにも平凡なものなので、つねに意味深いものとなるとはかぎらないが、それが意味深くなるときもあり、そのときには問題のあの経験を指し示している。その経験は傑作の偉大さにはじつに本質的なものなので、作者はいやおうなく言及せざるをえなくなるのであるが、ふつうは作品のなかでその目的にいちばんぴったりした位置、つまり結末におかれている。私は『ロマン主義の嘘と小説の真実』のなかでこうした象徴的な結末を〈小説的回心〉という名称をあたえたが、この現象はジャンルの区分をふくめたすべての文学的区分を超えるため、誤解を招く名称ではなかったかと恐れている[24]」と書き、「小説的回心」の代わりに「創造的回心」という名称のほうがずっと適切であると述べている。そして『冬物語』はシェイクスピアにおけるその「創造的回心の最初の例であり、例外的なものだ」と言うのである。

3　クンデラ、ジラール、パスカルの自我論

自由と転向

小説、小説家の「存在論」をめぐってクンデラとジラールのあいだに前述のような決定的な「非両立

性」があるからには、私たちはもうクンデラとジラールの「類縁性」について語ることができなくなったのだろうか。いや、そんなことはない。クンデラの小説『冗談』のルドヴィーク、『笑いと忘却の書』のクンデラ自身、あるいは『存在の耐えられない軽さ』のトマーシュやテレザなどの物語は、『身代わりの山羊』で展開されるジラールの迫害者と犠牲者の関係分析に照らして見るとその歴史・社会的意味がより鮮明になるはずだし、また『裏切られた遺言』第Ⅷ部「霧のなかの道」で、クンデラが「時代精神への適応としての意見の変更」と名づける政治・思想的現象についてもまた、ジラールはほぼ似たような解釈をしている。

「時代精神への適応としての意見の変更」とは、たとえばそれまで共産主義を理想と考え、現実のソ連型共産主義を批判的に経験しつつもその理想に近づける希望を失っていなかった「良心的」な一部のロシア人までもがベルリンの〈壁〉の崩壊、共産主義の終焉という歴史の魅惑的な進展に眩惑され、突然、手放しで共産主義の消滅を祝福するようになるとか、社会主義体制のなかでさして迫害されることもなく、それなりに自分の人生を過ごしてきたはずの多くのチェコ人たちが〈ビロード革命〉のあと、なにかと言えば「あの恐怖の四十年」「失われた四十年」などと口々に言ってみずからの過去をあっさり否認してしまう現象のことである。つまり今ではほとんど死語に近くなっているが、わが国でもかつて「転向」という言葉で激しい議論の対象となった現象のことである。ある意味では普遍的とも言えるこの現象について、クンデラはこう考えている。たとえばトルストイの小説『戦争と平和』のベズーホフやボルコンスキーたちが個人としての自己を確認するのは、まさに彼らの内面世界が変わるときであり、そのとき彼らの「自由が燃え上がり、彼らの自由とともに彼らの自我のアイデンティティが燃え上がる。それはポエジーの瞬間だ……トルストイにあっては、人間が自分を変える力、酔狂、知性をもてばもつほど、それだけますます自分自身になり、ますます個人になる」。これに反して、前記のロシア人やチェコ人たちのように「時代精神への適応として意見を変更する」者たちは、「その非＝個人性において自己を明らかにする。そのような変化は彼らの創意でも発案でもなく、気紛れでも、驚きでも、反省でも、狂気でもない。それはポエジーを欠き、移り変わる歴史の精神へのきわめて散文的な適応にすぎない。だからこそ彼らはその変化に気づきさえしないのだ。とどのつまり、彼らはつねに同じものとしてとどまる。つねに真なるもののなかにとどまり、つねにまわりで考えねばならないとされていることを考える。彼らが変わるのは彼らの自我のなにかしらの本質に近づくためではなく、他人たちと一体になるためなのだ。変化は、彼らを不変のままにしておいてくれるからである[25]」と、その非＝個人性、自由の不在、順応主義を指摘する。

ところがジラールによれば、これに類似する「時代精神への適応として意見を変更する」人物は、プルーストの『失われた時を求めて』にも描かれているという。『見出された時』の終わりのほうで、戦争、第一次世界大戦が勃発する。ヴェルデュラン夫人はドイツにたいする好戦的な排外主義者であったが、やがてゲルマント公爵と結婚して社交的勝利をおさめるや、にわかに自分に忠実だった排外主義者たちに門を閉ざし、軽薄な最低のスノッブしか近づけないようになり、自分の過去の主義などいっさい省みなくなる。また、昨日までの多くの頑固な愛国主義者たちが今日は熱狂的な対独協力者に豹変したりもする。『ロマン主義の嘘と小説の真実』第九章「プルーストの世界」のジラールは、こうした社交・政治的変貌をこう説明する。

一部の批評家たちは「そらごらん、ヴェルデュラン夫人は自分の主義を船外に投げ捨てることができる。だから　この人物は実存主義小説のなかに登場してもおかしくはないのであり、プルーストもまた自由の小説家なのだ」などと言うのだが……現実にはだれひとり自発的ではなく、いずれの場合にも（互いに対抗的に模倣し合う）二重媒介の法則が働いているのだ。神にもひとしい崇拝の対象（＝欲望の媒介者）によって被った迫害にたいする華々しい復讐も、状況が許せばつねに〈融和〉に場所をゆずるのであり、そうした外見上の〈転向〉はすべてなんら新しいものをもたらさない。ここではいかなる自由もそれ以前の状況とのまともな訣別によってその全能を肯定していないのだから。(26)

ひとが状況の変化に適応しようとして意見を変え、一見自分が変わったように見せかけたり、見られたりするのは、もっぱら他者、他人たちに眩惑されている自分をそっくり不変のまま残しておくためなのであって、けっして個人の自由の発露なのではない。このように「他人たちと一体になるため」の「時代精神への適応としての意見の変更」、すなわちグローバル化の時代にあってほとんどだれも驚かない世界的現象にさえなった政治・思想的転向について、ジラールもまた結局クンデラとほぼ同じ認識をもっているのである。

自己イメージの神秘　想像上の〈自我〉と他者

ここで本筋からやや逸脱することになるが、私たちがしばしば自分の生きている「時代精神に適応」させようとする「自我」について一言しておく。時代の変化を盲信し、己れの自由を捨ててまで他者と適応しようとするこうした（エティエンヌ・ド・ラ・ボエシーの言葉では「自発的隷従」の、そしてジラールの語彙では身近な他者に眩惑され、互いに対抗的に模倣し合う「二重媒介」の）欲望や態度は、しばしば近現代人の政治的態度（ひいては知的トレンドとか、服装、髪型のモードなどの文化的流行）に大きく影響するばかりでなく、やがては人間の社会的自我の本質をも規定することにもなる。クンデラの小説『不滅』のヒロイン、アニェスの夫ポールは、弁舌さわやかな弁護士であるとともに「権力と法」と題するラジオ番組のレギュラーゲストを務めていたのだが、あるときスポンサーの不興を買い、たんに「退屈だ」という理由で番組から降ろされる。そこでポールは突如、「自分で自分を見ているのとは違ったふうに、また自分はこう見られているのとは違ったふうに、ひとびとが自分を見ているのだということを悟った」。そして、他人の目を気にすればするほど、だんだん自分というものが分からなくなり、ついに「ぼくたちのイメージは単なる外見で、そのうしろに、世の中のひとびとの視線とかかわりのない、自我のまぎれもない本体が隠されているなどと思うのは、まあ無邪気な幻想だよ……ぼくたちの自我というのは単なるうわべの外見、とらえようのない、言いあらわしようのない、混乱した外見であり、それにたいして容易すぎるくらい容易にとらえられ言いあらわされるたったひとつの実在は、他人の眼に映るぼくたちのイメージなんだよ」と言い出すようになる。まんざら私たち自身にも無縁とは思われないこのようなやや悲喜劇的な〈自我〉のアイデンティティ・クライシスについて、クンデラはこう注釈する。

彼のイメージにどういうことが起こったのか？　なにかが起こったのだが、彼にはそのなにかが分からなかったし、さきざきも決して分からないだろう。なぜならば、これはまあそういうものなのであるし、法則というものは誰にでも適用されるのだから。なぜ、そしてどんな点でわれわれは他のひとびとを怒らせるのか、どんな点でわれわれは彼らに好感をもたれるのか、どんな点でわれわれが彼らに滑稽に見えるのか、われわれは決して知ることはない。われわれ自身のイメージはわれわれ自身にとって最大の神秘である。[27]

しかし、このような「最大の神秘」としての自己イメージを語っているのは、もちろんクンデラがはじめてというわけではなく、すでにシェイクスピアの演劇にも顕著な例がいくつか見られる。たとえば、『ジュリアス・シーザー』（一幕二場）で、キャシアスがブルータスを陰謀に巻き込もうとしてこう誘惑する。

ブルータス君、世人は非常に残念だといっている。
あなたのその隠れた自分の値打を、あなたの眼にはっきり見せるような、
つまりあなたが自分の姿を見ることができるような、
そうした鏡をお持ちにならぬと言うことがね……
あなたは、鏡にでも写してみなければ自分の姿は見えないという、
だから一つ私が鏡になって、あなた自身もまだ知らない、
あなたの一面を見せてあげようと思う、ただありのままにね（中野好夫訳）。

また、『トロイラスとクレシダ』（三幕三場）ではギリシャ軍の将軍たちの冷淡な態度に意固地になっているアキリーズの心をなんとか動かしてやろうと、狡猾なユリシーズがこんなふうにけしかける。

人は、その才能が豊かなるも、
また内に外にその持つところいかに大なるも、
他人をまたねば、その持ちものを真に己の持ちものとして誇ることも、
また感ずることも不可能なり。
たとえば、その人の美徳が他人のうえに輝き、
彼らを温め、彼らはその熱をふたたび

本人に返すがごとし（三神勲訳）。

するとアキリーズは、まるで猫にマタタビというふうに、ころりとまいってしまってこう答える。

不思議はないよ、ユリシーズ君。
たとえばわれわれの顔だって、いくら美貌だからといって、
他人の目に写ればこそ当人にも
わかるというもの。いや、感覚の精髄ともいうべき、
われわれの目だって、自分から離れなければ
自分を見ることができん。他人の目とあえば
たがいに相手の姿を見ることができる。
つまり視力は直接自分に向かうわけにはいかん、
いったん外に出て、そこで写し出されて、
はじめて自分を見ることができる。これはすこしも不思議じゃない（同右）。

この事例で分かるように、シェイクスピアの戯曲においてキャシアスの巧言にまんまとのせられるブルータス、ユリシーズのけしかけに易々と乗ってしまうアキリーズなどギリシャ・ローマの英雄たち

は、クンデラの『不滅』で「ぼくたちの自我というのは、他人の眼に映るぼくたちのイメージなんだよ」と悲しげにつぶやく現代のフランス人ポールと本質的になんら違わない。ところでこうした人間にとっての「最大の神秘」を、『羨望の炎——シェイクスピアと欲望の劇場』のジラールは、「人間的自我の逆説」としてクンデラよりも近現代人の心理に深く立ち入ったかたちでこう謎解きしてみせる。

成功した者がみずからの成功を実感し、認識するのにさえ、他者は決定的な役割を果たす。栄光はみずからを見ることができず、本当に存在するためには、それを眺める人々の眼差しのなかにみずからのイメージを捕らえねばならない……ただ羨望のみが私たちの幸福にある種の内実をあたえるのであり、悦楽の〈実体〉は他者によって供される。強力なライバルの激しい嫉妬を産み出すということがなければ、栄光は現実性をもたないのだ……これがあらゆる人間における人間的自我の逆説、自立性と他立性のもっとも根源的な神秘的統一性である。この二つの衝動は私たちを反対の方向に引きずり込み、けっして補完的なものにはなりえないのだが、しかしこの二つの衝動は永久に不可分である。なぜなら、この両者は互いに糧《かて》とし合うのであり、この両者の連結こそが人間たちを互いに、そしてそれぞれの内面において分裂させながらも、錯綜したかたちで結びつけるのだからである。これが人間たちを互いに対立させるとともに、また彼ら自身に対立させる葛藤の真の源泉である。人間が神のように自立したがればしたがるほど、じっさいにはそれだけますます彼がもちうる最小限の自立性をも同類たちに譲り渡し、また、手足を縛られたまま、ますますみずからを

無数の暴君たちに引き渡すことになるのだ(28)

このようにジラールは、本書でこれまで何度も言及するところのあった「内的媒介」の欲望における他者の眩惑、他者の優越という考えによって、クンデラが「最大の神秘」と呼ぶ複雑な自他の人間関係の「法則」を説明するのである。私たちはみずからのささやかな経験に照らしてさえ、この説明をまことに的確なものと思わざるをえないだろう。ただそれと同時に、この人間的「神秘」の「法則」はジラールよりもはるか以前の一七世紀に、またもっと単純明快に、ジラールと同じく「神なき人間の悲惨」を語り、キリスト教護教論を書いたブレーズ・パスカルによって説明されていたことを私に思い出させる——だからこそ、私はたびたびジラールのことをときどき「二〇世紀のパスカル」と呼びたくなるのだ——。周知のようにパスカルは、「〈私〉とは憎むべきものだ」という衝撃的な断定をおこない、その理由を「〈私〉には二つの性質がある。それは、自分をすべての中心に据える点で、それ自体として不正であり、他者を従属させようと望む点でははた迷惑である」からだと述べていた。つまり〈私〉はつねに自己中心的であり、かつその結果として他者に優越し他者を支配したがるものであるがゆえに「不正」である。そしてひとがそもそも心から「不正」を愛することがありえない以上は、そんな〈私〉はやはり憎むべきものであるほかはないというのだ。では、たとえ憎むべきものであるとしても、その〈私〉は自己中心的で、他者に優越し支配することを望む自己をどのように実感し、確認するのか。以下に掲げる『パンセ』の断章は、クンデラが人間にとっての「最大の神秘」と呼び、ジラールが「人間的自我の逆説」と名づけた現象を、〈私〉の本質に不可欠な「想像上の〈自我〉」から解明するものである。

われわれは、自分のうち、自分本来のうちで営む生き方に満足できない。われわれは、他人がわれわれについて抱いている観念のうちで、もう一つの想像上の生き方をすることを望み、そのために見かけを整えることに心を砕く。われわれは絶えず、想像上の自分を飾りたて、それを後生大事に守り、本当の自分をないがしろにする。今、わが身に、心の平安、気高さあるいは信義が備わっているとしよう。われわれは早速、それを知ってもらうために、これらの美徳をもう一つの自分に結びつけ、そのためなら、自分自身からそれらを切り離すこともいとわない。勇者の評判をとるためなら、われわれは喜んで、臆病者になるだろう。われわれは、想像上の自分なしには、自分に満足できず、しばしば一方を他方に取り替える。これこそ、われわれ本来の存在が虚無に等しいことの、何よりの証拠だ。(29)

人間の本来の存在は虚無に等しいほど空しく儚《はかな》いものだから、人間はその空しさ、儚さの埋め合わせに「想像上の自我」を必要とし、それを本当の自分と取り替えたがる。しかし、この「想像上の〈自我〉」は、他人がこの〈私〉について抱いているイメージとつねに一致するとはかぎらない。むしろ一致しないことのほうが多いにちがいない。いや、〈私〉が「想像上の〈自我〉」を承認してもらいたい相手の他人たちもそれぞれに自己中心的で、他者に優越し他者を支配することを望むのだから、他人がこの

〈私〉について抱いているイメージが本当に一致するのはほとんど奇蹟に近いだろう。そこで〈私〉はつねに確信をもてず、いつまでも不安と疑心を免れないことになる。〈私〉が「想像上の自我」を捨て、〈私〉であることをやめるか忘れでもしないかぎり、この世では無数の〈私〉たちがそれぞれに「支配欲に駆られて、かえって他者の奴隷になる」（塩川徹也）、あるいは「最小限の目立をも同類たちに譲り渡し、また、手足を縛られたまま、ますますみずからを無数の暴君たちに引き渡す」（ジラール）羽目に陥るのは必定である。これはそう簡単に解決し得ない人間の永遠のアポリアだと言ってよく、『不滅』のポールならずとも悄然として、思わず深い溜息をつきたくなろうというものだ。

自我の忘却　ポエジーの瞬間

逸脱のついでに、このような人間の「最大の神秘」、「人間的自我の逆説」という点に関して、もうすこしだけエピソード的に補足しておこう。もし『不滅』のポールのように多少なりとも「憎むべき〈私〉」をかかえ「想像上の〈自我〉」の餌食になるのが人間の本性だと言って過言でないとすれば、彼の妻アニェスは逆に、人間はたとえごく短い瞬間であれ、そのような悩みと苦しみから解放されることもありうると教えてくれる。自分にはとうてい「同意できない世界でどのように生きればよいのか」と思い悩んでいた彼女は、ある日、本当には愛していない夫のポールをはじめ、娘や妹たちと離れて暮らすためにスイスに住処を見つけに行った帰路、野原に散歩に出かけたある午後に、こんな「奇妙な経験」をする。

とある小川のところにたどりついて、草のなかに横たわっていたのだった。長いあいだ、そこに寝そべっていた。水の流れが彼女のなかを貫いていっさいの苦しみといっさいの汚れを、つまり彼女の自我を運びさってゆくのが感じられると思いながら、奇妙な、忘れられない瞬間。彼女は自我を忘れ、自我を失い、自我から解放されていた。そして、そこには幸福があった……。

人生において耐えられないのは、存在することではなく、自分の自我であることなのだ……草のなかに寝そべり、彼女の自我を、彼女の自我の汚れを押し流してゆく小川の流れの単調な歌に身体を貫かれながら、アニェスは、流れる時間の声のなかに、そして空の青さのなかに、はっきり現れているその基本的な存在を分有していた。今後もこれほど美しいものはなにもないということを彼女は知っていた。

高速道路を出て、彼女が入りこんだ県道は静かである。遠く、限りなく遠く、星々がきらめいている。アニェスはこう考えた。生きること、生きることにはなんの幸福もない。生きることは、世界のいたるところに自分の苦しむ自我を運びまわることだ。しかし、存在すること、存在することは幸福である。存在すること。噴水に変わること、宇宙が温かい雨のようにふりそそいでくる石の水盤に変わること。(30)

他に適当な言葉も見つからないので、これをかりにクンデラがトルストイの『戦争と平和』のベズーホフやボルコンスキーたちについて言った言葉をそのままつかって、「ポエジーの瞬間」と呼んでおこう。たとえこの世界は無数の〈私〉たちがそれぞれに「支配欲に駆られて、かえって他者の奴隷になる」羽目に陥る結果、生きるとは世界のいたるところに自分の「苦しむ自我」を運びまわるも同然なのだとしても、それだけが自我の現実なのではない。アニェスが経験するこのような自己忘却、自我からの解放の瞬間は、「因果律の彼方」にあって、「このうえなく残酷な瞬間にあっても、人間たちが決断の自由を保持し、ポエジーの泉というあの幸福な計算不可能性を人生にあたえてくれる世界」(クンデラ)の存在を教えてくれるのである。

4 反近代的な思想家と反現代的なモダニスト

いささか長すぎた逸脱を打ち切り、ここでふたたびジラールとクンデラの「類縁性」、そして「非＝両立性」の議論にもどることにしよう。序章で私は、「こんにち個人の未曾有の画一化の時代を生きている私たちには、まだ〈個人〉になにを期待することが可能なのか、個人主義の領分としてなにが残されているのかを後半近くからはもっと直接的に主題化することによって、私なりに考えてみることである」と述べた。もうしばらくでこの章を終えるにあたって、私たちの同時代人であるジラールとクンデラが現代における「個人」、その個人の「独立」と「自律」、そして「自由」を前提とする「個人主義」についてどのように認識しているのかを最後に見ておこう。まず、ジラールから。

ジラールの個人主義観

反現代的なのはもとより、反近代的ですらあるキリスト教護教論者ジラールにとっては、パスカルにおけるのとほぼ同様に、模倣的な欲望の虜になっている「神なき人間」は、「めいめいが自分だけが地獄にいると思っている。それこそが地獄なのだ」と定義される「地獄」に生き、救いようもなく「悲惨」であることは言うまでもない。人間は神の国に再生する以外にその「地獄」から脱し、「悲惨」を免れるすべはないのだ。では、〈個人〉にはこの世の実存において具体的になにもすることはないのだろうか。そんなことはない、とジラールは言う。では、なにができるのか。ミシェル・トゥルゲとの対話『このようなことが起こり始めたら……』のなかにこんな言葉がある。「群衆は個人に先行して存在します。ほんとうの意味で個人になれるのは、群衆から離脱し、暴力の全員一致を免れる者のみです……いかなる社会的事件においても、それがいかなる性質のものであれ、真の個人主義の領域はどうしてもわずかなものですが、皆無ではないのです[31]」。ジラールがここで言っていることは、要するに個人が属する集団もしくは社会の危機において暴力の模倣という事態が生じたとき、そこから決然と身を引くことだけが、つまり非暴力の立場を徹底させることだけが〈個人〉を生まれさせ、ごくわずかな個人主義の領域を拓くということである。しかしこれはあまりにも限定された、きわめて特殊で消極的な個人、個人主義の定義であり、西欧で（そして私たちのあいだで）一般に理解されている意味での個人の独立と自律、そして自由を前提とする積極的な個人主義ではない。現代のキリスト教護教論者ジラールにとって、そのような近代西欧の積極的な個人主義は結局「神話」にすぎず、ロマン主義はその誇張、変形にすぎないのだ。彼は『ドストエフスキー』のなかで「近代西欧の神話」としての個人主義についてほぼこう言っている。

——西欧の個人主義はデカルトの「われ思う、ゆえにわれあり」以外のところに出発点をもたない。だが、この個人主義はそれが生まれたユダヤ＝キリスト教的な伝統の唯一神によってその特殊な条件があたえられていたのだから、死んだとされる神に代わって、個々人はおのれの「自由」を直視し、だれでもみずからの現実の存在をその全体性において基礎づけなければならなくなった。これはニーチェがよく見て取ったように、本来「超人的な仕事」であるはずである。西欧の個人主義にとっての問題は、要するに死んだとされる神の唯一の息子はだれなのか、だれが神に代わって神のごとき自由を直視し、享受できるのかを知ることにあったのだが、個人主義者は安易に「自己」だと考えて、「形而上的自律」をめざすようになった。しかし、とどのつまり神でも超人でもない人間にはそのような形而上的自律など望むべくもなく、神のごとき「自由」を直視し、享受できるはずもない。そのうえ「自己」はかならず「他者」と弁証法的な関係にあるのだから、人間はこの「他者」との弁証法的な関係を抜きにして「自己」を考察することはできない。そこで、近代西欧では人間同士がお互いにとって「神」、もしくは偶像であるという状況が生じた。そして真の神性は結局人間にすぎない「自己」の手にも「他者」の手にも入ることがありえない以上は、「自己」と「他者」は永遠に、そして空しくこの神性を奪い合うほかはなくなる。この決定不可能な賭的である神性への渇望が以後、性、野心、文学など相互主観的な関係のすべてを、ドストエフスキーが見事に描いているような「地下室の形而上学」、すなわち人間が神にも「超人」にもなりえない以上、やがては破滅する運命にあるひとりよがりな自己神格化というかたちのニヒリズムで充たすことになる。このような「地下室の形而上学」は、ドストエフスキーが見事に表現しつくした果てに、これときっぱりと訣別し、聖書の神への信仰に回心できたのとは反対に、西欧では以後その害毒の効力が絶えず増大しつづけ、こんにちではとうてい無視できないほど一般化、大衆化してきている。私たちは一刻も早く個人主義という「近代西欧の神話」の迷妄に気づき、これから解放されなければ、いつまでも近現代人の形而上的病《やまい》というべきニヒリズムから脱しえないことだろう。

このようにジラールにとって個人主義とは、これまで述べてきたロマン主義とほとんど区別されない近代人の形而上的「誤謬」、さらにはニヒリズムという「害毒」にほかならず、彼はときどき「近代のロマン主義的個人主義」という言い方を、それもつねに否定的な意味でしたりもするのである。

クンデラの個人主義観

クンデラもまたジラールと同じように、西欧の個人主義がデカルトの「われ思う、ゆえにわれあり」以外のところに出発点をもたないと考えていることは、先に引いた『小説の精神』の「デカルトとともに、思惟する自我をすべての根拠と理解し、かくして宇宙にただひとりで対決すること、それはヘーゲルが英雄的と正しく評価した態度ではある」という一文からすでにうかがわれる。さらに「人間が〈個人〉になるのはまさに絶対的な真理の確信と他者の全員一致の同意を失なうことによってなのであり、だからこそ小説は個々人たちの想像上の楽園になりうるのだ」と考える彼は、『裏切られた遺言』でも

「近代は人間、個人、思惟する自我を万物の基礎とした。このような新しい世界概念こそ、芸術作品の新しい概念もまた由来する。芸術作品は唯一無二の個人の独創的な表現になるのだ。近代の個人主義が実現され、確認され、その表現、是認、栄光、記念を見出すのは芸術のなかなのである」[32]という言明によってそのことを確認している。ただクンデラとジラールの根本的な違い、それはデカルトにはじまる近代西欧の個人主義がポスト・モダンと言うしかないこんにち姿を消しつつあることを、ジラールが当然の成りゆきだと見なしているのに反して、クンデラはジラールのようにそれを「誤謬」や「害毒」、あるいはニヒリズムの一形態とは見ずに深く哀惜し、たとえ反時代的な身振りだと見えようとも、その近代西欧の個人主義の本質、実質をなんとか擁護し救出しようと試みることだ。

最後＝終末の逆説

むろん、クンデラとてデカルトの「コギト・エルゴ・スム」を淵源とする近代的自我がただ方法的懐疑の対象、思惟する自我であったばかりでなく、また「自然の唯一の支配者にして所有者」たらんとして、数多くの驚異的な科学・技術的奇跡を達成したけれども、その後「この〈支配者にして所有者〉は自分がなにひとつ所有しておらず、自然の支配者でもなく（自然は地球から徐々に消えている）、〈歴史〉の支配者でもなく（〈歴史〉は人間の手からすり抜けてしまった）、自分自身の支配者でさえない（人間は反理性的な諸力にみちびかれている）ことに突然気づいた。しかし、神が立ち去り、人間がもはや支配者ではないのなら、いったいだれが支配者なのか？　地球はいかなる支配者もいないまま、空虚のなかを進んでいる。そこにこそ存在の耐えられない軽さがあるのだ」[33]という「終末＝最後の逆説」を知らないわけではない。

また、デカルト的理性は近代という時代を通じて、中世から引き継いだあらゆる価値をひとつひとつ腐食させてきたのだけれども、理性が全面的な勝利をおさめるようになるときに世界の舞台を占領することになったのが、まったく反理性的なもの（おのれの意欲しか欲しない諸力）である。なぜなら、「反理性的なものを阻止できるような、一般に認められたいかなる価値体系もこの世にもはや存在していない」からだ、というもうひとつの「終末＝最後の逆説」[34]のことも知らないわけではない。

さらに、近代は統一されたひとつの人類という夢を、それとともに永遠の平和という夢をはぐくんできた。そしてこんにち、世界の歴史は分割できないひとつの全体をやっと形作るようになったが、しかし皮肉なことに、永いあいだ夢みられていたその人類の統一を実現し保証しているのは、いつどこで勃発するかわからない恒常的な戦争である。「人類の統一」とは、ひとがどこにいても戦争から逃れられないということを意味するにすぎないのだ」という、もうひとつの「終末＝最後の逆説」[35]のことも知らないわけではない。おそらくこの逆説もまた、なにも所有も支配もしていない「自然の唯一の支配者にして所有者」の逆説、結果として反理性的なものが勝ち誇ることになる理性の勝利という逆説と同様、ジラールもこのんで認めるだろう。彼は『世の初めから隠されていること』で、次のように言っているのだから。

人間科学の性格は、この二世紀における科学の飛躍的な発展の初期に伴っていた最後の幻想の崩壊と一致している。私たちにとって科学はますます、近代の人類が自分自身に仕掛けた一種の罠のように見えてくる。人類にはいまや、いついかなるときにも人類を絶滅させうるほど強大な武力——あるいは今すぐは無理だとしても、明日にはそれが可能になるほど強大な武力——の絶えざる脅威が重くのしかかっている。科学と技術の飛躍的な発展は、明らかに、犠牲のメカニズムがだんだん機能しなくなっている世界における自然の非神聖化と結びついているのだ。(36)

そしてジラールはこのような「終末=最後の逆説」をまえにした人間には、キリストに倣って「暴力の放棄、決定的で下心のない放棄が人類そのものの存続のみならず、人間ひとりひとりの存続の必要不可欠な条件になる」と言い、さきに見たようにそこから「ほんとうの意味で個人になれるのは、群衆から離脱し、暴力の全員一致を免れる者のみ」とキリスト的な絶対非暴力主義を主張するのだが、クンデラのほうは様々な「終末=最後の逆説」をまえにして、それでもなお個人の自由、個人主義の本質、実質を放棄できないと考える。なぜなら、彼にはジラールと違って絶対的な真理は存在せず、かといって芸術家である以上いかなるニヒリズムにも身を委ねたくないから。また彼にとって「自己」と「他者」の関係はつねにどこでも対抗的、闘争的であるとはかぎらず、一定の範囲内でそれなりに共存、共生可能であると考えるから。そこから「相対性の王国」としての小説、「近代の発明」であるユーモア(オクタヴィオ・パス)としての小説という考え方も出てくる。さらに究極的には、さきほど『不滅』のアニェスの経験についてふれた、「因果律の彼方」「人生の幸福な計算不可能性」としての「ポエジー」の可能性を信じてもいるのだから。そこで私は前著『ミラン・クンデラの思想』第六章「キッチュと個人主義の行方」で、クンデラにおける現代の個人主義の前提と困難な条件についてかなり立ち入った検討をおこなったのだが、ここではその概略のみを再現しておくことにする。

クンデラの現代社会批判

〈正義〉〈啓蒙〉〈革命〉〈人間の解放〉といった近代の諸々の大きな物語が終焉を迎えて失墜したあと、「生活の目標は個人それぞれに委ねられている。だれもが自己へと送り返されている。そしてだれもがこの〈自己〉が取るに足らぬものであることを知っている」（リオタール）というポスト・モダンの時代に、クンデラが個人主義という近代西欧の思想にあくまで執着するのは、ある意味では奇異に、ほとんど反時代的、もしくは時代錯誤的に見えるかもしれない。しかし、クンデラの小説『冗談』の主人公ルドヴィークが「ブルジョワ的個人主義の残滓」をとどめているという理由で有罪とされたように、彼は私たちの大半とちがって、個人の自由、個人主義が「罪悪」としてじっさいに消滅させられた共産主義＝全体主義体制で長年生き、そこから逃げてきた経験をもっている人間である。そして彼は「全世界を異郷と見なす」ことを強いられ、なにをするにも「あらかじめ決められた道をたどることができないため、自分でおこなうことすべてをゼロからはじめなければならない」（サイード）亡命知識人として、したがってすべてを個人の責任において、ただ自分自身の個人的な発想と才覚だけしか頼りにできず、その個人の可能性を汲みつくすことによってしか自己実現できない人間として、たとえいくらブルジョワ的、あるいは時代錯誤的に思われようと、個人主義を信じ、個人主義に依拠せざるをえないのだ。しかもその彼はまた、共産主義体制にはむろんそれに固有の「誇張」もしくは「戯画」の側面があったものの、政治・経済的な違いは別にして、すくなくとも個人の具体的な実存という点では、本質的には現代社会一般と異ならないのであり、「共産主義の経験は現代社会一般へのすぐれた入門だった。その経験は、こちらのひとびとが無邪気な凡庸さ、あるいは聖なる〈デモクラシー〉の必然的な属性として感じている、馬鹿げた諸現象に私をより敏感にさせてくれた」と考えている人間としても、個人の独立と自律、自由と独創、個人主義の譲渡不可能な価値について語らざるをえないのである。では、デモクラシーの必然的な属性である「馬鹿げた諸現象」とはなにか。そのひとつは彼が「キッチュの全体主義」と呼ぶこんな現象である。

キッチュという言葉はなにがなんでも、大多数の者に気に入ってもらいたいと望む者の態度を指す。気に入ってもらうためには、あらゆる人が聞きたがっていることを確認し、紋切り型の考えに仕えねばならない。キッチュとは紋切り型の考えの愚かしさを美と感情の言葉に翻訳することである。キッチュは、私たちが私たち自身に、私たちが考え、感じる凡庸さに注ぐ感動の涙を催させる。五〇年後のこんにち、そのブロッホの言葉はさらに真実になる。最大多数の人間に気に入られ、その注目を勝ち得ねばならないという絶対的な必要性に鑑みて、マスメディアの美学は不可避的にキッチュの美学になる。マスメディアが私たちの全生活を包括し、浸食するにつれ、キッチュは私たちの美学と日常の倫理になるのだ。最近まで、モダニズムとは様々な紋切り型の考えやキッチュにたいする非順応的な反抗を意味していた。こんにちでは、現代性はマスメディアの無限の活力と混同され、現代的であるとは当世風になろう、順応的になろう、もっとも順応的な者たちよりもさらに順応的になろうという抑えがたい努力を意味する。現代性はキッチュの衣をまとったのである。(37)

ここでクンデラが言っている、おのれの凡庸さに同意し、感動の涙を注ぐキッチュ(個人の独立し自由な美的、倫理的批判意識を欠いた画一性、紋切り型への同意)という現代性は、ただ彼が住んでいるフランスその他の西欧社会にのみかかわることではない。クンデラが「現代社会一般」と呼んでいるのは、(私たちの社会もふくむ)いわゆる現代のデモクラシー社会一般のことである。このような現代デモクラシー社会にあって個性、個人の独創を否定する順応主義や現代性としてのキッチュに違和感を覚え、批判的な態度をとろうとすれば、どうしても「反現代的」たらざるをえなくなる。だから彼は、みずからを「反現代的なモダニスト」と位置づけているのだ。ところで、もしキッチュがデモクラシーに必然的な属性であるなら、もっともデモクラシーが浸透している社会、つまりアメリカ社会がもっともキッチュの美学に包括され、浸食されているのは当然である。このことは世界的ヒットを狙った近年のハリウッドの大作映画のいくつかを見ただけでも容易に確認できる。アメリカ文化の支配をきわめて無批判に受け容れている私たちの社会もけっして無関係どころではないのだ。いわゆる（アメリカン）グローバリゼーションが進展すれば、今後ますますキッチュの美学が世界的な現代性そのものになり、日常の倫理にさえなってくるだろう。そこで、クンデラがそのアメリカ社会について次のように言うことは、当然私たちにも無関係ではありえない。

近代の到来。ヨーロッパ史の重要な時代。神は隠れた神になり、人間が万物の基礎になる。それとともに芸術、文化、科学の新しい状況が生まれる。アメリカではこの言葉の翻訳の困難さに出会う。モダン・タイムズと書けば、アメリカ人は今の時代、今世紀と理解する。近代の概念がアメリカで知られていないことがそのまま、ふたつの大陸の断絶を表わしているのだ。ヨーロッパでは、私たちは近代の終焉を生きている。個人主義の終焉、かけがえのない個人の独創的な表現と考えられる芸術の終焉、比類のない画一性の時代を予告する終焉を生きている。この終焉の感覚をアメリカ――近代の誕生を経験せず、近代の遅れてきた後継者にすぎないアメリカ――は実感していない。(38)

私個人は従来からいわゆるアメリカ的価値観、生活文化に違和感を抱き、一九九〇年以降の文化のグローバル化の傾向にもおのずから懐疑的たらざるをえないのだが、もしクンデラの言うことが真実だとするなら、近代の困難な誕生をまったく知らない、したがって近代的個人、個人主義の終焉を哀惜するはずもない者たちによって今後ますます無神経に、あるいは最近の出来事を見ればよく分かるように、「暴力的」にグローバル化（アメリカ的価値とアメリカの利害によって画一化）されることになるかもしれない現代社会から、かけがえのない個人の自律と自由、近代個人主義がさらに消え去ってゆくことになるのは必定である。このことは、最終的には無惨な「未完のプロジェクト」（ハーバーマス）に終わり、中途半端に近代化された私たちの社会についてはよけいに言えることだろう――もっとも、クンデラの右の言葉は世界のグローバル化という現象が語られる以前の時期のものだったのだが――。

しかし、クンデラはまた、かけがえのない個人の自律と自由、近代個人主義はただヨーロッパの外部からだけではなく「内部からも脅かされている」と言う。その証拠として彼は『裏切られた遺言』のなかで、ヨーロッパのデモクラシー社会のこんなもうひとつの「馬鹿げた現象」をあげる。クンデラはチェコの共産主義＝全体主義体制の秘密警察の絶えざる監視のために「私生活が完全に解消される」経験をし、「私生活と公生活とは本質によって異なるふたつの世界であり、この違いの尊重は人間が自由な人間として生きうるためには絶対に不可欠であること。このふたつの世界を隔てるカーテンは不可侵であり、そのカーテンを取り払ってしまう者は犯罪者であること」を骨身にしみて痛感しながらフランスに亡命してきた人間だった。そんな彼がある日、私たちにとっても日常茶飯事に等しいこんな光景に出くわして心底驚愕する。

あちこちに盗聴器がいっぱい仕掛けられたチェコスロヴァキアから、やがてフランスにやってきたとき、私はある雑誌の一面に、すでに進行していた癌の治療をしている病院のまえでカメラマンたちに追いつめられ、顔を隠している歌手のジャック・ブレルの大きな写真を見た。そして突然、私はそれをまえにして自分の国から逃げてきたのと同じ悪に出会ったような気がした。（チェコの秘密警察に盗聴され、公開された）ブロハースカの会話のラジオ放送と顔を隠す瀕死の歌手の写真とは、同じ世界に属するものと見えたのだ。他者の私生活の暴露が習慣と規則になるやいなや、それは最大の争点が個人の存続か消滅かということになってしまう時代に私たちを入れるのだと思ったのである。[39]

このようにデモクラシーの「習慣と規則」はみずから〈個人〉の存続・消滅の危険をつくりだしているのに、それが「無邪気な凡庸さ、〈デモクラシー〉の必然的な属性」としてしか認識されていないことに、クンデラはますます「個人主義の終焉、比類のない画一性の時代の予告」を見ざるをえないのである。『不滅』のきわめて魅力的なヒロインのアニェスも、「人間は政治や、他人の利益に無関心でいればいるほど、自分の顔にとりつかれるものなのさ。それが現代の個人主義だよ」という夫ポールにたいして、「個人主義ですって？　ひとが不安になっている瞬間を狙ってカメラがあなたを撮るというときに、個人主義なんてどこにあるのかしら？　それどころか、個人がもう自由にふるまえなくなっていること、完全に他のひとたちの所有物になっていること、これははっきりしています[40]」と断言している。むろん、これはフランスだけの話ではない。西欧のみならず、一般に現代のデモクラシー社会に見られる

「馬鹿げた現象」、「知る権利」という名のもとに個人のプライヴァシーを平気で無視する厚顔な暴力はこの国でもさしたる非難も招くことなく公然と行使されている。

さらにクンデラは「キッチュの全体主義」あるいは現代のデモクラシーに特徴的なもうひとつの嘆かわしく、憂慮すべき現象として「羞恥の消滅」という現象をあげる。羞恥とは「人間がその肉体的な自我を発見するときに覚える根本的な感情」であり、おのれの身体とその欲求、生理など「個人のなかのもっとも嘆かわしい非個人的なものを隠そうとする」[41]最低限の個人的配慮である。その羞恥の感情が聖なる〈デモクラシー〉社会ではもはや失われつつあり、個人を個人たらしめるその「根本的な感情」の喪失がやはり、デモクラシー社会において「内部から」個人主義を自然死させることになるだろうと言うのである――この羞恥、含羞の心もまた近年私たちの社会から急速に消滅してしまったことについて悲憤慷慨するには、私ごときものよりもっとふさわしい同時代人がいくらでもいることだろう――。そして個人主義がもはや空語、死語と化したあとには、かつて『戦争と平和』の終わりでトルストイが予言したように、人類はやがて「無自覚的、全体的、集団的生活」としての〈歴史〉に埋没してゆくほかはないのかもしれないと危惧し、憂慮するのである。それでは、だれしもがかけがえのない「唯一性」として自覚しているはずの〈個人〉は今後どうなるのか。個人主義は「ヨーロッパのもっとも美しい幻影」として永久に過去のものになってしまうのか。クンデラ自身はかならずしもそのように諦観だけしているわけではない。〈個人〉の自由の可能性、個人主義の領分はまだ完全に消滅したわけでなく、その存続の可能性を探ることがみずからの存在理由だと考えるのだが、それはかならずしも一般化できないかたち、かなり特殊なやり方によってである。彼は「馬鹿げた諸現象」を属性とする〈聖〉なるデモクラシー社会の「キッチュの全体主義」のなかでは、ただ芸術（彼にとっては小説）だけが個人の自由と自律、近代個人主義の最後の砦だと考えているようだからである。

たとえば、『小説の精神』で、すなわち共産主義崩壊以前の「歴史の冗談」の時期にもすでに、「こんにちヨーロッパの文化が脅かされていると見えるとしても、ヨーロッパの文化の貴重なものが外部からも内部からも脅かされているとしても、個人の尊重、個人の独創的思考と個人が不可侵の私生活をもつ権利の尊重、つまりヨーロッパ精神のその貴重な本質はまるで金庫のなかにしまわれているように、小説の歴史、小説の知恵のなかにしまわれている[42]」と言っていた。そして『裏切られた遺言』では、つまり共産主義終焉後のいわゆるグローバル化、あるいは「歴史の茶番」の時代になってもやはり、「人類の〈歴史〉と小説の歴史とはまったく異なっている。前者が人間のものではなく、人間には統御できない異質の力として人間に押しつけられるのにたいして、小説（絵画、音楽）の歴史は人間の自由、完全に個人的な人間の創造、人間の選択から生じた。芸術の歴史の方向は、いわゆる〈歴史〉の方向に対立するのだ。それはそんな個人的な性格によって、人類の〈歴史〉の非人格性にたいする人間の復讐となるのである[43]」とあくまで個人の自由と独創、個人主義の可能性を信じようとするのである。そして彼の小説はすべてそのような認識のもとに、「招かれも望まれもしないのに、外からやってきて私たちの生活を覆してしまう、あの敵意をもった非人間的な力（＝〈歴史〉）にたいする嫌悪感を発散させ」る個人の抵抗、完全に個人的な人間の自由と創造、つまり彼なりの個人主義の実践であることは言うまでもない。

個人主義の類型——補足および予備的注記

私はこれまで、本書の第二の目的である「こんにち個人の未曾有の画一化の時代を生きている私たちには、まだ〈個人〉になにを期待することが可能なのか、個人主義の領分としてなにが残されているのか」という問いについて考えるために、ジラールとクンデラにおける現代の個人、個人主義をめぐる認識を略述してきた。このふたりの考えがこれからの私の出発点となるのだが、いずれの場合もきわめて否定的、悲観的な見方であったことはたしかである。また、ジラールは反近代的、クンデラは反現代的といった違いはあるにせよ、いずれも反時代的な考察であったことも。さらに、ジラールやクンデラのような神学者的文学者、小説家が了解しているような、もっぱらデカルト的自我を出発とする個人、個人主義観は、社会学者マックス・ウェーバーが『プロテスタンティズムの倫理と資本主義の精神』で「〈個人主義〉という用語は考え得る限りの多種多種な観念をふくんでいるが、今後これらの概念を歴史的視点から徹底した分析をすることは社会科学にとって有益なものになる」という意味のことを言っていたことからも分かるように、社会学者、社会哲学者たちが考えるような個人、個人主義観とは相当に違い、かなり限定されたものであることも否定しえないだろう。

たとえば社会人類学者スティーヴン・ルークスは「個人主義を構成する諸概念」としてつぎの一一の概念をあげている。

1　個人的人間存在の至高かつ内在的な価値、つまり人間の尊厳

2　個人の自己発展（各人の各様の自己陶冶）

3　個人の自己指導、つまり自律
4　個人のプライヴァシー
5　抽象的個人主義（個人は原則としていかなる社会的文脈からも独立した、所与のものとして仮定されうるという概念）
6　方法的個人主義（社会現象を説明するあらゆる試みは、完全に個人に関する諸事実との関連で表現されていないならば、拒否すべきだという考え方）
7　政治的個人主義
8　経済的個人主義
9　宗教的個人主義（個々の信者は媒介者を必要とせず、神と直接的な関係をもつべきだという考え方）
10　倫理的個人主義
11　認識論的個人主義（知識の源泉は個人のうちにあるという考え方。たとえばヒュームの経験論）

これらの諸概念はかならずしも互いに分離・独立した概念ではなく、重なり合ったり、またあるものが他のものを包摂する場合もある。そこで『個人主義の運命』の社会学者作田啓一はこの一一の概念を「人間の尊厳」「自己発展」「自律」「プライヴァシー」「抽象的個人主義」の五つの概念に集約し、さらにこの五つの概念もとどのつまりは「理性」「個性」「自律」の三つの基本的な観念に収斂させることができると述べる。[44] それればかりか、最終的にはジンメルに倣って個人主義は「理性の個人主義」と「感性の個人主義」に類別されるとしているのだが、この作田啓一の個人主義観についてはいずれまた言及する機会があるだろう。ただここでは、すくなくともつぎのことだけは確認できる。ルークスの分類との関係で言えば、さきに見たジラールの個人主義概念はせいぜい1の人間の尊厳、2の個人の自己発展と9、10の宗教的個人主義および倫理的個人主義ぐらいにしかかかわらず、それ以外の概念は彼の関心外にあると言ってよい。また、クンデラの個人主義概念はほぼ作田啓一に近い——とはいえ、社会学者ではなく小説家であるクンデラはそう簡単に理性と感性を区別することを拒否し、「感性の個人主義」など安易に認めないだろう——が、ごく当然の一般的な前提として1の「人間の尊厳」、2の「個人の自己発展」にかかわるが、とくに3の「自律」、4の「プライヴァシー」に力点があり、その関連で10の「倫理的個人主義」、11の「認識論的個人主義」などとも無関係ではないという程度にすぎない。そしてついでに言っておけば、私がほとんど自明のこととして了解し、本書で使っている意味での個人主義の概念は作田やクンデラに近く、とりわけ1の人間の尊厳、2の個人の自己発展、3の個人の自律、4の個人のプライヴァシー（=他者の尊重）の四つの要素は不可欠だが、個人と非=個人（他者、社会）との境界と差異、つまりは関係性を意識し、尊重することこそが個人主義の前提にほかならないと思っているので、5の「抽象的個人主義」、すなわち「個人は原則としていかなる社会的文脈からも独立した、所与のものとして仮定されうるという概念」や6の「方法的個人主義」、すなわち「社会現象を説明するあらゆる試みは、完全に個人に関する諸事実との関連で表現されていないならば、拒否すべきだという考え方」などはたんなる空想にすぎないと考えるから、それらをあらかじめ排除する。

以上のことを断ったうえで、今度は社会学、社会哲学の分野をも遠望するかたちですこしばかり視野を広げ、ジラール（必要に応じてクンデラ）の個人、個人主義にかかわる、いかにも反時代的な認識の是非を吟味してみることにする。といっても、私の学力・能力からして、それを試みる次章ではただジラールの著作（そしてクンデラの小説）がフランスで本格的に読まれ、知られるようになり、しかも時あたかも「個人の回帰」の時代として特徴づけることも可能だった一九八〇年代フランスにおいて、何人かの論者たちが様々の立場からポスト・モダンの時代の個人、個人主義をめぐって展開した諸考察とを対比し、この章で述べてきた両者の反時代的な思想のもつ意味合いを探ってみるぐらいのことにすぎないのであるが。

第五章　〈個人〉の行方——二、三のスケッチ風随想

1　個人主義的近代への懐疑——ジラール、トクヴィル、デュモン

民主的平等の逆説

本書は『〈個人〉の行方——ルネ・ジラールと現代社会』と題されている。そこで第五章、すなわち本書の終章ではまず、これまでとは別の角度からもう一度、ジラールが「西欧近代の神話」にすぎないと言ってはばからない個人主義の時代としての近代批判を取りあげたい。これはスタンダールを論じた『ロマン主義の嘘と小説の真実』第五章「『赤』と『黒』」にとりわけ顕著に見られる考察である。

一七八三年生まれのスタンダールは、やっと物心のつきはじめた一七八九年に起こった〈大革命〉には

じまるフランスの第一共和制の時代に幼児期をおくり、一八〇五年に第一帝政を創始したナポレオン独裁時代に青年期をすごし、その後ナポレオン失脚後の第一次王政復古（一八一四年）、ナポレオンの百日天下（一八一五）、第二次王政復古（一八一五―三〇）、七月王政（一八三〇―四八）とめまぐるしく政権が交代する一九世紀前半の時期を、旧体制の記憶を保ったままナポレオンを崇拝し、冴えない外交官としてドイツやイタリアで生活し、イギリスを訪ねたり、アメリカ合衆国の民主主義に関して公刊された書物に逐次眼を通したりしながら他国の国情と引き比べ、革命後の「現代（のフランス）社会において、ひとはなぜ幸福ではないのか？」と、絶えず問わざるをえなかった小説家である。そして彼の答えは結局、「われわれは虚栄的であるがゆえに幸福ではない」というものだった。では、なぜ革命後のフランス人たちは虚栄的なのか。その理由はこうである。

人間には自由人として生きることが奴隷として生きることよりもはるかに難しく、だれの模倣もしないで、ひとりでみずからの欲することをおこなう自由を獲得できる強さをもった者（たとえば『パルムの僧院』のファブリス・デル・ドンゴのような無垢で高貴な人間＝精神の真の貴族）だけが自由の名に値するのに反して、革命によって強権的かつ急激に民主化され、平等化されたフランスのような社会には、もはやそのような自由な者たちは存在しない。ブルジョワはひたすら自分たちにやっと手の届くようになった貴族の特権、生活習慣の真似をし、貴族は貴族で民主制（démocratie）への憎悪から自己を大衆化（se démocratiser）することでブルジョワに対抗し、進んで成り上がりブルジョワたちの欲望の真似をするようになった。その結果、個人間の相互の「羨望、嫉妬、無力な憎しみ」がすぐれて「現代的感情」になり、いたるところでひたすら他者の眼ばかりを意識する「悲しき虚栄」がはびこることになったのだ。『赤と黒』はそんな「現代的感情」と「悲しき虚栄」をあますところなくリアルに描いた作品であり、「悲しき虚栄」の虜だった主人公ジュリアン・ソレルは、死をまえにした最後になってやっと、「羨望、嫉妬、無力な憎しみ」という空しい「現代的感情」から解放される。ジラールはこのように透徹して平静な政治・社会観をもつスタンダールを「政治的無神論者」と呼び、革命後に生じたフランス社会の劇的な変動を、彼一流の模倣的欲望論の言語によってこう解説してみせる。

革命のあとには、〈絶対王制下のヴェルサイユ宮殿に君臨する国王の模倣をする〉宮廷人たちの外的媒介に、〈知人、隣人たちを互いに模倣し合う〉内的媒介のシステムが取って代わった。〈ブルジョワの真似をして株式投資をする七月王政時代の国王ルイ＝フィリップのような〉贋の君主自身もこの内的媒介の一部になる。革命家たちは貴族の特権を廃することによって、あらゆる虚栄を廃することになると信じていたのだが、しかし虚栄というものは手術不可能な癌と同じで、ひとが根絶やしにしたと信じるときにこそ、かえって激化したかたちで肉体の全組織に転移するのだ。ひとがもはや〈専制君主〉を模倣しなくなったときに、いったいだれの模倣をすればいいのか？　これ以後、人々は競って互いに相手を模倣し合うことになる。唯一の人間への偶像崇拝が一〇万のライバルたちへの憎しみに取って代わられるのだ。〈王政復古による〉君主制によってももうその渇望が受容しうる限界内に堰き止められなくなった群衆には、羨望以外の神はなくなり、人間たちはお互いがお互いにとっての神になる……。

平等が増大すれば——媒介者が接近すれば——、調和ではなく、つねにより尖鋭になる競争が産み出されることになる。著しい物質的恩恵の源泉であるこの競争は、それよりさらに著しい精神的な苦悩の源泉となるのだ。なぜなら、物質的な何をもってしてもこの競争を鎮めることができないのだから。貧困を軽減する平等はそれ自体として良きものではあるが、しかし平等はもっとも激しく平等を要求する者たちさえも満足させられず、彼らの欲望をいよいよ激化させることにしかならないのだ。(1)

このようにジラールは、この世に生を受けた人間の当然の要求であると見なされ、ある意味で歴史的に人類共通の理想だったとも言える平等——近代民主制下での個人主義の前提である平等——の「悲しき側面」を、私たちにはすっかりおなじみの模倣（ミメーシス）的欲望理論の内的媒介という概念によって、すなわち個人の自律と自由を根本的に疑問視する立場から強調するばかりでなく、さらにスタンダールが小説によって明らかにして見せた個々人相互の「羨望、嫉妬、無力な憎しみ」という「現代的感情」と「悲しき虚栄」は、ほぼスタンダールと同時代にアメリカの民主主義を観察し考察したアレクシス・ド・トクヴィル（一八〇五—五九）によって、現代にも通じる近代民主制における平等の内的矛盾としてつとに明敏に観察、考察されていたと述べる。トクヴィルもまたスタンダールと同じように、革命後のフランス社会の民主制と秩序のありようを模索すべくアメリカに実地調査をおこなった歴史家、政治思想家だった。ここでジラールが引いているトクヴィルのテクストは、『アメリカの民主政治』第二編「アメリカ人の感情への民主主義の影響」(一八四〇)第一三章「何故にアメリカ人はその福祉のさなかで、非常な不安をあらわしているのであろうか」の次の一節である。

門閥と財産とのすべての特権が打破され、すべての職業がすべての人々に解放され、そして人々が自力で、どんな職業の最高の地位にも到達できるときには、無限で安楽な生涯が、人々の野心の前に開かれているように見える。そのとき人々は、偉大な運命に招かれていると思いこみやすいのである。けれどもそれは、経験によって修正される、誤った見解である。各市民に広大な希望を抱かせるようにしている平等は、すべての市民を個人的には弱いものにしている。平等はすべての市民たちの願望を拡大させると同時に、あらゆる面で彼らの力を制限する。すべての市民たちは、ひとりびとりでは無力であるばかりでなく、一歩前進するごとに初めには気づかなかった巨大な障害を見つけるのである。彼らはすべての人々からの競争に出くわす……平等が生みだす本能と、この本能が満たされるために平等の提供する手段との間には、恒常的な対立がある。そしてこの対立は、人々の魂を苦しめ疲労させるのである……。

それ故に、ある民族の社会状態と政体とがどんなに民主的であろうと、その市民たちのひとりびとりは常に、自らのそばに彼を支配する数個の不平等な諸点を見出すであろう。そして彼は常に、その眼をこの不平等な方面にばかりに執拗に、頑固に向けることであろう。不平等が社会の共通法則であるときには、最も著しい不平等も眼につかない。しかしすべての人々が殆ど平等化されているときには、どんな小さな不平等でも眼につくのである。そのために、平等への願望は、平等が一層増大するにしたがって、常に一層飽くなきもの、いやしがたいものとなってゆくのである（井伊玄太郎訳、以下同じ。邦訳下巻二四九―五〇頁）。(2)

ジラールによれば、このように書くトクヴィルは彼よりすこし年長だが、同時代の一九世紀小説家スタンダールと同様に、欲望の「内的媒介」の論理と心理を見事に理解していたということになるのだが、じっさい右に引用したふたりの観察は、平等の産み出す同じ否定的な「悲しき側面」をほぼ同じ発想から、同じように鋭く衝いていると言ってよい。「不平等が社会の共通法則であるときには、最も著しい不平等も眼につかない。しかしすべての人々が殆ど平等化されているときには、どんな小さな不平等でも眼につく」のだという民主制におけるこのような平等の逆説は、よく知られるように、のちに二〇世紀の社会学者ウェブレンやリースマンらによってもさらに具体的、リアルに確認されることになる。そしてこの逆説は、二一世紀のわが国をふくむデモクラシー社会のテレビ・ワイドショーや大半の週刊誌などの記事を瞥見すればわかるように、現代の大衆デモクラシーの社会ではその「悲しき側面」がますます激化するのである。同じトクヴィルが別のところで述べている「地位が平等化される時には、隣人同士の羨望、憎悪、蔑視と自分自身の傲慢と過大な自信とは、いわば人々の心の中に侵入して、いくらかの時がたつうちに人々の心の全面を支配するようになる」（下巻二八頁）といった言葉など現代社会一般の見事な予言だと言うべきだが、これはまるでスタンダールを論じつつ現代社会の「悲しき虚栄」を告発してやまないルネ・ジラール自身が書いたとしか思えないほどよく似た指摘である。また、さきの引用文のあと、ジラールは平等への情熱は「ひとつの狂気」であり、それは平等の対極にあって平等とは対称的な「不平等への情熱」——すなわち雄々しく自由を引き受けられないすべての人間たちのうちに自由がただちに引き起こして不幸をもたらすことになるより抽象的な情熱——によってしか乗り越えられず、そしてここに出現する「不平等への情熱」こそ「全体主義」を準備するものだと言う。つまり、平等への情熱、したがってあらゆる差異の拒否が激化すればするほど、人間の欲望はその具体的な対象を失って抽象化し、「人間のあらゆる力はいかなる具体的な差異、いかなる肯定的な価値をもはや作動させなくなるがゆえに、不毛であると同時に仮借ない闘争のなかにがっしり支えられることになる。それこそまさに全体主義と呼ぶべきものである。この恐るべき現象の政治的および社会的側面は、個人的および私的な側面と区別されない。ひとが欲望から欲望へと、虚無に奉仕する存在の全般的かつ恒常的な動員に到達するときにこそ、全体主義があるのだ(3)」と、いたって底意地が悪く、ひと昔まえならだれでも「保守反動」と形容するのをためらわなかったような考察をしている。

ところが、あたかもこの「保守反動的」な民主的平等論に呼応するかのように、トクヴィルもまた、不平等が社会の共通規則であるときには最も著しい不平等も眼につかないが、すべての人々がほぼ平等化されているときにはどんな小さな不平等も眼につくようになると述べるばかりか、ジラールと同じように「平等が一層増大するにしたがって、常に一層飽くなきもの、いやしがたいものとなってゆく」平等への願望は、「しっかりとらえられるたびごとに、絶えずすりぬけてにげさってしまう」目標を追うことにひとしいのであり、その結果ひとはついに「平等の快い甘い楽しさをゆっくり満喫する前に死んでしまう」(下巻二五一頁)のだと、やはり平等への過度な情熱の空しさを指摘していた。ちなみにトクヴィルはまた、「人は完全な宗教的独立とともに、完全な政治的自由を同時にもつことには、到底耐えられないのである。人間がもし信仰をもたないならば、彼は隷従しなければならない。そしてまた人間が自由であるならば、彼は信じなければならない」(下巻五三頁)と、いかにも近代の個人、つまり結局は虚無に奉仕せざるをえなくなる「神なき個人の悲惨」を説きつづけるジラールが拍手しそうなことさえ言っている。のみならず彼は、『アメリカの民主政治』第四編「民主主義的理念と感情とが政治的社会に及ぼす影響について」の第三章「民主的民族の政治的理念が、自然的に諸権力の集中化に好都合であるということ」で、ジラールとは別の言い方ながら、やはり個々人の平等に立脚する民主制が、いずれ一種の全体主義的独裁に転化する危険があると危惧し、すでにこのように警告してもいるのである。

民主国の市民たちはふたつの状態によって、ひどく相互に対立している諸本能を与えられている。すなわち一方では、各市民はその平等者たちのうちにあって、自らの独立によって自信と自尊心とをかちとっている。そして他方では、各市民は自らの無能力によって、その平等者たちからの外部的な援助の必要を、ときどき感ずることになるが、彼の平等者たちはすべて無力であり冷淡であるために、この援助を彼等の誰からも期待することはできない。この極端な状態において、各個人はすべての人々の低位的状態のうちで、一人高い位置にある巨大な存在（社会または社会力）に、自然的にその眼を向けるのである。そこでは各市民がその欲望と願望とによって絶えずひきつけられるのは、この巨大な存在に向かってである。そしてそこでは各市民は、個人的な弱さの唯一の必要な支柱として、この巨大な存在を望み見ることになる……。

民主的民族が些細な特権に対して、心のうちにかきたてられる亡びることのない、そしてますます燃えたってゆく嫌悪のために、奇妙なことに、すべての政治的権利は徐々に国家の唯一の代表者の手に集中されてゆく。競争相手もなく、そして必然的にすべての市民の上に優越している主権者は、市民たちの誰の羨望も刺激しない。そしてそこでは、各市民は自ら主権者に譲渡するすべての特権を、自らの平等者たちからもとり除くことができると信じる……あらゆる中央権力はその自然的本能に従って平等を愛し、平等を奨励し支持する。なぜかというと平等は、このような中央権力の作用を著しく容易にし、これを拡大し、そしてこれを保証するからである（下巻五二一―二頁）。

二〇世紀のスターリンやヒトラーの全体主義、あるいはかつての軍国日本の全体主義のことを思えば、また最近のアメリカにおけるように「自由」と「民主主義」を擁護すると称する「戦争」のために大多数の国民がみずからの「自由」と「民主主義」をすすんで放棄するといった異様な現象のことを考えれば、今から一六〇年以上もまえにおそらくフランス〈大革命〉とナポレオンの独裁の記憶とともにトクヴィルによって観察され、危惧されたこのような民主的平等の逆説――論理的に考えれば、各人が平等な社会では羨望などありえないはずなのに、各人が平等であるからこそ逆に社会に羨望が蔓延する。不平等が軽減されれば、人間はそのぶんだけさらに不平等の重さに耐えられなくなり、より一層の平等を求めるようになるという逆説。その結果として、個々人間の平等を前提とする民主制だからこそますます、個々人はその「低位的状態のうちで」無力な自由を吸収する「巨大な存在」、絶対的な「主権者」、すなわち独裁的権力を要請するようになるという逆説――はきわめて予言的であり、なるほどジラールの言う通り全体主義の予言だったのかと解釈するに充分な説得力をもっている。この観点からすればたしかに、ジラールがトクヴィルの民主主義解釈を引き継ぎ、発展させ、現代社会に適用しているることにそれなりの理由があると思えてくる。またトクヴィルのこの逆説は、スターリン、ヒトラー的全体主義、あるいはかつての軍国日本の全体主義といった極端な事例だけではなく、一見したところもっと強権的でも拘束的でもない（たとえば現在のこの国もけっして例外ではない）ありふれた大衆デモクラシー社会一般、しかも社会各層におけるクンデラ的意味での「キッチュの全体主義」の一面さえも連想させると言ってもいいかもしれない。

ところで、この平等の逆説に関連して、私たちの主要な関心事であった近代民主主義体制における個人の役割、個人主義の領分について、はたしてトクヴィルはどのように考えていたのだろうか。

民主主義と個人主義

トクヴィルは、『アメリカの民主政治』第二編「アメリカ人の感情への民主主義の影響」第二章「民主国における個人主義について」において、昔からどこにでも見られた利己主義と近代特有の個人主義とを対比しながらこう書き記している。

〈個人主義〉は新しい理念が生んでいる、最近の表現である。

利己主義は、自己自身の熱情的な誇張的な愛である。それは人間を自分ひとりだけに結びつけるようにさせるし、そして何ものにもまして、自分を偏重させるようにする。

個人主義は、反省的な平和的な感情である。それは各市民をして、その同類者たち大衆のうちで自分を孤立させるようにさせ、そして自らの家族とその友人たちとともに、その大衆から離れたところにひっこませるようにする。そのために、各市民はこのようにして、自ら使用する小社会をつくりあげたあとで、自ら進んで大社会をそれ自体にまかせ放任するのである。

利己主義は盲目的本能から生まれる。個人主義は堕落した感情からよりも、むしろ誤った判断から生ずる。個人主義はその源泉を心の悪徳にと同様に、精神の欠陥に汲みとっている。

利己主義は、すべての美徳の芽を枯らしてしまう。個人主義は、初めに公徳の源泉だけを涸らす。けれどもしまいには、個人主義は他のすべてのものを攻撃し、破壊し、そして最後に利己主義のうちにのみこまれてしまうことになる。

利己主義は、世界と同じように、古くから続いている悪徳である。それはある一つの社会形態とか、別の一つの社会形態とかに、殆ど属していない。個人主義は、民主主義的起源のものである。

そしてこれは、地位が平等化されるに従って発展する傾向がある（下巻一八七頁）。

「誤った判断」と「精神の欠陥」から生じ、最後には「古くから続いている」利己主義という悪徳のうちにのみこまれてしまうのだとする、トクヴィルのこのような個人主義観を吟味するまえにまず想起しておくべきは、個人主義（individualisme）という言葉は、たしかに彼が言うように「最近の表現」であり、ロベール・フランス語辞典によれば、フランスで最初に登場したのは一八二六年であって、ほぼ彼が『アメリカの民主政治』を準備し執筆していた当時のものである。伝統主義者のジョゼフ・ド・メストルに言わせれば、個人主義とは「精神の深くかつ恐るべき分裂、あらゆる教義の無限の細分化」のことであり、カトリック的社会主義者のラムネにとってさえ「服従」と「義務」を知らない「精神的・政治的アナーキー」と見なされていた。ただロマン主義的社会主義のサン＝シモン派のピエール・ルルーたちだけが、「人類の道徳的利益のために中心的指導部から組織化を進めようとするあらゆる試みに反対する」ものとして個人主義に積極的意味を見出していたにすぎない。(4) つまりトクヴィルの時代における「個人主義」とはアナーキー、もしくはロマン主義的社会主義の思想だったのであり、「平等がもたらしうる害毒と闘うためには、一つの有効な手段のみがあり、それは政治的自由である」（下巻一九九頁）と、究極的には平等よりも自由を選択することになる保守的な自由主義者だったトクヴィルにとっては、当初から疑わしい理念だったのである。だからこそ、さきの引用文に見られるように、個人主義は「誤った判断」であり、いずれ「他のすべてのものを攻撃し、破壊し、そして最後に利己主義のうちにのみこまれてしまう」のみならず、さらには無力で弱い個々人たちが「自ら進んで大社会をそれ自体にまかせ放任する」、つまり独裁者を頂き、この独裁的権力に自分たちの自由を全面的に譲渡する全体主義を準備をするものだと、まったく否定的評価の対象にしかしなかったのである。このような個人主義観は、そのほぼ一六〇年後のジラールの、「現代的意味での個人主義とは、ロマン主義のイデオロギーが去ったあとで人間のうちに残っているものです。必然的に人の眼をくらます自己充足の偶像化です。それは反模倣の主意主義、それもすぐに模倣の倍加を引き起こす主意主義です。集団への、より完全な従属です。流行という浮薄な誘惑にますます追い込まれていく集団への、そして同時に常に全体主義的な誘惑に身を晒している集団への、より完全な従属なのです(5)」と断定されているような、きわめて否定的な個人主義観と重なる。個人主義を「害毒」と認識する点において、トクヴィルとジラールは共通しているのである。

ただそれでもトクヴィルが最後に、「個人主義は、民主主義的起源のものである。そしてこれは、地位が平等化されるに従って発展する傾向がある」と予言していたのはさすがに炯眼だったというべきであり、じっさい大筋において近現代は結果的には個人主義の進展、多様化と大衆化の方向に進んだのは事実である。しかし他方でまた、トクヴィルが提起した問題、すなわち不平等が軽減されれば、人間はそのぶんだけさらに不平等の重さに耐えられなくなり、より一層の平等を求めるようになるという平等の逆説、個々の人間の平等を前提とする民主制だからこそますます、社会的に無力、無能な個々人の自由を吸収する絶対的な主権者が要請されるようになるという逆説による、民主主義の(ヒトラー、スターリン、あるいは戦前の日本の軍国主義的な）ハード、もしくは（クンデラが「キッチュの全体主義」と名づけたような）ソフトな全体主義への転化の危険がますます広範囲に拡散し、いたるところで確認されることになり、そのことがじっさいに過去の深刻な惨劇になったし、いまなお未解決の大問題であるのも事実である。このことは、個人主義だけでは解決しえない近現代の「社会」の問題を個人主義の裏面として、あるいはパラレルな問題として再考しようとする試みを必然化し、いよいよ正当化するものになる。

ルイ・デュモンの近代個人主義論

ここで私が考えているのはフランスの社会人類学者ルイ・デュモン（一九一一―九八）の仕事のことである。なぜデュモンかと言えば、彼はまさしく「現代のトクヴィル」（ジャン＝ピエール・デュピュイ）と称されてもいいくらいに、一九世紀のトクヴィルの感性、思想、方法を二〇世紀に受け継いでいると思われる社会人類学者だからである。しかも彼は、トクヴィルがその困難で混沌とした誕生期を見たにすぎない個人主義的近代社会を、ちょうどトクヴィルがアメリカの民主制を調査・研究することから得られた比較の方法、遠近法をもって一九世紀前半のフランス社会を観察、考察したのと同じように、近代民主主義が現に全体主義に転化したという歴史的事実を第二次大戦中ドイツ軍の捕虜として、じっさいその身で経験し、しかも捕虜期間中に習い覚えたサンスクリット語を活用してインドのカースト制を調査・研究することから身につけた比較の方法、遠近法をもって、ヨーロッパの近現代社会の対象化と相対化を試みた社会思想史家でもある。主著『階層的人間（ホモ・ヒエラルキクス）』の序論でデュモンは、社会学の存在理由を「個人主義的な心性が理念的なものと現実的なものを混同することで生み出す欠落を埋める」ことにあり、社会学は「社会全体を軽視もしくは従属的な位置に置く」個人主義的傾向が顕著になった時期に、どんな伝統的社会にも見られた全体論（ホーリズム）に代わって出現したと指摘する。じっさい、前述したようにロベール・フランス語辞典によれば、「個人主義（individualisme）」という言葉は一八二六年頃の初出だったが、オーギュスト・コントが「社会学（sociologie）」という言葉を使いだしたのは一八三〇年である。つまり、個人主義と社会学は時代の双生児だったのである。個人主義が台頭してきたからこそ、社会学もまた誕生したのだ。究極の個人主義とも言えるロマン主義の時代には、そのことが見過ごされていたにすぎない。以後「社会学」は人間学の不可欠な構成部門とならざるをえない。そしてデュモンは一貫して全体論＝社会学的立場から、『ホモ・ヒエラルキクス（階層的人間）』（初版一九六六年、再版一九七九年）につづく、『ホモ・エクアリス（平等的人間I――経済的カテゴリーの生成と開花』（七七）、『個人主義論考』（八三）、『ホモ・エクアリス（平等的人間）II――ドイツ・イデオロギー』（九一）などの著作[6]で、みずからを「自然」なものと見なし、固有のヒエラルキーをもっていた伝統的な社会に対立するかたちで出現した、みずからを「合理的」なものとみなして個々の人間に普遍性を見出し、平等を旗印にするヨーロッパ近代の個人主義的イデオロギーの特殊性と人工性を比較文明論および思想史的立場から検討、考察する仕事をつづけた。ただここで取りあげることができるのは、彼の浩瀚かつ強靱な思考のごく一部であり、しかもその一部分を表面的に撫でてみることにすぎない。

まず、トクヴィルとの関連を見ておこう。彼は社会学的問題としての〈個人〉の輪郭を描くとともに、近代的な価値としての平等を起点とし、その対立物としてのヒエラルキーを浮き彫りにすることを主眼とした『ホモ・ヒエラルキクス』の序論から、いきなりトクヴィルを引き合いに出す。彼が引いているのは、『アメリカの民主政治』第二編「アメリカ人の感情への民主主義の影響」第二章「民主国における個人主義について」、つまりさきに私たちが「最近の表現」である個人主義と世界とともに古くからある利己主義を対比してトクヴィルが論じているのを見たあのテクストである。しかも、私は途中で引用を中断したのだが、デュモンは「このすばらしいテクスト」のほとんど全文を長々と引用する理由として、ここには伝統的個別主義(ヒエラルキー的全体論)と近代的普遍主義(個人主義)の関連と相違ばかりか、人間文化の持続についての対極的なふたつの知覚の見事な叙述が見られるからだという。ではトクヴィルはこの点について、なんと言っていたのか。さきに中断した以後の部分をやや省略しながら引いておく。

貴族的社会では、すべての市民たちは、上下関係で固定した地位におかれている。その結果として、これらのうちのひとりびとりは、自分に保護をあたえてくれる人間を、自分より高いところに、そして自分が協力を要求できる別の人間を、自分より低いところに、ほとんど常に見つけるのである。それ故に貴族制の時代に生活している人々は、自分たちの外におかれている何らかのものに緊密に結びついており、そしてしばしば自分たち自身のことを忘れてしまう傾向がある……これに反して、全人類に対する各個人の義務がいっそう明らかになっている民主主義時代には、人間に対する献身はまれになっている、すなわち、そこでは人間的愛情の紐帯は拡散し、そしてゆるんでいる。民主的民族では、新しい家族は絶えず無からでてくるが、また他の家族は、やむことなく無に再びおちこんでゆく。そして存在するすべての家族は、相貌を変えている。時の流れの糸は、すべての瞬間にたち切られ、そして諸世代の痕跡も、影がうすくなっている。先代の人々は、たやすく忘れられる。そして後にくる人々のことなどは、全く念頭におかれていない。そしてもっとも親近なものたちだけが、関心をもたれている……貴族制では、農夫から王にさかのぼってゆく長い鎖が、すべての市民たちでつくられている。民主制では、この鎖は破られており、そして鎖のひとつひとつの環は、はなればなれになっている。これらの人々は誰の世話にもなっていない。彼らは常に一人で考えることに慣れており、そして自分たちの全運命が、自分たちの掌中ににぎられていることを自ら進んで認めている。そういうわけで、民主制では、各人は自らの祖先を忘れるようになるが、自らの子孫も姿を消すようになり、そして自分自身をその同時代の人々から引き離すようになっている。そこでは、各人は絶えず自分一人に立ちもどり、そしてついには、自分自身を自らの心の寂寥のうちに全く閉じこめてしまうことになる（下巻一八八―九〇頁）。

ここで対比されている貴族制と民主制については、貴族制の肯定的な側面ばかりが強調され、民主制の否定的側面しか指摘されていないではないかという印象をだれしも抱くはずである。ただトクヴィルは貴族であり、貴族制へのノスタルジーをいくらか抱いていたのは事実だとしても、彼は別に貴族制は民主制よりも優れていると考え、ひたすら貴族制への回帰を反動的に望んでいるのではない。それどころか、近代において民主制は不可避であり、是非ともそれを満足すべき状態で実現したいと誠実に願っていたことは、別のところ（たとえば、『アメリカの民主政治』下巻「まえがき」など）でたしかに確認できるのである。また彼が平等の悪しき逆説を鋭く衝いたのも、平等よりも不平等を好み、一部の選ばれた人間たちのなにかしらの特権を温存したいなどという下心からではむろんなく、ただ民主制の調和のとれた実現の障害になるかぎりにおいて、平等への過度の情熱の危険を警告せざるをえなかったからにほかならない。そしてじっさい、私たちが現実には知りえないフランス貴族制の美点についてはともかく、さきに述べた平等の逆説、民主制の全体主義への転化の危険は事実として私たちも認めざるをえず、またここで民主制の特徴として言われている、世代の連鎖が断ちきられるだけでなく、同時代人との人間関係も稀薄になって、ついには「自分自身を自らの心の寂寥のうちに全く閉じこめてしまうことになる」孤立した近現代の個人の刹那的心理状態のことも、だれしもいくぶんかは実感しているのではないだろうか。

ところで、トクヴィルのこのテクストを私たちよりはるかに高く評価するデュモンもまた、貴族制にみられるような伝統的な階層的（全体論的）社会を理想化することで、近代の平等的（個人主義的）社会をひたすら懐古的に否定しようというのではない。もし私たちが「知性よりも凡庸を好むのでなければば」、近代個人主義には本質的な社会・政治的な無能、欠落があり、その無能、欠落がかつて全体主義という悲劇を生み出した原因の一つであったことを認めざるをえないはずだと考える彼は、社会学=全体論的な視点から近代個人主義の欠落を埋め、個人主義の矛盾を是正しうる可能性を見定めるために、具体的には「〈平等的人間〉が〈階層的人間〉の助けを借りて自らについてもっている意識をまっとうなものにすることができる」のだということを示すために、インドのカースト制研究から得られた知見の遠近法によって、西洋近代個人主義の歴史的特殊性、思想的一面性、そして政治・社会的危険性を明らかにしようと努めるのである。このようなデュモンの立場をもっともよく言い表したテクストを引いておこう。彼はヒエラルキーと言うとすぐに拒否反応を示す近現代の多くの社会学者、哲学者たちに逆らって、『行為の社会学のための諸要素』のなかでヒエラルキーの普遍的合理性を明るみにだしたタルコット・パーソンズの功績を称えつつこう書いている。

人間は考えるだけでなく行為する。人間は理念をもつだけでなく価値を生きる。一つの価値を受け入れるということはヒエラルキー化するということであり、社会生活においては価値についての一定の合意と、理念、事物、人物について一定のヒエラルキーが不可欠なのである。このことは生得の不平等あるいは権力の配分ということとはまったく別個のことである。たしかにほとんどの事例においてヒエラルキーはなんらかの仕方で権力と一体化しているかもしれないが、インドの事例はわれわれにこの一体化がなんら必然的なものではないことを教えてくれるのである。さらにいえば、ヒエラルキーが社会的行為者、社会的カテゴリーを包摂することは理解できることであり、自然なことである。社会性からくる多かれ少なかれ必然的なこうした条件との関連でいえば、平等という理想は――たとえ上位のものと判断されたとしても――人工的なものなのだ。この理想はある特定の目的の選択に対応して人間が要請したものであり、限られた領域における普遍的な現象の意図的な否定を表現している。トクヴィルにとってと同様われわれにとっても、この理想を疑問に付すことが問題なのではなく、それが諸社会の一般的な傾向にどれほど対立するものであるかを理解し、またわれわれの社会がどれほど例外的で、平等主義的理想の実現がどれほど微妙なものであるかを理解することがわれわれ自身にとって有益なのである(7)。

さきに述べたことの一部繰り返しになるが、ここでデュモンが言っているのは要するに、人間はなんらかの行為をする存在である以上、つねに価値判断をするのであり、個人が価値判断をするということはすなわち、その個人が意識するとしないとにかかわらず、価値についてなんらかのヒエラルキーをもっていることを意味する。これは否定しがたい事実である。そして、この価値についてのヒエラルキーは定義上けっして全面的に個人的なものではありえず、個人を越えるなんらかの全体論と関連があるはずである。なぜなら、どんな価値も社会性を前提とするのであり、そして完全に社会性を欠落させた個人というものは現実にはありえないから。またヒエラルキーの承認はかならずしも権力の譲渡と直結しないことはインドの事例にみられる通りである。したがって、あらゆる差異を拒否し、ヒエラルキー一般を認めない近代ヨーロッパの平等主義の理想は、伝統的な人類社会の普遍的な現象を意図的に拒否する、いたって人工的かつ例外的な前代未聞のものだったということに注意を喚起しているのである。ルネ・ジラールなら、ヒエラルキーという普遍的な現象いっさいをあえて拒否するこのような平等主義の理想を「平等主義の理想の実現がどれほど微妙なものか」などといった婉曲な言い方ではなく、もっと直截に「ロマン主義の嘘」と呼ぶことだろう。ちなみに、これはおそらくまったくの偶然なのだろうが、デュモンが『個人主義論考』第九章「近代人および非近代人の価値」で語っている「差異が認識されながら統一性に従属させられ包摂されている一つの形式(8)」と定義されるヒエラルキーの表象として、ジラールがシェイクスピアにおける「位階の危機」を論じたときに引いたのと同じ『トロイラスとクレシダ』のユリシーズの台詞、「天の星々も、惑星も、宇宙の中心であるこの地球も、序列、階級、地位、規則、進路、均衡、季節、形式、職務を正しい秩序のもとに一糸乱れずまもっております。位階がなくて、どうして正統な地位を保つことができましょうか?」を近代が失った位階の秩序、「存在の大いなる連鎖」の宇宙感覚を思い出させるものとして引いている。ただ平等主義的社会、つまり差異の否定、喪失としての近代社会への懐疑もしくは批判において、ある意味でこの両者は共通するところがあるとはいえ、ジラールは複数の全体論を視野におさめ、それぞれにそれなりの意味と価値を認めるデュモンと違って、ヒエラルキーとしては唯一キリスト教の神によるヒエラルキーしか認めていないことは改めて繰り返すまでもない。

個人主義と全体主義

私はここで、インドの現世放棄者である「世俗外個人」に初めて全体論（ホーリズム）から離脱した、独立し自律した個人を見て、この個人の原型がギリシャ・ローマの古代社会、その後の原始キリスト教時代を経て、一三世紀以降トマス・アキナスから一六世紀のカルヴァンにいたるキリスト教社会でいかに「世俗内個人」に「生成」し、「近代イデオロギー」を発生させていったのか、また一三世紀以後いかにして宗教から政治的カテゴリーが独立し、さらに近代になってこの政治的カテゴリーから経済的カテゴリーがどのように生み出されていったのか、そして現代になってもなお解決を見ない全体論と個人主義の関係がドイツとフランスでいかなる思想・政治・社会的「変奏」を歴史的に生じさせたのかといった、デュモンの壮大で緻密な歴史・思想研究に立ち入った検討を加える意図も用意もない。また、権力もしくは命令とは区別され、もっぱら価値の介在から生じる秩序をさし、その基本的関係（もしくは対立）は全体とこの全体のひとつの要素との関係、および全体を参照枠とした部分相互の関係であると定義されるヒエラルキー（hiérarchie）概念。あるいは社会全体に起点と価値を置き、個人を軽視もしくは従属的なものととらえるイデオロギー（＝ある社会において共通な理念と価値の集合）と定義される全体論（holisme）にたいして、人間および社会についての近代イデオロギーにおいて見いだされる独立し自律的な、したがって（本質的に）非社会的な存在である個人に起点と価値を置き、社会全体を軽視もしくは従属的な位置に置くイデオロギーと定義される個人主義（individualisme）という対立もしくは関係概念。さらに伝統的な全体論的イデオロギーの布置においては、人間相互の関係が人間ともの（自然、対象物）の関係よりも大きな価値を付与されるのに、近代の個人主義的イデオロギーにおいては逆に、人間ともの（自然、対象物）の関係のほうが人間相互の関係よりも大きな価値を付与されるという規定。そうしたデュモンの一連の概念規定については、ひたすらその明快さに感心するばかりで、残念ながらその妥当性、是非を論ずる学力も能力ももたない。(9)

そこで私は、近代ヨーロッパの個人主義的イデオロギーに例外性、人工性、もっと言えば自己中心的な過度な思い上がり、傲慢を見て、「〈平等的人間〉が〈階層的人間〉の助けを借りて自らについてもっている意識をまっとうなものにすることができる」ということを示そうとするデュモンの社会人類学の知見のうち、これまでジラール、トクヴィルの近代個人主義論議で問題になった、もっぱら個人に人間の普遍性を見る近代民主制に内在する矛盾、逆説についての見解を取りあげるだけにとどめることにする。ジラールもトクヴィルもともに、神もなく神のような絶対的な自由も担いきれない個人からなる近代民主制は、いずれ全体主義に転化する危険をつねに孕んでいると言っていた。では、デュモンはどうか。

『ホモ・エクアリスⅠ』の最初のところで、デュモンは全体主義は「近代の病《やまい》」であり、この病の原因はそもそも原理的に不可能だった個人主義的諸価値による伝統的なヒエラルキーの否定のうちに潜んでいたのだと言う。個人主義的社会においては、社会的全体性が価値のレベルで反自然的なかたちで強引に否定されてしまうのだから、その社会的全体性が、ときに病理学的なかたちで事実のレベルに立ち帰ってくるのは避けられない。ところが、「全体主義とは個人主義が深く根を下ろし支配的である社会で、個人主義を全体として社会の優位性のもとに従属させようとする試みから生まれるものである。そこで（擬似的、したがって不自然、もしくは不可能な全体論である）全体主義はそれと知らずに対立する価値付与を組み合わせることになるのだから、全体論と個人主義とのあいだの矛盾を最初から内包せざるをえない。法外で残忍な社会的全体性の強調、また暴力と暴力崇拝はそこに由来する。それは——根本的な諸価値について市民の一般的な合意を必要とする——服従が得難いところで、なんとしても従属を勝ち取らねばならないからというよりも、この運動の推進者たちが（個人主義と社会的全体性という）ふたつの矛盾する傾向に引き裂かれ、そのために暴力を価値として措定しようと必死になるがゆえに、暴力が彼ら自身に住まうことになるからである」[10]と述べ、歴史におけるヒトラーのような個人的特異な資質の果たす重要な役割を認めながらも、それでも個人主義が全体主義の出現に不可欠の条件だったと言うのである。

そして、『個人主義論考』第六章「全体主義の病：アドルフ・ヒトラーにおける個人主義と人種差別」と題する刺激的な——というのも、ヒトラーにおける人種差別なら話は分かるが、ヒトラーの個人主義とはなにごとか、とだれしも思うはずだから——論文では、ヒトラーは「万人の万人に対する戦い」という闘争への信念と心底自分が労働者の代表だと信じていた平等主義によって彼なりに本質的な個人主義者だったのであり、ナチス的全体主義にあっては「支配の観念それ自体によってのみ基礎づけられた支配、すなわち〈自然〉のあり方はそのようなものなのだという断言以外にはイデオロギー的基盤をもたない支配の観念そのものが、平等主義的個人主義による人間的目的の破壊、価値のヒエラルキーの破壊の結果に他ならないのである……生命のための戦いがとりわけ強調されるところに、個人主義への高い評価、個人主義に基づく集合的信仰の否定が表れている」[11]と補足している。ここにはトクヴィルの予言よりはるかに深刻な個人主義的社会観の思い上がり、傲慢と同時に歴史的危険が語られている。なにしろ、民主制の個々人がその精神的な弱さ、凡庸さのために自由を放棄し絶対的かつ超越的な独裁者を求めるようになるという事態をはるかに越えて、伝統的全体論を破壊する平等主義的個人主義社会だからこそ、時と場所を得ない未熟な民主制では、独裁者が無知で野蛮な利己主義者であればあるほどそれだけますます国民に支持されやすいと言っているのも同然なのだから。

最後にもうひとつだけデュモンによる平等主義的個人主義による「近代の病」のことに簡単にふれておこう。デュモンの『ホモ・ヒエラルキクス』の序論には、近代の民主的心性についてこう述べられている。平等主義的個人主義社会では平等性と同一性とがしばしば混同されて、常識のレベルにまで定着している。伝統的な全体論社会におけるようにあらゆる人間が社会種あるいは文化種としてヒエラルキー化される（つまりそれなりに居場所を与えられる）のではなく、あらゆる人間が本質において平等で同一なものとして理解されるようになる結果、「諸共同体の性質と地位の違いはしばしば悲惨な形で、すなわち身体的な特徴から生まれるという人種差別主義の形で主張されることになる」[12]、つまり人種差別は近代民主主義のもうひとつの病だというショッキングな指摘があるのだ。デュモンはこの不穏なテーゼに同書の補論Aでさらに説明を加え、「近代西洋においては市民は権利上自由で平等であるばかりでなく、すべての人間の原理的な平等性の観念は、少なくとも大衆的な心性のレベルではすべての人間の深い同一性の観念をともなっている。というのも、人間はもはやひとつの文化、社会、集団の標本としてではなく、即時的かつ対自的に存在する個人としてとらえられることになるからである。そこで、それがどのような状況なのか正確に規定することは必要だが、ともかく一定の状況のもとでヒエラルキー的差異が提起されつづけ、しかもそれが今度は、人相や肌の色や〈血〉といった身体的な特徴に結びつけられることになった[13]」と述べている。民主制下の大衆レベルにおいては、つまりトクヴィルのいう「低位的状態」にあっては、「平等性」と「同一性」とが区別されなくなり、ひたすら身体的な差異だけが判りやすく、なんとも目障りで異質な要因として誇大視され、差別、排除の対象になるというのである。

私にはこの指摘は、社会内で暴力が危機的な状況にまで蔓延すると個々の人間同士の差異はなくなって画一化し、その結果「それぞれの人間が自分の対立者の〈分身〉あるいは〈双生児〉になり、ただひとりの犠牲者がすべての人間たちの身代わりになりうる。そこで、各人の各人にたいする疑惑が唯一の人間にたいする全員の確信になりうるためには、なにも、あるいはほとんどなにも必要ではない。どんなに取るに足らない指標でも、どんなに些細な憶測でも、やがて目も眩むような速さで次から次へと伝わり、ほとんど瞬時に反駁しがたい証拠に変わってしまう[14]」のであり、そして大抵の場合、その犠牲者になるのは邪眼といったような外見上の異形、あるいは跛行といったような身体的欠陥などなんらかの外形的有徴の持ち主だという、ルネ・ジラールのスケープゴート・メカニズムを思い出させる。ただ、ここでのデュモンとジラールの違い、それはデュモンが上記の差別、排除の機制がもっぱら、差異を差異として受け容れることを知らない近代の平等主義的民主制のもとでこそ劇的に作動するとしているのに反して、ジラールのほうは近代西洋の個人主義的民主制のみならず、古今東西人類社会に普遍的な現象だとしていることである。

いずれにしろ、以上のことからだけでもわかるように、デュモンはジラールやトクヴィルと同じように、あるいはこのふたり以上に、ひたすら近代民主制の平等主義的個人主義への懐疑を語ってやまない。西欧近代に誕生した人類史上例外的かつ人工的な個人主義は最悪の独裁的全体主義を招き寄せかねない。平等主義的個人主義はその「低位的状況」においてはあからさまな人種差別を誘発する。個人主義は世代観の連続性を断ち切る等々。ただ、もちろん彼はどこかの国の復古的な保守反動家たちなどとはまったく違い、だからといって全体論、ヒエラルキー社会を是非にも復古させねばならないと言っているのではない。彼のナチズム論はそのような反自然な復古の危険を語ってさえいる。彼はトクヴィルと同様に、そのような歴史の逆行、反動はもはや不可能であり、民主主義と平等主義的個人主義は今後の趨勢として不可逆的であり否定しえないと考えるからこそ、その歴史的例外性や限界、盲点や危険などに注意を喚起しつづけるのだ。なぜなら、たとえばヒトラーやスターリンの全体主義はもとより、近代西欧の帝国主義や植民地主義もまたまさしく自己（民族）中心的な歴史的な思い上がり、傲慢の表れ以外のなにものでもなかったのだから。デュモンの相対主義、懐疑主義はそうした反省に由来する近代西欧の自己批判、自己相対化の試みなのである。もし「私たちが知性よりも凡庸さを好むのでなければ」、すくなくともそのことだけは見逃してなるまい。デュモンの仕事の重要性を一般に知らしめることに一役買った《エスプリ》誌一九七八年二月号のデュモン特集に「正面から見られた西欧」と題する論考を寄せている人類学者アンリ・ステルヌによれば、デュモンにとって近代個人主義的社会における社会的調和という問題の「理想的解決」は、きわめて理論的なものながら、個人を統合と秩序の中心的な場にし、個人にたいして伝統的社会において制度化されていたものを内面化しうるよう要求するという大変担うに重いものだったが、しかし（ちょうどトクヴィルがアメリカの民主主義の機能の条件と見なしたように、権力と個々人のあいだに介在する）多数の自発的団体を形成することによって個人はその重荷をいくぶんか軽減することができるだろうという比較的穏健で、良識的なものだったらしい[15]。私がここで「良識的」と言うのは、別にジラールに倣って特定の伝統的な全体論に与するからではなく、さきにもすこしふれたが抽象的個人主義、すなわち「個人は原則としていかなる社会的文脈からも独立した、所与のものとして仮定されうるという概念」はいかにも非現実的であると考えるからだ。ひとは完全な孤独のうちに生きることはありえず、かつ死すべき有限の存在である以上は、けっして純粋な自律に達することはなく、なんらかの他律は必要かつ不可避なのであって、そこで問題になるのはただ、どんな他律をどのようなかたちで受け容れるかということだけだろうと思うのである。

2　現代の個人主義――ルノー／フェリー、リポヴェツキー

個人の独立と自律

一部の論者たちによって「個人の回帰」と特徴づけられもする一九八〇年代フランスの近代性、個人主義をめぐる論議、論争において『個人主義論考』（八三）などデュモンの一連の考察が無視しえぬ役割を果たしたことは、たとえば個人と社会の調和ある関係の可能性を論じたジョン・ロールズの『正義論』をめぐって、八五年ロワイヨモンで開かれた「個人について」と題する大規模なシンポジウムにデュモン自身が報告者として出席するばかりでなく、ジャン=ピエール・ヴェルナン、ポール・リクールなどギリシャ学、解釈学者の大家たち、あるいはこのシンポジウムの組織者のひとりで、ジラール理論の批判的継承者のジャン=ピエール・デュピュイらがいずれもデュモンの個人主義論を出発点にするか、それに言及するかしていることからもうかがえる。(16) ただ、さきに記したことだけからでも容易に予想されるように、八〇年代フランスの「言説市場」においてはデュモンの近代個人主義への懐疑、個人主義の「思い上がり」と傲慢への憂慮は比較的穏健で、良識的なものと認められるどころか、きわめて激しい反発、批判の対象になったのも事実であり、それもある意味で当然のことだった。いつの時代にあっても、その時代に懐疑的、批判的な言辞が歓迎されるわけはないのだから。その代表的な事例は、リュック・フェリーとの共著『六八年の思想――現代の反人間主義の批判』（八五）、およびその続編

『六八年―八六年　個人の道程』（八七）[17]によって、フランスの一九六八年〈五月〉の運動は当事者たちの主観的な意図と解釈とは裏腹に――あたかも「歴史の狡知」とでもいうほかないほど逆説的に――、八〇年代に広範囲に顕在化したナルシス的、快楽主義的個人主義を社会的・思想的に準備した個人主義の運動にほかならなかったのであり、六〇年代のフランス思想界をリードしたフーコー、アルチュセール、デリダ、ブルデュー、ラカンら「哲学者＝ソフィスト」たちの思考もニーチェ、ハイデガーらドイツ思想の影響をうけて、それをただ洗練、先鋭化させただけの「主体の死」、反人間主義の哲学だったにすぎないと主張し、いまや必要なのは〈主体〉、〈主体性〉の歴史を通して近代性を捉え直す作業によって「非形而上的人間主義」の条件を探求することだとして、『個人の時代――主体性の歴史への寄与』（八九）を書いた哲学者アラン・ルノーである。

ルノーはすでに『六八年―八六年　個人の道程』で、個人主義が容易に無気力な利己主義に転化するというトクヴィル（ジラール）＝デュモン的な解釈について個人主義の「偶発事」「可能な真実」にすぎないものを個人主義の「本質」に祭り上げようとする試みであって、フランス革命以来の近代個人主義は「平等の名による、ヒエラルキーにたいする個人の反抗」であり、「自律（autonomie）の意味に解された自由の名における、伝統の告発」であると述べていた。そしてこの考えの論理的帰結として、デュモンのような全体論的な社会像は、個人が選んだわけでもないのに、まるで自然の法則のように外部から超越的なかたちで個人に押しつけられる「他律（hétronomie）」の受容にほかならず、現代の個人にはとうてい容認しがたいものだと主張し、さらに近代個人主義についてのデュモンらの悲観的、もしくは「悲劇的な」議論は「自由を前提とする自律（autonomie）とこの自律の衰退した形態にすぎない独立（indépendance）の混同」に由来するものではないかという暗示をおこなっていた。『個人の時代』第一部第二章「ルイ・デュモン、個人の勝利[18]」において、この著者独特のきわめて論争的なスタイルでおこなう激しいデュモン批判は、まさにその独立と自律の問題を核心としている。ここで、ルノーが展開しているデュモン批判のごく粗略な要約を試みてみよう。

——デュモンは近代的個人を「独立し自律的な、したがって（本質的に）非社会的な存在である」と見なす立場から、社会・政治的無関心に向かうというトクヴィル的近代個人主義観を現代において再現している。しかし、「独立」と「自律」の原則的な同一視はヨーロッパ近代の解釈として正当化されるものだろうか。デュモンの「独立し自律的な、したがって（本質的に）非社会的な存在」という規定には、当然のように〈個人の独立＝自己充足＝規則のない自由〉という図式が前提されているが、規則のない自由とは自律のことだと果たして言えるだろうか。むろん、そうは言えないのであって、〈個人の独立＝自己充足＝規則のない自由〉の図式はルソーが「自然状態の自由」、あるいはカントが「自然の他律」として退けたものであり、真の自由、近代の最高の価値とは主体が自由に受け入れた規則にみずから服従することに同意する「市民の自由」（ルソー）「意志の自律」（カント）のことである。このように考えられる「自律」はなによりもまず全体論その他の「他律」に対立する概念であり、〈個人の独立＝自己充足＝規則のない自由〉の図式とは別のかたちの独立の概念である。近代とは個人としての人間への価値付与、すなわち個人主義を発展させた場のことであったのは確かだとしても、デュモンが見誤ったのは、近代はまた人間が自己をみずからの法と規則の基盤と考える「自律した主体」の出現の場でもあったということであり、近代の「進歩」としてのこの主体の出現を、けっしてデュモンのように個人主義の展開のたんなる一要因と見なしてはならないのだ。要するに「全体論と個人主義のあいだには人間主義が、全体と個人のあいだに主体が位置づけられるべきなのである」。したがって、個人性と主体性とを混同し、主体性を個人性に吸収させて疑わないデュモンの近代論はたんに一面的であるにとどまらず、またたんに概念規定のニュアンスの違いにもとどまらず、さらに重大な帰結をもたらすことになる。

デュモンは「伝統的な全体論的イデオロギーの布置においては、人間相互の関係が人間ともの（自然、対象物）の関係よりも大きな価値を付与されるのに、近代の個人主義的イデオロギーにおいては逆に、人間ともの（自然、対象物）の関係のほうが人間相互の関係よりも大きな価値を付与される」としてて「前者においては相互依存とヒエラルキーが、後者では自由と平等が前面に出てくる」と言うだけでなく、「社会学的には、社会のほうが個々の成員より最初にある」がゆえに、「平等主義の支持者は間違っており、ホッブスのほうが正しい」と結局完全に全体論的見解に与して、「他者を承認するにはふたつの方途がある、それはヒエラルキーと抗争であるとほぼ言わねばならない」と啞然とするような極論まで吐いてみせる。まるで近代の地平にはものの占有をめぐる敵同士、もしくはライバル同士としてしか他者の承認がないと言うにひとしいこのような「反近代主義」は、さきの「独立（indépendance）」と「自律（autonomie）」の混同に代わって、今度はデュモンが「間主体性（intersubjectivité）」と「相互依存性（interdépendance）」とを混同していることからくるものだ。彼には人間存在の相互主観性を相互依存性の様式でしか考えられないからこそ、ヒエラルキー的な相互依存性がもはや社会編成の原則ではなくなった近代デモクラシーのなかに、ただ社会的なものの原子化しか見えなくなるのである。ところが、カント以後の近代社会思想の賭のすべては、間主体性を基礎にしてしか主体性を思考せず、他者の承認はヒエラルキー的な視野、つまり絶対的な他性のかたちではなく、同一性を基礎とした「もうひとりの私自身」「別の自我」としてなされると考えることにあったのではないか。それを捨象し、近代全体を〈価値〉が退却した世界と見なす立場からは、好むと好まざるとにかかわらず、近代を根源的な〈悪〉の場と見なすほかはなくなる。デュモンが個人主義を全体主義の登場に不可欠な要因と考え、人種差別を近代の平等主義的民主主義の申し子のように見なすのは、まさにそのためにほかならない。だが、こんにち私たちは、デュモンのような全体論的観点に立って伝統的なヒエラルキーと人間の「自然な」従属を再評価できるだろうか。私たちは他者を「別の自我」ではなく、「他者」として、しかも「私たちよりも上位にあるか、下位にあるかというかぎりにおける」他者として承認することが果たしてできるだろうか、またそうすべきだろうか。否である。だから、「（自然の）従属から（権利の）平等への移行をひとつの喪失である」と見なすデュモンは、彼の「師匠」であるトクヴィルがすくなくとも近代個人主義の平等を異論の立てようのない進歩だと見なしていたのとは反対に、当初の近代の内的批判もしくは「自己批判」の意図から、まるで古代人の観点からなされるかのような近代の「外的批判」、反近代主義の方向に逸脱してしまったという意味で明らかに退行していると言わざるをえない。

デュモンの社会人類学的思考にたいしてもっぱら哲学的理念のみによっておこなわれる以上のような批判は、ルノー自身が「自由な議論」と認めているように、デュモンの仕事の一面、一部分を観念的に捉えたものにすぎないが、彼が対抗的にもちだす「主体」の「自律」に基づく「非形而上的人間主義」が、果たしていかなる具体的な社会的展望を具えたものなのかが『個人の時代――主体性の歴史への寄与』でとくに明らかにされているわけではない。また、その後発表された『サルトル、最後の哲学者』(九三)においても同様であって、彼の言う「主体」の「自律」に基づく「非形而上的人間主義」は結局一種の主意主義であり、せいぜい理念的な可能性、「可能な真実」のひとつにすぎないだろう。それに、通常多数決原理が支配する現代の民主制で、果たして大多数が「自然状態の自由」を放棄してルソー＝ルノー的な高度に哲学的な「自律」に近づくことができるものなのかどうか。また彼がこれに関連して『六八年—八六年　個人の道程』で「個人が王となった民主主義社会においては、正当性は〈伝統的〉であることをやめ、〈合法的〉なものにならなければならない」と言っている主張には、それがいつ、何の目的で、誰によって、いかに制定される法なのかと問うのでなければ、結局〈合法的〉と言っても〈伝統的〉、つまりは「他律的」と言うのと区別がつかなくなるだろうし、同じところで「伝統とヒエラルキーの完全な消滅をめざす」個人主義の目標は、「完全に自主管理された社会の中で生きる全面的に自律的な個人という二重の考え方を通してしか実現できないだろう」と語られている理想型にしてもどこか既視感が拭えず、本人が思っているほど斬新なものとは言えないだろう。さらに、この要約の最後にみられるトクヴィルとデュモンの対比はかなり誇張され、ルノーの理解はいささか楽観的なトクヴィル読解に基づいているような気がする。というのも、トクヴィルが個人主義的民主主義の「悲しき側面」に警戒を促しつつ、それと同時に個人主義的民主主義は「個々人をその同胞の幾人かと緊密に結びつける効果をもっている」という一文を書いているというだけで、そう明確にトクヴィルとデュモンを区別することは不当であり、その違いはとどのつまり平等主義的民主主義が全体主義に転化するのを予想しただけで経験しなかった者と、じっさいにその転化をわが身で経験し、かつインド社会という具体的な全体論的社会をつぶさに観察し、それによって得られた遠近法によって人類社会の例外的な人工性という西洋の近代像をもちえた者とのあいだのニュアンスの違いにすぎないのではないのか。近代の個人主義的民主制の評価に関するトクヴィルとデュモンの違いが程度の違いでこそあれ本質の違いでないことは、私がここでこれ以上論ずるまでもなく、すでに引用したトクヴィルのテクストだけによってても容易に確認されると思われる。

ただ、「個人の未曾有の画一化の時代のなかで、まだ〈個人〉になにを期待することが可能なのか、個人主義の領分として今やなにが残されているのか」を問うとなると、さきに略述したルノーの見解も、のちにかたちを変えてふたたび取りあげるように、たとえ理念的な可能性だとしてもそれなりの存在理由をもちうる。まして彼は彼なりに現代の「進歩主義者」として、デュモンの『個人主義論考』と同じく一九八三年に出版され大いに話題になった、大量消費社会における「全面的な個人主義」を擁護するジル・リポヴェツキーの『空虚の時代——現代個人主義試論』のほうは、——あくまで「独立」と「自律」を峻別し、「個人が出現するとき、主体は死ぬ」という立場から一定の批判的距離を保ちつつも——、デュモンの場合とは大いにちがって、その「進歩主義」を世代的な共感をこめてかなり高く評価しているのだから、よけいそうである。そして、このリポヴェツキーの『空虚の時代——現代個人主義試論』こそ、デュモンと並んで八〇年代フランスの個人主義論議のもう一方の旗頭なのである。

ナルシスの形象　現代の個人

私はさきに作田啓一『個人主義の運命』(八一年) の先駆的な個人主義論を途中まで紹介し、そのつづきはあとに回すことにしたが、ここでふたたび作田の個人主義論を取りあげることにする。作田はルークスによる個人主義の一一の概念から出発したものの、最終的にはジンメルに倣って個人主義は「理性の個人主義」と「感性の個人主義」に類別されるとしていた。そして「理性の個人主義」と「感性の個人主義」はいずれも一八ー一九世紀的な個人主義のタイプだったのであり、二〇世紀になって近代化が進行するとともに理性、個性、自律を主要な成分とする個人主義はそれだけでは内発的な活力を再生産することが困難になり、現在では二〇世紀の個人主義とも言うべき「欲望の個人主義」が登場してきたと述べていた。作田のこの個人主義論はルネ・ジラールの模倣 (ミメーシス) 的欲望論に触発されたものだったが、「欲望の個人主義」など現代のニヒリズムにすぎないと一笑に付すにちがいないジラールとちがって、作田はこの「欲望の個人主義」の登場にはそれなりの社会・歴史的な理由があったと説明するばかりでなく、ここには自律の成分は含まれていないので個人主義と言っていいかどうか分からないものの、それでも「ありのままの自己の認識と悪の自由の自覚にもとづいた、他者との共存という理想に向かって個人を導いていく条件になりうる」[19]ものと予感していた。私たちがこれから見ることになるリポヴェツキーの現代個人主義論は、いくぶんか作田の言う二〇世紀の「欲望の個人主義」に近いものであり、私はそんな作田啓一の鋭敏な社会学的感性に今さらながら驚かざるをえない。もっとも、リポヴェツキーの現代個人主義論の内実はきっと、作田啓一が思い描いていたかもしれない「理想」とは相当かけ離れたものにちがいないだろうが。

さて、『空虚の時代——現代個人主義試論』のリポヴェツキーにしても、デュモンの個人主義論の前提、すなわち西洋近代の個人主義を「独立し自律的な、したがって（本質的に）非社会的な存在である個人に起点と価値を置き、社会全体を軽視もしくは従属的な位置に置くイデオロギー」と定義し、「伝統的な全体論的イデオロギーの布置においては、人間相互の関係が人間ともの（自然、対象物）の関係よりも大きな価値を付与されるのに、近代の個人主義的イデオロギーにおいては逆に、人間ともの（自然、対象物）の関係のほうが人間相互の関係よりも大きな価値を付与される」と認識することから出発することに変わりはない。ただリポヴェツキーは、ポスト・モダン（近代以後）の、すなわち一九六〇年代以後からはじまった脱産業化、大量消費、高度情報化、大衆デモクラシーを主たる要因とする現代の民主主義社会の個人主義にたいして、デュモンとはちがって全体論的観点からなんらかの懐疑を抱くこともなく、また——近代個人主義そのものさえもニヒリズムと断じるジラールは言うに及ばず——、近代主義者でありながらも現代社会一般が陥っている「キッチュの全体主義」を批判するクンデラともちがって、現代のデモクラシー社会の「全面的な個人主義」こそ、まさしく「独立し自由な個人の自律という近代の理想を現実化する」ものにほかならないという、いわば現代の「進歩主義」の立場を鮮明にする。個々人が自分以外の誰をも、何をも参照もしくは顧慮することなく、「何でも好きなことを、好きなときに、好きな仕方でする」という——かつての近代個人主義の時代の個人の「社会化」のプロセスとは著しく対照的な——ポスト・モダン社会の「個人化（personalisation）」のプロセス、すなわちすべてを個々人の都合に合わせてしまう傾向が社会全域、各層にわたって浸透し、もはや不可逆的に社会の主要な原理と価値体系にまでなっているのが現代の個人主義であり、この現代の個人主義は快楽主義を基礎とするナルシシズムの一語によって要約される。自己愛の化身であるナルシスこそ、民主的かつ規律的、普遍主義的かつ厳格主義的、イデオロギー的かつ強制的だった近代社会の「制限された」個人主義から解放され、普遍的なものにたいする個人的なものの優位、強制的なものにたいする非束縛的なものの優位、イデオロギー的なものにたいする心理的なものの優位、均質性にたいする多様性の優位、そしてそれに伴う個人の平等化＝諸々の至高のヒエラルキーの低落、自我の肥大化などを特徴とするポスト・モダンの時代に移行した現代社会の、「全面的な」個人主義の形象にほかならないと言うのだ。では、私たちもそのひとりであるらしい——そしてじっさい、私自身もいくぶんかわが身に覚えがあることを否定しようとは思わない——現代のナルシス的個人の実存とはいかなるものなのか。ここでリポヴェツキーの発想とスタイルの特徴がもっともよく表れていると思われるいくつかのテクストを引用しておくのが手っ取り早い。

時代の空虚について

ポスト・モダンの社会とは大衆の無関心が行き渡り、万事が繰り言と足踏みにすぎないといった感情が支配し、私的な自律が当然のこととなり、新しいものでも古いものとして迎えられ、革新が平凡なものとされ、未来がもはや不可避の進歩とは見られなくなった社会である。近代社会は征服的で、未来、科学、技術などを信じていたから、普遍性、理性、革命の名において血統のヒエラルキーや神権、伝統や個別利害などと訣別するかたちで制定されたが、その時代は私たちの目の前で消え去り、いくらかそんな未来志向的な諸原則に反対することで確立された、それゆえにこそポスト・モダン（近代以後）である私たちの社会は、同一性、差異、自己保存、くつろぎ、即時の自己完成などに貪欲である。将来にたいする信頼と信仰が消滅し、もはやだれも革命と進歩の明るい未来などを信じなくなり、以後人々は直ちに、今ここで生きることを欲し、新しい人間を作りだすのではなく、自分自身を若々しく保つことを欲している……もはやいかなる政治的イデオロギーも大衆を熱狂させることができなくなり、ポスト・モダン社会には偶像もタブーも、輝かしい自社会像も、ひとを動員する歴史的綱領もなくなり、いまや私たちを支配しているのは空虚、とはいえ悲劇性もアポカリプスもない空虚なのである[20]。

意味の不在について

ニーチェがあらゆる最高の価値の病的な低下、意味の砂漠として分析したようなヨーロッパのニヒリズムはもはや、絶望も不条理感も伴わない現在の大衆の動員不能状態《デモビリザシオン》には対応しない。全面的な無関心というポスト・モダンの砂漠は、「受動的なニヒリズム」とその普遍的な空しさに基づく陰気な悦楽からも、「能動的なニヒリズム」とその自己破壊からも程遠いものである。神が死に、諸々の最高の目標が消滅する。しかし、みんながそんなことはどうでもいいと思っている。それこそ悦ばしい知らせなのである……当然予期されてしかるべきなのに、意味の空虚、諸々の理想の崩壊がもう、さらなる不安、さらなる不条理感、さらなる悲観主義にはひとをみちびかなくなっている。そのようなまだ宗教的かつ悲劇的なヴィジョンは、大衆の無感動《アパシー》の上昇によって反駁されるのであり、飛躍と堕落、肯定と否定、健康と病気といった範疇ではその無感動は了解できないのである。代用の非宗教的理想を伴う「不完全なニヒリズム」でさえも過去のものになり、センセーション、セックス、快楽への私たちの激しい飢えはなにも隠さず、なにも償わず、とりわけ神の死によって開かれた意味の断絶などを償わない。これは無関心であって、形而上学的な神に見捨てられた孤独感ではないのだ……。

（ポスト・モダン社会の）モード（流行）、余暇、広告の軽薄さ、もしくは空虚さをまえにしては、意味と無意味の対立はもはや悲痛なものではなくなり、その根本性を喪失する。すべてがスペクタクル化される時代にあっては、真と偽、美と醜、現実と幻想、意味と無意味といった確固とした二律背反がぼやけ、対立関係が「流動的」になり、私たちの形而上学者と反形而上学者たちにはお気の毒なことながら、以後ひとは目的も意味もなく、刹那的に生きることも可能なのだと理解しはじめる。そして、それこそが新しいことなのである。かつてニーチェは「どんな意味でも全然意味がないよりもましだ」と言ったが、それさえも現在ではもう真実ではなくなり、意味への欲求そのものが一掃されたのである。そして意味にたいして無関心な実存が、悲壮感も深い断絶感もなく、新しい価値体系への渇望もなしに展開されるようになる。このほうがいいのだ。それは以後郷愁的な夢想から解放された新しい問いが出現するようになるからであり、この「ニュールック」の無感動にはすくなくとも、砂漠の大説教者たちの致死的な狂気を断念させる効力があるのだ。[21]

自我と空虚化と現実の非実体化について

現代のナルシシズムは、自己の真実へのインフレーション的要求が不可避的に実現する、硬直した自我の内容減らしにその最高の機能を見いだす。注意と解釈の対象としての〈自我〉に感情が投資されればされるほど、それだけますます〈自我〉の不安と問いかけが増大する。〈自我〉は「情報」の過剰のおかげで空虚な鏡に、連想と分析の過剰のおかげで答えのない問いに、未決定の開かれた構造になるのだ……現代のナルシスはもはや固定された自己イメージのまえでじっとしているのではない。イメージさえもなくなり、果てしのない〈自分〉探し、不安定化のプロセス、もしくは通貨や世論の変動のような精神の変動のプロセス以外にはなにもなくなる。ナルシスは軌道に乗ったのだ。新ナルシシズムは諸制度から感情的な投資を抜き去ることで社会的な場を無力化するだけでは満足せず、今度は〈自我〉もまた、逆説的ながら自己への投資過多によってアイデンティティを取り払われ、空虚化されることになる。公共空間が情報、刺激、活気の過剰によって情緒的に空虚になるのと同じく、〈自我〉は注意の過剰によってその目印、統一性を失う。つまり〈自我〉は「曖昧模糊とした総体」になるのだ。そして、いたるところで重々しい現実の消滅が、つまり非領域化の最後の形象である非実体化が、ポスト・モダン性を動かすことになる……ひたすら自分だけつきまとわれ、みずからの自己完成と均衡だけを狙っているナルシスは、大衆動員の言説にたいする障害になる。ナルシス的無感動のほうが（時代錯誤的な普遍主義的大義のために大衆動員を企てるどんな言説よりも）ずっとましなのであって、ただ変動的な〈自我〉だけがポスト・モダン社会の組織的かつ加速的な実験と連動するかたちで前進することができるのである。(22)

これ以上引用するのはやめておくが、普遍的な目標と価値を喪失した空虚の時代に己以外になにも欲しない自我の無関心と無感動、実存の無意味、自我の空虚化と絶えざる変動、そして自我を含む現実の非実体化。これが快楽主義とナルシシズムを内実とする現代の「全面的な個人主義」である。そしてリポヴェツキーは、近代の大きな物語（普遍的価値、最高の目標など）を信じなくなり、自分以外の物事にたいして徹底的に無関心な、現代の「クール」なナルシス的個人は、場合によって途方もない狂気に転じかねないどんな大義によっても動員不能であることをひとつの「進歩」だと見なし、積極的に評価しようとするのだが、このようなポスト・モダンの「全面的な個人主義」についてどう考えるのか。ジラールはもとよりデュモンの見解を想像してみるまでもないだろう。また、「キッチュの全体主義」——ここで思い出しておけば、「キッチュ」な態度とは「私たちが私たち自身に、私たちが考え、感じる凡庸さに注ぐ感動の涙」に象徴されるものなのだから、その意味ではナルシス的個人主義だと言えるのだが——は、人類を「無自覚的、全体的、集団的生活」としての〈歴史〉にみちびくと危惧するクンデラですら、ここではまったくお呼びではない。「快楽の個人主義」に「他者との共存という理想の条件」を予感した作田啓一でさえも、さぞかし当惑するのではあるまいか。さらに、ここでリポヴェツキーが描き擁護して見せたポスト・モダンの個人主義は、この国のバブル時代の「安楽への全体主義」を「大衆的規模における自我の時代のナルシシズム」と評して批判した藤田省三『全体主義の時代経験』を連想させるのだが、その藤田ならなんと言うかも想像に難くない。いずれにしろ、現代のナルシス的個人主義に批判的な言辞を弄する者は、この本のなかで標的になっている『ナルシシズムの文化』のクリストファー・ラッシュや『資本主義の文化的矛盾』のダニエル・ベルらアメリカの社会学者たちと同様に、間違いなくリポヴェツキーによって「砂漠の説教者」「終末論者」のレッテルを貼られることになるだろう。

だが、そもそも近代の個人は、たとえ(本質的に)非社会的な存在であるとしても、すくなくとも「独立し自律的な存在」であったはずなのに、いまやアイデンティティを喪失して浮遊している「曖昧模糊とした総体」だという現代の個人にはとうてい「自律」などありえない——この点で「個人」ではなく「主体」を、「独立」でなく「自律」を問うここそが肝心だというルノーの意見はもっともである――のだから、この「全面的な個人主義」をはたして「個人主義」と呼んでいいのかどうかということすらもためらわれる。たまたま私はリポヴェツキーと同い年であり、また「砂漠の説教師」志願者でも「終末論」同調者でもなく、ここまで「個人の未曾有の画一化の時代のなかで、まだ〈個人〉になにを期待することが可能なのか、個人主義の領分として今やなにが残されているのか」を愚直に問おうとしてきたのだから、またポスト・モダンの「全面的な個人主義」にいささかなりとも自分を投影して見ざるをえないと認めているのだから、このナルシス的＝快楽主義的個人主義を断固として擁護するリポヴェツキーの主張には、ある意味で安堵し、喜んでもいいところである。だが、「理性の個人主義」でもなく「感性の個人主義」でもなく、画一化され自律を欠いたこのような「快楽の個人主義」――これは「ガラスのカプセルのなかのナルシス」だとリポヴェツキー自身も形容している――がまだ個人主義なのかどうかについては、やはり確信がもてないのだ。もしかすると、リポヴェツキー自身もそうなのではなかろうか。彼がフランスにおける現代的個人主義の諸相をきわめ才気煥発に、そしてじつにリアルに――と認めねばならない――記述しながら、たびたびトクヴィルを参照したがるのは、もしかするとそのためなのかもしれない。

リポヴェツキーとトクヴィル

八〇年代のフランスの論客が個人主義について考えるとき、ほとんどかならずトクヴィルを否定しがたい一種の権威と見なして立ち帰るのは、不思議といえば不思議な現象である。デュモンやルノー／フリーと同様、リポヴェツキーもまたこの『空虚の時代――現代個人主義試論』においても、その後に上梓した『束の間のものの帝国――現代社会におけるモードとその運命』（八七）においても、（なぜかかならずマルセル・ゴーシェの論文「トクヴィル、アメリカ、そしてわれわれ」を後ろ盾にしてであるが）繰返しトクヴィルを参照する。たとえば、現代社会の主導的な動因としてのマス・メディアが日常的に実践しているあざといセンセーショナリズム、あるいは様々な分野での変わりやすく軽薄なモードの支配が、かならずしも現代の「砂漠の説教師」や「終末論者」たちが言うほどには民主主義の未来にとって憂慮すべきものではないことを示すために、リポヴェツキーはやはりトクヴィルに依拠して反論しようとする。

じっさいトクヴィルは、「世論は、民主的諸民族においては、個人的理性に残存している唯一の手引きであるばかりでなく、他のいかなるものにも見られないほどに無限に強大な権力をもっている。平等の時代には、人々は互いに似かよっているために、相互に信じあうことは全くない。けれどもこの類似のために、人々は大衆の判断を殆ど無制限に、めくらめっぽうに信ずるのである。……最大多数の知的支配は常に非常に専制的である。そして平等の時代に人々を支配している政治的法則がなんであるにせよ、世論への信仰は多数者を予言者としてもっている、一種の宗教になるであろう。そして最大多数派の知的支配の力は消滅すべきものであるどころではなく、たやすくあまりにも大きくなりすぎて、ついには人類の偉大さと幸福をそこなうほどに個人的理性の活動を狭い範囲内に閉じこめることになりかねない」(下巻三三一五頁)と大衆デモクラシーの危うさ、世論の非理性的な知的専制の潜在性を指摘していた。ここで「砂漠の説教師」や「終末論者」志願者ではない私でさえもただちに、クンデラの言う「キッチュの全体主義」論や「大衆規模における自我の時代のナルシシズム」を「安楽への自発的隷従」と断じた藤田省三の批判、あるいはこの国の近年のマスメディアのおよそ懐疑を知らず、節度も品位もないセンセーショナリズムなどを思い出したりもするので、現代民主主義社会の盲点、弱点がきわめて正確に予言されていたという気さえするのだが、リポヴェツキーはあえてそうは考えない。彼はこう主張するのだ。

現代のマスメディアの強大な影響力を見れば、世論を専制者とする多数派の知的支配という現象は否定しえないけれども、そこに個人的自由の根絶と意識の隷従化の徴候だけを見るのは早計というものであって、現代社会にはモード(流行)という順応主義の加速化と繁殖をとおして部分的だが実質的な精神の自律化の動きが生じているのであり、様々な模倣の流行をとおしてこれまで以上の思考の個性化の歩みが見られるのだ。こんにちの社会はじっさいに個々人のより要求の高い問いかけ、主観的な見解の増加、したがって意見の同一性の後退を推進している。だから、ここに見るべきは万人の類似性の増大ではなくて、個々人の小さな解釈の多様化なのであり、大々的なイデオロギー的確信が消え去ったあとの、個人的な微妙な差異、たぶん以前よりも独創的、創造的、反省的ではないかもしれないが、ずっと「数多くの柔軟な主観的個別性」なのである。このことは教条的で厳格な近代主義者たちの神経を逆なでにするかもしれないが、思想の自由の観点からするなら、たしかにひとつの「進歩」なのであり、

「啓蒙」の民主化と言うべきものである。したがって、マスメデア主導のモードという模倣（ミメーシス）の支配は絶対的には、あるいは創造的天才という論理との関連では個人的自律を損なうものだとはいえ、社会的および歴史的には、つまり相対的には「大多数の人間の自律」を可能にするものであると述べて、ここでもやはり現代社会の「進歩」を確認しようとするのである。

これもまたたしかに「世論」という民主制下の大衆現象の一面であり、その解釈のひとつであると言えばそれまでだが、しかしそれならリポヴェツキーはこの解釈を正当化するのに、なぜトクヴィルが一般論として書いている「どんなことがあっても、知的並びに道徳的世界のどこかには、つねに権威がなければならない。その権威のあるところはいろいろあるが、それは必ず一つの場所をもっている。個人的独立は大であっても小であってもよいが、無制限ではありえない。そういうわけで、民主時代には知的権威が存在するかどうかを知るということは問題にならないが、ただ権威のある場所はどこであるか、そして権威の範囲はどのようになっているかということだけが問題である」（下巻三二頁）という一文を引用するのだろうか。この一文はさきに見た、民主主義体制では「世論への宗教的な信仰が人類の偉大さと幸福をそこなうほどに個人的理性の活動を狭い範囲内に閉じこめる」という危惧の直前にある一般論であって、けっして世論の「知的権威」を正当化するものではない。トクヴィルが言いたいのは導入部にあたるその一般論ではなく、「民主時代の知的権威とその範囲」、要するにまさしく世論の専制が「個人的理性の活動を狭い範囲内に閉じこめる」という具体的な危惧のことだったのだ。そこには「数多くの柔軟な主観的個別性」だとか「大多数の人間の自律」などを思わせる話はどこにもでてこない。だから、ここでのリポヴェツキーはその「進歩主義」ゆえに、世論の知的権威についてのトクヴィルの具体論には故意に眼を閉じ、ただ一般論だけに着目したかったとしか思えない。彼のいわば方法的「個人主義＝進歩主義」は事実として疑わしいのみならず、理論構成の面でも相当な無理があるのである。

したがって私たちは、最大多数派の知的支配が人類の偉大さと幸福をそこなうまでに個人的理性を狭い範囲に閉じこめることになりかねないというトクヴィルの警告をあえて無視して、リポヴェツキーが「〈啓蒙〉はその反対物なしには進まず、意識の個人化はまた無感動と知的な空虚、スポット的思考、心的なごった混ぜ、このうえなく非理性的な加担、新しい形態の迷信、〈何でもあり〉といった態度にひとをみちびく。しかしこれらの現象がいくら現実的で人目をそばだたしめるものだとしても、真なるものと意味にたいする個々人の関係を変えつつある激動を隠蔽できないはずである。ひとは思考という仕事にはあまり時間もかけず努力もしなくなってはいるが、その代わりだんだん自らの名前で発言するようになっている。熟慮を経た思索はすくなくなってはいても、そんな人々がだんだん多数派になり、成熟してきているのだ。モードの非理性は個人的理性の構築に貢献するのであり、モードには理性の知らぬ理由があるのだ(23)」というパスカルもどきの警句まで駆使しての、ほとんどアクロバットに近い楽観的な主張をしてみせても、そんな現代の「進歩主義」を文字通りに信じるわけにはゆかないだろう。

トクヴィルとリポヴェツキーとの関係で、もうひとつだけ重要な点を指摘しておかねばならない。それは現代社会における暴力をめぐる問題についてであって、テクスト的には『空虚の時代——現代個人主義試論』の第六章「野蛮な暴力、近代の暴力」にかかわる。彼は伝統的な全体論的社会では人間相互の関係が人間とものとの関係に優先するが、近代社会においては人間とものとの関係のほうが人間相互の関係よりに優先するようになるというデュモンの社会人類学的図式から出発し、原始社会を含む伝統的な社会ではなによりも「名誉」と「復讐」のコードが社会関係を規定していたが、近代国家と市場の登場とともに人間とものの関係を優先させ、なによりもみずからの生命と利害を重視する〈個人〉が出現し、以後その近代的個人にとっては人間同士の関係は副次的になり、「無関心」を基礎とするものなる。そこで人間相互の関係の優先を前提としていた「名誉」と「復讐」、したがって「野蛮な暴力」が衰退し、近代以降の社会の風習が著しく穏和化（文明化）してきたのだという。ここで、トクヴィルが引き合いに出される。『アメリカの民主政治』第三編第一章「地位が平等化するにしたがって、どうして風習は穏和化するのだろうか」のこの部分である。

身分が平等化されるときには、人々は殆ど同じような考え方と感じ方をもつようになる。そして各人はある瞬間に、他のすべての人々と同じ気持でものごとを判断することができる。そのときに各人は自分のことを、す早く反省してみるだけで十分である。それ故にそのとき各人にとっては、どのような惨苦でもたやすく感じとられる。そしてその惨苦のひろがりについては、彼は心の奥底に隠されている本能によって、それを発見するのである。外国人または敵についてはそうはゆかないであろう。けれども想像によって、各人はこれらの人々の立場に自分をおくことができる。そのとき、想像によって、各人は人間的なものを自らの憐憫の情にまじえる。そしてそのとき各人は、その同類者の肉体が引き裂かれて、自ら苦痛を覚えるのである。民主主義時代には、人々は相互のために献身することはまれである。けれども人々は人類のすべての成員に対して、一般的な同情をあらわしている。彼らは無用な災厄を、人類のすべての成員に蒙らすようなことはない。そして彼らは、自分があまり損害をうけずに他人の苦痛をやわらげることができるときには、そうすることによって自ら喜ぶのである。彼らは公平無私でなくとも、おだやかでやさしいのである（下巻三〇〇―一頁）。

この一文を引いたあとリポヴェツキーは、たしかに「血」と「地」に基礎を置くヒエラルキー社会にあっては既成の人間関係に縛られた個人が見知らぬ他人の「惨苦」に「一般的な同情」を抱くことも、人類一般を顧慮することなども概してありえないのだから、各人が個々に自己を考慮し、自分のために生きているからこそ、同じく自分のために生きている他人の不幸に心を開くことができるというトクヴィルの指摘は「問題の核心を衝いている」と言う。これはリポヴェツキーのみならず、大方の了解を得られるところだろう。私もそう思う。ただそれと同時に彼は、トクヴィルがこの種の人間らしさをもたらすのは身分の平等だと言っているのには反対する。伝統的な全体論的社会にあっても近現代社会と同様に、平等な者同士の暴力は身分の違う者同士の暴力よりもより残忍であったにちがいないのだから、身分の平等は近代民主主義社会の風習の穏和化の原因ではけっしてなく、社会の個人化、原子化の結果としての自己中心的な他者への無関心、他者の非実体化こそがその原因なのであり、個人は他者に無関心であればこそかえって自分に引きつけて他者の「惨苦」が想像できるようになるのだと、あくまでナルシス的な現代個人主義の「進歩」を逆説的に擁護せずにはおれないのだ。ただそもそも「非実体化」された他者にたいする本質的に「無関心な同情」とはいったいどんな性質のものなのか、またその程度のものなら伝統的な全体論的社会にもありえたのでないかとは考えようとしない。

しかしその一方で、「問題の核心」に触れるこのところになってやっと、「個人が自分から自由になると感じれば感じるほど、ますます国家機関のきちんとした完璧な保護を求めるようになる。粗暴さを嫌悪すればするほど、ますます保安の力の増大が求められる。だから、風習の人間化は全面的な権力のヘゲモニー、社会を国家の完全な保護のもとにおく企てに逆らう諸原則を個人から剝奪することを狙うプロセスだとも解釈できる(24)」と書いて、「公安への愛は、しばしば民主的民族が保有している、唯一の政治的情熱である。そして民主的民族では、この情熱は他のすべての情熱が衰え死滅するにしたがって、ますます活発になり強力になってゆく。そこでは市民たちは、この政治的情熱に促されて、自然的に中央権力に新しい権力をあたえ、またはとらせるようにしている」(下巻五二〇頁)、つまり個人主義的民主主義の時代にあっては社会的に孤立し無力な個人が、みずからの利害を護るために強力な中央権力による強権的な秩序維持を激しく希求するようになるというトクヴィルの主張——二〇〇一年九月一一日以後のアメリカの状況が見事にその正しさを例証している主張——を認めるにいたる。さらに、近代社会において国家の権力装置が剝き出しの暴力を誇示する刑罰を緩和する代わりに、ゆるやかに社会に浸透して社会を管理し、継続的で、均質で、節度と均斉のとれた監視の網を社会のどんな片隅にもめぐらすことになるという『監視と懲罰』のミシェル・フーコーの考察を持ち出し、個人主義的社会観とそれが産み出す他者と自己との特殊な同一視が、まさにそうした残虐行為の合法的実践の追放に適合する社会的枠組みをつくり出したのであり、「刑罰の人間化は、もしそれが個人主義のプロセスによって制定された新しい人間相互の関係と深いところで一致していなかったなら、あれほどの正当性を獲得し、長い時間にわたってあれほどの論理では展開しえなかっただろう。どちらが先だったかなどという議論をいまさらはじめるには及ばない。国家と(個人主義的)社会が並行して刑罰の穏和化の原則の展開につとめたのである[25]」と述べて、近代個人主義の展開が近代国家の監視・管理体制の確立と同時進行的なものであるのみならず、結局ポスト・モダンのナルシス的な「全面的個人主義」もまたそのような監視・管理体制に依存し、全面的に支えられているものであることをついに認めるまでにいたる。要するに「全面的な個人主義」は「全面的な監視体制」のうえに成立しているのであり、ひたすら自己しか見ようとせず、「何でも好きなことを、好きなときに、好きな仕方でする」ナルシス的個人にはそのことが見えないか、あるいは見ようとしないだけの話なのである。

個人主義の終焉?

上から厳重に「監視・管理された」、しかもその監視・管理を条件とし、それを受け入れる個人主義は、はたしてまだ個人主義なのだろうか。ここには個人の独立もなければ自律もなく、規制された限定的な自由があるにすぎない。私たちはさきに、リポヴェツキーの言うポスト・モダンの快楽主義的個人主義は画一的で自律を欠いた個人主義――「ガラスのカプセルのなかにいるナルシス」――であることを見た。また、このナルシス的「快楽の個人主義」はまず他者を、つぎに現実を非実体化し、ついには自我さえも空虚化する個人主義であることも見た。たしかに伝統的な全体論的もしくは革命的な未来志向の、どんな言説にも容易に動員されなくなったという意味では、「全面的な個人主義」は「個人に起点と価値を置き、社会全体を軽視もしくは従属的な位置に置く」近代個人主義の論理的帰結なのかもしれない。だがそれと同時に、近代個人主義の最終段階である画一化され自律を欠いたこの「全面的な個人主義」にいたるプロセスはまた、社会の「全面的な監視体制」にいたるプロセスであるとともに、個人主義の非実体化、空虚化のプロセスでもあった。とすれば、リポヴェツキーが擁護する快楽主義的・ナルシス的個人主義は、たとえ一時的には反近代主義、反権威主義としての「進歩」であるように見えても、もはや「独立し自律的な個人」の自由の発露だとはとうてい言えず、とどのつまりは世界とともに古い人間の「自己愛」――ラ・ロシュフコーが『箴言集』で、「自己愛は己れの外では決して落ちつくことがなく、自分以外のことがらには、あたかも蜜蜂が花にとまるように、自分に都合のよいものを引き出すためにしか心をとめない。自己愛の欲望ほど抗いがたいものはなく、自己愛の意図ほど秘められたものはなく、自己愛の行動ほど巧妙なものはない。人は自己愛の深さを測ることも、その深い闇を見通すこともできない」（二宮フサ訳）とつとに看破していた「自己愛」――の現代的様相にすぎなくなるのではないか。トクヴィルならこれを間違いなく「自己自身の熱情的な誇張的な愛」、「盲目的本能から生まれ」る「利己主義」と言うにちがいなく、ジラールなら必ず大衆規模のロマン主義でしかないニヒリズム、クンデラなら「キッチュの全体主義」への全面的同意と断じるにちがいない。結局のところ、リポヴェツキー的な現代の「進歩主義」の実質とは「退行主義」、あるいは「思考の敗北」（A・フィンケルクロート）にほかならないのではないだろうか。

以上前章の後半からこの章まで、きわめて概念的ながら、近代個人主義の成立、冒険、偏向、錯乱、そして堕落のいくつかの様式を見てきた。そこで、こう思わざるをえない。リポヴェツキーのように現代の「進歩」、「全面的な個人主義」の未来を信じたい気持はそれなりに理解できないわけではないけれども——だからこそ、私はこれまでリポヴェツキーの立論の根拠にかすかな期待と相応の関心を抱き、いくつかの疑問を述べてきたのだけれども——、おそらく私たちは、ナルシス的であれそうでなかれ、ともかく単純に私的な独立と自律を信じる個人主義をふたたび肯定的な価値と見なして思考し、行動する時代をとっくに通り過ぎてしまったのではないのだろうか。おそらく近代とともに個人主義の時代は終わっていたのであり、ポスト・モダンの時代に個人主義を真っ当に生きることができるのはもはや、デュモンが言った「世俗（界）外的個人（individu hors du monde）」のような存在だけではないのか。この「世俗外的個人」にはむろん現世に完全に背を向けて生きている宗教者たちが含まれるだろう。だがまた、たとえばクンデラが、「みずからの移住の傷を心に抱」え、「他のいかなる国も祖国も取って代わることができないと理解して、音楽（あらゆる音楽家たちの音楽のすべて、音楽の歴史）のなかに唯一の祖国を見いだし、そこにこそ落ち着き、根づき、住もうと決意した」音楽家だったと言うストラヴィンスキーのような、あるいはこの引用部分の「音楽」を「文学」に代えてやればそのままみずからのことを言っているにひとしいクンデラ自身のような、さらには「ひとは――つねに――祖国をもたないからこそ考える……。だからこそ、思想家は人生における亡命者なのである」とか、「隠者は自分と全世界にたいしてしか責任をとらないのであって、いかなる場合でもだれかにたいして責任をとることはない。ひとが孤独に逃げ込むのはだれをも背負わないためであり、自分自身と世界だけで充分なのである[26]」と言ってはばからないシオランのような、「全世界を異郷とみなし」て生きている「亡命者」とその精神的な同類たちも含まれる。だから、全世界的にとめどのないポスト・モダン的「キッチュの全体主義」によって個人がますます画一化されていくにちがいないこの時代にあって、個人主義とはおそらくユートピア（無場所）、より適切に言えばヘテロトピア（「実在の場所でありながら、ひとつの文化の内部に見いだすことのできる他のすべての場所を表象すると同時にそれらに異議申し立てをおこない、ときには転倒もしてしまう異他なる反場所」（上村忠男））の実存の在り様でしかなくなったのかもしれない。

いずれにしろ、もし個人主義が近代とともに成立したものならば、近代とともに個人主義の時代は終わったと考えるのはいたって論理的なことであり、ここではただ例をあげるだけにしておくが、すでにしてミシェル・フーコーが八〇年代初めのフランスの姦《かしま》しく空しい「個人の回帰」の時代に、その時代的風潮に背を向けるかたちでキリスト教以前の古代ギリシャ・ローマの英知の世界に「生存の美学」を求めて「内的亡命」をし、「自己からの離脱」をはかりつつ「自己との関係」を再考して、あの巧妙かつ静謐な『自己への配慮』（八四）を書いていたように、私たちは近代個人主義におけるのとは別様に〈個人〉を再考しなくてはならなくなっていることだけはたしかだろう。

3　ジラールの彼方に　孤独と他者の他者性

ナルシスの盲点

ところで、『空虚の時代──現代個人主義試論』につづく『束の間のものの帝国──現代社会におけるモードとその運命』で、勇敢にもポスト・モダンの現代社会のモードの完全支配を「意味の耐えられる軽さ」（これはむろん「砂漠の説教者」、「終末論者」のひとりにほかならないクンデラの言う「存在の耐えられない軽さ」のパロディー）として擁護する現代の「進歩主義者」リポヴェツキーですら最後に、ナルシス的個人主義の社会においては「個人的なコミュニケーションへの不満、孤独」がいまや大衆的な現象にまでなっているのであり、「モードは天使でも禽獣でもない。ここにはまた社会システムとなった軽さの悲劇、主観的諸単位の段階での悲劇があるのだ。モードの完全支配は社会的な葛藤を平和化するが、主観的および間主観的な葛藤を深める。それはますます個人的な自由をあたえるが、それとともにますます生きることの苦しみを産み出すのだ。このことの教訓は厳しいものであって、〈啓蒙〉の進歩と幸福の進歩は同一の歩調では進まないのであり、モードの幸福感と孤独感、鬱状態、実存的な障害とは一対を成しているのである。あらゆる分野での刺激があればあるほど、ますます生きていることの不安が増し、私的な自律が大きくなればなるほど、内面の危機が大きくなる。それがつねに個人を個人に送り返すモードの偉大さであり、私たち自身および他者にとって私たちを疑わしいものにするモードの悲惨なのである」と、やはりパスカルもどきの警句をつかい、しかし今度は本当の意味でパスカル的な「神なき人間の悲惨」を語らずにはおれない。

このような個人の「孤独」と「内面の危機」は、トクヴィルがとっくに「民主制では……各人は絶えず自分一人に立ちもどり、そしてついには、自分自身を自らの心の寂寥のうちに全く閉じこめてしまうことになる」と指摘していたことだし、『孤独な群衆』のD・リースマンもつとに、同じような現象に注目していたはずである。ただ個人の画一化と社会的なものの原子化が飛躍的に進行してしまったこんにち、リポヴェツキーの言うとおり、個人の「孤独」と「内面の危機」はこれまでよりずっと深刻になり、広範囲に伝播しているのも事実だろう。それにつけても私は、リポヴェツキーの『空虚の時代——現代個人主義試論』および『束の間のものの帝国——現代社会におけるモードとその運命』を読みながら、なぜ彼はもっとまともにルネ・ジラールの仕事を相手にしなかったのだろうと何度も思ったものだが、ここでもやはりそう思う。というのも、じつはジラールもまた現代人の類似の「内面の危機」について、別の角度からより鋭い考察をおこなっていたからである。彼は『世の初めから隠されていること』第三編「個人間心理学」で、現代社会は個人がシステムの「制御不能」を恐れることなしに、多くの領域でミメーシス的欲望を解き放つことができる唯一の社会であるが、その代償は「ノイローゼの大衆化、通俗化」であると言い、リポヴェツキーの指摘する「個人的なコミュニケーションへの不満、孤独」のことを現代人の「一般化した躁鬱状態」に譬えながら、その原因をこのように述べている。

個人がその生まれもしくは何か別の要因——その安定性はどうしても恣意的なものに基づいている——のおかげで占めている地位によっては規定されない世界においては、競争心は鎮まるどころか、逆にかつてなく燃え上がる。どんな固定的な目標点も残っていないのだから、すべてが比較に依存することになり、その比較がまたどうしても「確実な」ものではない。躁鬱的人間は人間相互の根本的な依存関係とそこから生ずる不確実性とをことさら鋭く意識する。自分のまわりのすべてが〈イメージ〉、〈模倣〉(イメージ image の語源 imago と模倣 imitation の語源 imitatio は同根)、〈称賛〉だと見え、他人たちの称賛、つまり他人たちのあらゆるミメーシス的欲望が自分のうえに集中することを激しく欲している。だから、その避けがたい不確実性を極度に悲劇的なかたちで生きることになるのだ。受容や排除、敬意や侮蔑のどんなささいな徴候でも彼らを絶望の夜あるいは超人的な忘我に沈める。彼はあるときには存在の全体であるピラミッドの頂点にいるかのように思えば、またあるときにはこのピラミッドが逆転するのだが、なにしろ彼はいつもそのピラミッドの頂点にいるのだから、今度は宇宙全体に押しつぶされ、このうえなく屈辱的な状態に身を置くことになる。[27]

ジラールはこのように同じナルシス的個人の「孤独」と「内面の危機」を同じようにパスカル的にだが、リポヴェツキーとは別の角度から的確に捉えて、リポヴェツキーが述べられないその理由まで明らかにしている。この一文を読めば、現代の「進歩主義者」リポヴェツキーには通俗的なナルシシズムしか、しかもその表面しか見ていないことがわかる。彼が見逃しているのは要するに、ナルシス的個人の秘められた動機、つまりナルシスは現実の己を見ているのではなく、彼の鏡は他人たちの眼なのであり、彼が見たいのはなによりも他人の眼に映じる己のイメージであること、彼の外見上の無関心は他人の称賛を得るための見かけにすぎないこと、そして彼が他人の眼に映じる己のイメージについてなにも確信しえない——すなわち私たちが前章で見た人間の「最大の神秘」としての「自己イメージ」の不確実性のことだ——からこそ、「孤独感、鬱状態、実存的な障害」、「生きることの不安」が生じているということである。

ただ、それでも問題は残る。現代の個人はその「孤独」と「内面の危機」をどのように乗り越えることができるのか。現代の「進歩主義者」リポヴェツキーにはさし当たって、それに答える用意はないようだ。では、ジラールには？　たしかにひとつの答えがあるにはある。彼と同じようにキリスト教に回心することだ。そうかもしれない。だが、はたしてそれだけなのだろうか。ここで、ジラールが現代人の「孤独」についてどう考えていたのか、もう一度思い出してみよう。彼は主にドストエフスキーに依拠しながら、デカルト以後の近代的個人を「神は死んだ、神の地位をうけつぐのは人間だ」という「福音」を真に受け、「形而上的自律」という不遜で不可能な約束の実現を希求する存在であると見なすことから出発していた。そして、そのような「自尊心の誘惑」が人間の心に深く刻まれれば刻まれるほど、それだけますますその「素晴らしい約束」と経験によって個々人に課される容赦のない否認とのあいだのコントラストが激しくなる。そしてそこにこそ、近代人の「孤独」の原因があるのだとしてこう書いていた。

自尊心の声が大きくなればなるほど、存在意識はますます苦く孤独になる。とはいえそれは万人に共通するものなのだ。辛さの倍加であるこのような孤独の幻想はなぜ生じるのか？　なぜ人間たちはみずからの苦しみを分かち合うことによって、その苦しみを軽減できないのか？　なぜ万人の真実が各人の意識深く埋もれているのか？　すべての個人はみずからの孤独のなかで、約束は嘘だったことを発見しながらも、だれひとりその経験を普遍化できない。その約束は〈他人たち〉にとっては依然として真実なままなのだ。そこで各人は自分だけが神の遺産から排除されているのだと信じ、その呪いを隠そうと努める。原罪はもはや宗教的世界におけるように万人の真理ではなくなり、各個人の秘密になる……各人が自分だけが地獄にいると信じている。それこそが地獄なのだ。この幻想が一般化されると、さらに誇張されたものになる。ドストエフスキーの地下室の主人公の言うように、「おれはひとりきりなのに、連中はぐるなのだ」と。(28)

このようにジラールにとって、「孤独」は神にとって代わろうとする不遜な野心をもつ近代人の「原罪」であり、しかもこの「原罪」自体が元来はありえない「形而上的自律」を断念できない近代人の、秘かに他者を神と見立て合い、相互に模倣し合うと同時に競い合う「形而上的欲望」の恥ずべき「幻想」だということになる。「孤独」はいくら「崇高な、蔑視的な、皮肉な、あるいは〈神秘的〉なものであろうと」も、結局は個人主義と同じく「西欧近代の神話」としての「ロマン主義の嘘」にすぎないのだと。だが、これはあくまでジラールが立っているキリスト教的観点から言えることであって、そのまま普遍化できる考察ではない。また、ジラールはときどき「間主体性」という言葉を使うこともあるのだが、彼の言う「間主体性」とはつねに模倣的欲望の媒介関係のことであり、キリスト教的愛の外での他者はつねにその模倣的欲望の手本＝競争者として対立的、闘争的にしか提示されない。だが、「孤独」、そしてそこから場合によっては派生しうる他者との関係、他者の承認、つまり「間主体性」の問題は、ジラールの主題体系だけにはけっして収まりきるものではない。私たちが経験的に知っている他者は、かならずしも神への愛の共有を介する宗教的兄弟か、さもなければ欲望の媒介者＝邪魔者、モデル＝ライバルだといった狭隘な二者択一の対象になるとはかぎらない。友愛、恋愛などの対他関係はときにいくぶんかはジラール的な意味でのミメーシス的欲望関係の要素が介在することはありうるだろうが、しかしそれだけに全面的に還元されはしないのだ。そう言ったからといって、むろん私は——類似の批判をデュモンにたいしておこなったルノーとは違って——これから一挙にジラールのユニークな人間学と呼ぶべきものの全体を否認しようとするのではない。パスカルがいくら『キリスト教擁護論』の著者だからといって、人間についての彼の透徹した省察がいまなお私たちに強い説得力をもって迫ってくるのをやめないのと同様、現代のパスカルとも言うべきジラールの考察のすべてが彼のキリスト教主義によって無効になるわけではない。ただ、何事にも限界というものがあるのであって、ジラールのキリスト教主義では現代人の「孤独」「間主体性」といった問題が充分にとらえられないというにすぎないのである。

新たな間主体性への展望

私は前章で、ルネ・ジラールの描く近現代世界、すなわち個人が「形而上的欲望」にとらわれ、「各人が自分だけが地獄にいると信じている。それこそが地獄なのだ」という世界からの個人の解放について、たとえばクンデラの小説『不滅』ヒロイン、アニェスが経験する「因果律の彼方」にある「幸福な計算不可能性」としての「ポエジーの瞬間」、つまり「人生において耐えられないのは、存在することではなく、自分の自我であることなのだ」から、しばし「苦しむ自我」「憎むべき自我」を忘却し、「ただ存在することだけ」に心身を委ねることができさえすれば、時に奇跡的に得られる特権的瞬間にそのような解放を垣間見ることができるのではないか、とこっそり暗示しておいた。じっさい、自我の忘却ないし超克はかならずしも宗教的ではなく、美的にもありうることなのだ。いや、それどころか、美的には自我の忘却ないし超克は不可欠の条件でさえある。たとえばフランスの現代詩人ルネ・シャールは、「詩人は計算された計画に反対する人間」であり、「詩人の活動はポエジーという謎の結果にすぎない」と信じて「昼の社会」を捨て去り、「夜の世界」に「ひとしずくの光」を求めつつ、「おのれのまえに未知なくして、いかに生きられようか[29]」ときっぱり断言している。むろん、このような審美的神秘主義はジラールの宗教主義と同じく、あるいは晩年のフーコーに見られた「生存の美学」を求める孤高の倫理主義と同じく、やはり容易に普遍化できるものではないが、それでも現実の個人の在りようたりうると私は思う。

ただ、私がこれまでジラール解釈についていくつか学ぶところがあり、本書でも何度か名前を出したジラール理論の批判的継承者であるジャン＝ピエール・デュピュイによれば、ジラールが私たちを閉じこめたがっているように見える地獄的な孤独と、つねに対立的、闘争的な間主体性の強迫から逃れるには、それよりもっと容易に普遍化しうる発想があるのだという。「この逆説を解決するには、始まりがないということを認めるだけでいい。模倣的暴力と暴力的模倣の世界には行動（action）は存在しない。ただ反応（réaction）があるだけなのだから」と言うのである。じっさい、この逆説は「各人が自分だけが地獄にいると信じている」、つまり他者が他者としてではなく、分身または双生児としてしか登場しない主観性のなかの、つねに一方的な逆説であり、だからこそ始まりもなく終わりもなかったのだ。したがって、もし個人がなにかの機会にこの逆説を「正面から見据え受容するならば」、一挙に呪縛が解けて逆説は逆説でなくなり、〈私〉と（たとえ一時的なものであっても）もはや私のモデルでもライバルでも、分身でも双生児でもなくなった〈他者〉とは、「自分たちの関係を通じて、しかも区別と距離を保ったままで、自律的かつ自己言及的な共同の〈主体〉」を、すなわち新たな間主体性を出現させることができるのではないか[30]。このように言うジャン＝ピエール・デュピュイの考えは、もう三〇年以上もまえにジャン・グルニエが留学生の私にふと呟いたこんな言葉を思い出させる。「人間に完全な独立などあるはずがありません。独立（indépendance）とは自分が何に依存するのか、その依存（dépendance）を自分で決める以外のことではないのです」。この言葉がずっと私の記憶の大切な場所に残っていて、ジャン゠ピエール・デュピュイの言う共同の「自律」関係とグルニエが言っていた「独立」にはどこか相通じるものがあると思えてくる。いくつかの依存をみずから選ぶ独立、もしくは自立。いくつかの他律をみずからの意志で引き受ける自律。いずれの場合でも、そこには間違いなく個人の自由の発露が見られるのだから。ともあれ、ジャン゠ピエール・デュピュイは、そのような新たな間主体性を語るものとして、エマニエル・レヴィナスのこの「すばらしい言葉」を引いている。

対面の廉直さ。〈われわれ同士の間柄 entre nous〉とはすでにして対－談（entre-tien 相互的な支え合い）であり、すでにして対－話（dia-logue）であるがゆえに距離であり、一致と同一化が生じる接触とは正反対のものである。しかし、これがまさしく社会関係の驚異というべき、近さの距離なのだ。この関係においては、私と他者の差異はそのまま存続する。しかしこの差異は、距離でもある近さのなかで、それ自体の否定を否定するものとして、相互の非－無－差異（non-indifférence）として維持される。すなわち近しい者同士の非－無関心（non-indifférence）として。他者の他者性に関わること、それがすなわち友愛なのである。[31]

このように人と人の友愛は、対立的でも闘争的でもなく、かといって一致でも同一化でもない相互的な差異の尊重、受容としての間主体性のうえにはじめて成立する。そういえば、モンテーニュもまたエティエンヌ・ド・ラ・ボエシーとの友情を振り返って、「なぜならそれが彼だったから、それが私だったから」と認めていた。ただ、これは友愛という人間関係についてだけ言えることだろうか。『時間と他者』のレヴィナスは、エロス的関係においても、さらには（現実もしくは精神的な）父子関係においてもまた、そのような「他者の他者性の現前」を見ている。「他者の他者性」の受容と尊重こそが異性愛、父性愛の条件だというのである。[32] そこでジャン＝ピエール・デュピュイは、「愛する者は自らの愛の偶然性を知覚する。自らの対象の、自らの状況の偶然性を。しかしそう知ったからといって、彼の愛着の力がいささかなりとも減じるわけではない。彼には自分がこの特殊なものをとおして普遍的なものに近づけることがわかっているのだ。愛は差異を廃棄しない。ただ愛だけが差異に意味をあたえうる[33]」と書くことができたのであった。

たとえいまだ、あるいはもはや神を知らなくても、かつて人を心から愛することができた者ならだれしも、ジャン＝ピエール・デュピュイのこの言葉に深く肯くことだろう。

註

序章　ルネ・ジラール――懐古的肖像

（1）Lucien Goldmann :《*Marx, Lukacs, Girard et la sociologie du roman*》in *Pour une sociologie du roman* (Paris, Gallimard, 1961).

（2）*Annales*, XX, 3 (mai-juin 1965) pp. 465-502.

（3）《*A propos de Jean-Paul Sartre : la notion de rupture en critique littéraire*》, in *Chemins actuels de la critique*, d. G. Poulet (Paris, Plon, 1967), pp. 393-423.　邦訳G・プーレ編『現代批評の方法』（平岡篤頼他訳、一九七四年、理想社）三五七-八三頁。

（4）*Esprit* (novembre 1973) pp. 513-581.

（5）本書第四章2「ジラールとクンデラの非両立性」参照。

（6）*Esprit* (avril 1979) pp. 45-71.　ただ、この特集はジラールのあまりにも公然とした福音主義に狼狽したのか、論者たちの論調は七三年の特集の時に比べて、概してそれほど友好的なものではなくなっている。

（7）Michel Foucault : *Dits et écrits 1954-1988*, t. IV 1980-1988 (Paris, Gallimard, 1994) pp. 414-5.

（8）Colloque de Cerisy《*Violence et Vérité autour de René Girard*》sous la direction de Paul Dumouchel (Paris, Grasset, 1985).

（9）René Girard :《*Pour un nouveau procès de L'Etranger*》in *Critique dans un souterrain* (Lausanne, L'Age d'Homme, 1976), pp. 112-142.　邦訳『地下室の批評家』（織田年和訳、白水社、一九八四年）。

（10）Albert Camus :《*Le Discours de Suède*》in Œuvres complètes II (Paris, Gallimard) pp. 1071-2.

第一章　ミメーシスと暴力――ジラール理論＝仮説素描

（1）René Girard :《*Mensonge romantique et vérité romanesque*》(Paris, Grasset, 1961), pp. 103-4.　邦訳『欲望の現象学』（古田幸男訳、法政大学出版局、一九七一年）一一〇-一一一頁。なお、本書ではジラールのテク

ストの翻訳はすべて拙訳である。出典の指示は原文と邦訳の両方を記しておく。また、ジラール以外のテクストでも、本文および註に訳者名のない場合も拙訳である。

(2) René Girard :《*La violence et le sacré*》(Paris, Grasset, 1972), pp242-3. 邦訳『暴力と聖なるもの』(古田幸男訳、法政大学出版局、一九八二年)、一七六頁。

(3) René Girard :《*Shakespeare* —— *Les feux de l'envie*》(Paris, Grasset, 1990), pp. 287-8. 邦訳『羨望の炎——シェイクスピアと欲望の劇場』(小林昌男/田口孝夫訳、法政大学出版局、一九九九年)、四三九-四〇頁。

(4) ibid. pp276-8. ジラール前掲書、邦訳四二五-七頁。

(5) René Girard :《*La violence et le sacré*》, p. 287. 邦訳『暴力と聖なるもの』、三三一頁。

(6) ibid. p. 301. 前掲書邦訳、三四八-九頁。

(7) 『身代わりの山羊』(織田年治/富永茂樹訳、法政大学出版局、一九八五年)第一一章「バプテスマの聖ヨハネの斬首」には、サロメの振る舞いをめぐるこの「最大の罪」についてのきわめて魅力的かつ説得的な記述がある。

(8) やはり『身代わりの山羊』第一二章「ペテロの否認」では、ペテロのこの振る舞いについての精緻な考察が見られる。

(9) René Girard :《*Le Bouc missaire*》(Paris, Grasset, 1982), p. 166. 邦訳『身代わりの山羊』、一八八頁。

(10) ibid. p. 233. 前掲書邦訳、二七四頁。

(11) Paul Dumouchel / Jean-Pierre Dupuy :《*L'enfer des choses*》(Paris, Seuil, 1979), p.121. 邦訳『物の地獄』(織田年治/富永茂樹訳、法政大学出版局、一九九〇年)、一一九頁。

(12) Lucien Scubla :《*Le christianisme de René Girard et la nature de la religion*》in *Violence et vérité* (Paris, Grasset, 1985), pp. 242-257.

(13) ibid. Henri Atlan :《*Violence fondatrice et référent divin*》, pp. 435-449.

第二章　ロマン主義の神話と小説の真実——夏目漱石『行人』論

（1）Albert Thibaudet：《*Réflexions sur le Roman*》(Gallimard, 1938).　なお、生島遼一訳は『小説の美学』（人文書院、一九六七年）に収録されている。

（2）René Girard：《*De* 〈*LA DIVINE COMEDIE*〉 *à la sociologie du roman*》in *Critique dans un souterrain*, L'Age d'Homme, 1976.　邦訳『地下室の批評家』（織田年和訳、白水社、一九八四年）。

（3）夏目漱石『行人』の引用は岩波文庫から。また一部「友達」、二部「兄」、三部「帰ってから」、四部「塵労」から構成されている、この小説からの引用部分の指示は、たとえばこの場合なら三部二七章だから、三-二七のように部と章を示す。以下同じ。

（4）江藤淳『決定版夏目漱石』（新潮文庫、一九七九年）一三一頁。

（5）千谷七郎『漱石の病跡』（勁草書房、一九六三年）。

（6）土居健郎『漱石の心的世界——漱石文学における「甘え」の構造』（角川選書、一九八二年）第八章「『行人』について」。後出の引用部分も同じ。

（7）René Girard：《*Mensonge romantique et vérité romanesque*》(Grasset, 1961), pp55-56.　邦訳『欲望の現象学——文学の虚偽と真実』（古田幸男訳、法政大学出版局、一九七一年）五六頁。

（8）René Girard：《*Des choses cachées depuis la fondation du monde*》(Grasset, 1978), p335.　邦訳『世の始まりから隠されてきたこと』（小池健男訳、法政大学出版局、一九八四年）四九九頁。

（9）René Girard：《*Mensonge romantique et vérité romanesque*》, pp. 278-9.　邦訳、三〇九頁。

（10）越智治雄「長野一郎・二郎」（《国文学》昭和四三年二月号）。伊豆利彦「『行人』論の前提」（《日本文学》昭和四四年三月号）。

（11）René Girard：《*Des choses cachées depuis la fondation du monde*》, p. 323.　邦訳四八一頁。

（12）越智前掲論文。

（13）作田啓一『個人主義の運命』（岩波新書、一九八一年）、一四一頁。

（14）正宗白鳥「夏目漱石論」。正宗白鳥全集第六巻（新潮社、一九六五年）一四六頁。

（15）江藤前掲書、一八頁。

(16) 同上、一四六頁。
(17) 正宗前掲論文、一四四頁。ただここで正宗の言う「ロマンチク」とは、「異常な事件がな」く、「平凡な筋立て」で、『草枕』にあるような「詩がなくなっている」ということであって、本論で用いられているジラール的意味での「ロマン主義」とはいくらか意味合いがちがう。
(18) ミラン・クンデラ『裏切られた遺言』(拙訳、集英社、一九九四年)三六頁、一四頁。

第三章 暴力的人間と人間的暴力——深沢七郎の世界

(1) 深沢七郎『楢山節考』(新潮文庫、昭和三九年)日沼倫太郎解説に引用。
(2) 《解釈と鑑賞》(昭和四七年六月号)。なお引用文中の山本健吉「深沢七郎の作品」は《中央公論》(昭和三二年二月号)に掲載、伊藤整「深沢七郎氏の作品の世界」は単行本『楢山節考』(中央公論社、昭和三二年二月)解説。
(3) 深沢七郎『楢山節考』(新潮文庫、昭和三九年)日沼倫太郎解説。
(4) Fukazawa :《*Narayama*》(Paris, Gallimard, 1959), pp.7-15.
(5) René Girard :《*La violence et le sacré*》, p.191. 邦訳『暴力と聖なるもの』、二一三頁。
(6) ibid. p. 439, p. 363. 前掲書邦訳、五一二頁、四一三頁。
(7) René Girard :《*Des choses cachées depuis la fondation du monde*》, p. 331. 邦訳『世の初めから隠されていること』、四九二-三頁。
(8) 《群像》(昭和三六年五月号)。
(9) 深沢七郎『笛吹川』(新潮文庫)、二二二頁。
(10) 註(5)参照。
(11) 同右。
(12) René Girard :《*La violence et le sacré*》, pp.117-8. 邦訳、一二八-三〇頁。
(13) René Girard :《*Des choses cachées depuis la fondation du monde*》, p. 463. 邦訳、六九五頁。
(14) ibid. p. 466. 邦訳、七〇〇頁。

（1）　cf. Milan Kundera :《*Les testaments trahis*》(Paris, Gallimard, 1993), p. 217.　邦訳『裏切られた遺言』（西永良成訳、集英社、一九九四年）、二〇九頁、二二四頁参照。また、西永良成『ミラン・クンデラの思想』（平凡社、一九八六年）第Ⅲ章参照。

（2）　René Girard :《*Mensonge romantique et vérité romanesque*》, pp.149-152.　邦訳、一五九-一六三頁。

（3）　Milan Kundera :《*Les testaments trahis*》, p. 61.　邦訳『裏切られた遺言』、五七頁。

（4）　ibid. p. 104.　前掲書邦訳、九八-九頁。

（5）　ibid. p. 120.　前掲書邦訳、一一三-四頁。

（6）　Milan Kundera :《*L'immortalité*》(Paris, Gallimard, 1990), pp. 237-8.　邦訳『不滅』（菅野昭正訳、集英社、一九九二年）、二九七頁。

（7）　クンデラ「ドン・キホーテ、あるいは人生という敗北」（《総合文化研究》第四号、東京外国語大学総合文化研究所、二〇〇一年三月）、六頁。

（8）　Milan Kundera :《*L'Art du roman*》(Paris, Gallimard, 1986), pp. 20-21.　邦訳『小説の精神』（金井裕／浅野敏夫訳、法政大学出版局、一九九〇年）、七-八頁。

（9）　Milan Kundera :《*Les testaments trahis*》, p. 40, p. 18.　邦訳『裏切られた遺言』、三六頁、一四頁。

（10）　Milan Kundera :《*L'Art du roman*》, p. 192.　邦訳『小説の精神』、一八四頁。

（11）　René Girard :《*Mensonge romantique et vérité romanesque*》, pp. 298-9.　邦訳『ロマン主義の嘘と小説の真実』、三三二頁。

（12）　西永良成『ミラン・クンデラの思想』、一一四-七頁参照。

（13）　*L'Atelier du roman*, numéro 16 (Paris, Les Belles Lettres, 1998).

（14）　註(2)参照。

（15）　René Girard :《*Mensonge romantique et vérité romanesque*》, pp. 295-6.　邦訳、三二八-九頁。

（16）　ibid. p.306.　前掲書邦訳、三四一-二頁。

（17）　ibid. pp.307-8.　前掲書邦訳、三四二-三頁。

（18） Yvon Rivard :《*L'art de mourir*》in *L'Atelier du roman* numéro 16, pp. 41-58. なお、クンデラのテクストは、Kundera :《*Les testaments trahis*》, p.40. 邦訳『裏切られた遺言』、一四七頁。

（19） ibid. pp.153-4. 前掲書邦訳、一四七-八頁。

（20） ibid. pp.158. 前掲書邦訳、一五二頁。

（21） ibid. pp.174. 前掲書邦訳、一六七頁。

（22） Jean-Marie Domenach :《*Voyage au bout des sciences de l'homme*》in *Violence et vérité*, p. 241.

（23） ジラールの改宗については、ルネ・ジラール『このようなことが起こりはじめたら……』（小池健男／住谷在昶訳、法政大学出版局、一九九七年）、二〇七-一〇頁。

（24） René Girard :《*Shakespeare—Les feux de l'envie*》, p.413. 邦訳『羨望の炎——シェイクスピアと欲望の劇場』、六三七頁。

（25） Milan Kundera :《*Les testaments trahis*》, pp.257-8. 邦訳『裏切られた遺言』、二五一-二頁。

（26） René Girard :《*Mensonge romantique et vérité romanesque*》, pp. 209-210. 邦訳『ロマン主義の嘘と小説の真実』、二二八頁。

（27） Milan Kundera :《*L'immortalité*》, p.153. 邦訳『不滅』、一九〇頁。

（28） René Girard :《*Shakespeare—Les feux de l'envie*》, pp.183-4. 邦訳『羨望の炎——シェイクスピアと欲望の劇場』、二七八-八〇頁。

（29） 塩川徹也『パスカル「パンセ」を読む』（岩波書店、二〇〇一年）、一三八頁に著者自身によって訳出された断章。なお、筆者のパスカル観は畏友であるこの世界的なパスカル学者の感化をすくなからずうけていることをここで告白しておく。

（30） Milan Kundera :《*L'immortalité*》, pp. 308-9. 邦訳『不滅』、三九二-三頁。

（31） ルネ・ジラール『このようなことが起こりはじめたら……』、一九六-二〇〇頁。

（32） Milan Kundera :《*Les testaments trahis*》, pp. 314-5. 邦訳『裏切られた遺言』、三一〇頁。

（33） Milan Kundera :《*L'Art du roman*》, p. 60. 邦訳『小説の精神』、四七頁。

（34） ibid. p. 25. 前掲書邦訳、二五頁。

(35) ibid. p. 26.　前掲書邦訳、二五頁。

(36) René Girard：《*Des choses cachées depuis la fondation du monde*》, p.159.　邦訳『世の初めより隠されていること』、二二七頁。

(37) Milan Kundera：《*L'Art du roman*》, pp. 198-9.　邦訳『小説の精神』、一九一頁。

(38) ibid. p. 183.　前掲書邦訳、一七六頁。

(39) Milan Kundera：《*Les testaments trahis*》, p. 304.　邦訳『裏切られた遺言』、二九九-三〇〇頁。

(40) Milan Kundera：《*L'immortalité*》, p. 153.　邦訳『不滅』、一九〇頁。

(41) Milan Kundera：《*Les testaments trahis*》, p. 302.　邦訳『裏切られた遺言』、二九八頁。

(42) Milan Kundera：《*L'Art du roman*》, pp. 199-200.　邦訳『小説の精神』、一九二頁。

(43) Milan Kundera：《*Les testaments trahis*》, p. 28.　邦訳『裏切られた遺言』、二四頁。

(44) 作田啓一『個人主義の運命』、九五-一〇三頁。なお、ルークスの個人主義分類は『思想史事典』（チャールズ・スクリブナー社）の「個人主義の諸類型」の項。

第五章　〈個人〉の行方——二、三のスケッチ風随想

(1) René Girard：《*Mensonge romantique et vérité romanesque*》, p. 141.　邦訳、一五二頁。

(2) A・トクヴィルの『アメリカの民主政治』は、不思議な味わいのある井伊玄太郎訳（講談社学芸文庫、一九八七年）上、中、下三巻に全面的に従うこととし、以下本文では該当頁のみを明記することにしたい。

(3) René Girard：ibid. p. 142.　ジラール前掲書邦訳、一五三頁。

(4) 前出スティーヴン・ルークス「個人主義の諸類型」参照。

(5) ルネ・ジラール『このようなことが起こりはじめたら……』、四五頁。

(6) 本書で言及されるルイ・デュモンの『ホモ・ヒエラルキクス』は田中雅一・渡辺公三訳（みすず書房、二〇〇一年）、『個人主義論考』は渡辺公三・浅野房一訳（言叢社、一九九三年）に従う。

(7) デュモンの『ホモ・ヒエラルキクス』邦訳、三二一-三二二頁。

(8) デュモン『個人主義論考』邦訳、三三六頁。

(9) デュモン『個人主義論考』邦訳、四四二-五頁には、以上のキーワードについてのデュモン自身の簡にして要を得た解説がある。

(10) L. Dumont：《*Homo aequalis—genèse et épanouissement de l'idéologie économique*》(Paris, Gallimard, 1977), p. 9.

(11) デュモン『個人主義論考』邦訳、二五〇頁。

(12) デュモン『ホモ・ヒエラルキクス』邦訳、二七頁。

(13) 前経書、三二五-六頁。

(14) René Girard：《*La violence et le sacré*》, p. 117. 邦訳『暴力と聖なるもの』、一二八頁。

(15) Henri Stern：《*L'occident d'en face*》 in *L'Esprit* (février 1978), p. 16.

(16) これらのシンポジウムの記録として、*Sur l'individu* (Paris, Seuil, 1987), *Individu et justice sociale—autour de John Rawls* (Paris, Seuil, 1988) があり、前者は『個人について』（大谷尚文訳、法政大学出版局、一九九五年）として邦訳されている。

(17) Luc Ferry / Alain Renaut：《*La Pensée 68, Essai sur l'anti-humaniste contemporain*》(Paris, Gallimard, 1985), Itinéraire de l'individu (Paris, Gallimard, 1987) は、それぞれ『六八年の思想——現代の反-人間主義への批判』（小野潮訳、法政大学出版局、一九九八年）および『六八年-八六年　個人の道程』（小野潮訳、法政大学出版局、二〇〇〇年）として邦訳されている。また、後出の『サルトル　最後の哲学者』も水野浩二訳（法政大学出版局、一九九五年）がある。

(18) Alain Renaut：《*L'ère de l'individu*》(Paris, Gallimard, 1989), pp. 69-112.

(19) 作田啓一『個人主義の運命』、一二〇頁。

(20) Gilles Lipovetsky：《*L'ère du vide—essais sur l'individualisme contemporain*》(Paris, Gallimard, 1983), pp. 15-6.

(21) ibid. pp. 52-5.

(22) ibid. pp79-82.

(23) Gilles Lipovetsky：《*L'empire de l'éphémère—La mode et son destin dans les sociétés modernes*》

(Paris, Gallimard, 1987), p. 312.

(24) Gilles Lipovetsky：《*L'ère du vide*》, p. 279.

(25) ibid. p. 282.

(26) Cioran：*Œuvres* (Paris, Gallimard, Quato, 1995), p.497, p.1256.

(27) René Girard：《*Des choses cachées depuis la fondation du monde*》, p. 331. 邦訳『世の始まりから隠されてきたこと』、四九四頁。なお、『空虚の時代』第五章「野蛮な暴力、近代の暴力」のリポヴェツキーは、もっぱらピエール・クラストルとノベルト・エリアスの著書を援用して社会における暴力の問題を考察し、たった一頁（原書二五三頁）で「伝統的な社会の価値としての復讐の暴力」を見落としているというジラールの「根本的間違い」を指摘しているのだが、これはとうていジラールの暴力論の全体をふまえているものとは思えない。また、『束の間のものの帝国』では、模倣、ミメーシスの問題をもっぱらガルリエル・タルドの模倣論に依拠して論じている。一九七八年にせっかくジラールの『世の始まりから隠されてきたこと』が出版され、大変な話題になっていたというのに、である。

(28) René Girard：《*Mensonge romantique et vérité romanesque*》, pp. 62-3. 邦訳、六三-四頁。

(29) René Char；*Œuvres complètes* (Paris, Gallimard, Pléiade, 1983), p. 753, p.759, p. 767.

(30) Jean-Pierre Dupuy：《*Mimèsis et morphogénèse*》 in *René Girard et le problème du Mal* (Paris, Grasset, 1982), p. 234. 邦訳『ジラールと悪の問題』（古田幸男訳、法政大学出版局、一九八六年）、二七七頁。

(31) レヴィナスのことばは《ル・モンド》紙一九七八年三月一九-二〇日号。Paul Dumouchel / Jean-Pierre Dupuy：《*L'enfer des choses*》, p. 130. 邦訳『物の地獄』、一二七-八頁に引用されたもの。

(32) エマニュエル・レヴィナス『時間と他者』（原田佳彦訳、法政大学出版局、一九八六年）、八四-九八頁。

(33) Jean-Pierre Dupuy：《*Mimèsis et morphogénèse*》 in *René Girard et le problème du Mal*, p. 278. 邦訳、三三四頁。

あとがき

本書『〈個人〉の行方――ルネ・ジラールと現代社会』は、もう二〇年もまえにさかのぼる私のルネ・ジラールの仕事への関心と、やはり二〇年近くまえからクンデラの文学作品を翻訳することでその影響をうけている私が、私たちの回避しえぬ条件である大衆デモクラシー社会における「個人」の在りようと実存の意味についてこの数年あれこれ考えていることとを結びつけ、一冊の著書にしたものである。ただこの二〇年間、私がジラールの仕事にたいしてあたえている評価、意義にはさしたる変化もなかったのに反して、主にクンデラの小説的思考に触発され、思わずトクヴィルにまでいたることになった関心のほうはかなりの曲折を経ている。それゆえ、本書においてこのふたつの関心がうまく接合、融合しえたかどうかについて、正直なところいささか心もとない。

この不安はまた、本書の執筆事情からもきている。本書を構成している第二章「ロマン主義の神話と小説の真実――夏目漱石『行人』論」と第三章『暴力的人間と人間的暴力――深沢七郎の世界」は、本文でも述べたように、それぞれ一九八四年二月号の雑誌《世界》と八三年六月号の《中央公論》とに発表した論考であり、今度本書のために全面的に書き改めたものである。これに反してその他の第一章「ミメーシスと暴力――ジラール理論＝仮説素描」、第四章「反時代的な考察――ルネ・ジラールとミラン・クンデラ」、第五章「〈個人〉の行方――二、三のスケッチ風随想」などは、この一年のあいだの書き下ろしである。このようなタイムラグが本書のスタイルと内容に悪しき影響をもたらしていないとは、私に断言できないのも事実である。

したがって本書には、いくつもの欠陥が見られることだろう。だからなおさら、本書の出版に尽力され、適切な忠告を惜しまれなかった大修館書店の清水章弘氏にたいする感謝は深甚なものたらざるをえない。もう長年の友人でもある清水氏の理解と大修館書店の寛大さとがなかったなら、おそらく本書が日の目を見ることはなかったことだろう。衷心よりお礼申し上げたい。

二〇〇二年二月二〇日　著者識

[著者紹介]

西永良成（にしなが・よしなり）
1944 年生。東京大学仏文科卒。同大学大学院人文科学研究科に学んだあと，1969-72 年パリの高等師範学校およびソルボンヌに留学。現在，東京外国語大学教授。

主要著書：『アルベール・カミュ――評伝』（白水社），『サルトルの晩年』（中公新書），『ミラン・クンデラの思想』（平凡社），『変貌するフランス――個人・社会・国家』（NHK 出版），『翻訳百年』（原卓也との共編著，大修館書店）等。

主要訳書：ミラン・クンデラ『笑いと忘却の書』『裏切られた遺言』『無知』（集英社），ポール・ヴェーヌ『詩におけるルネ・シャール』（法政大学出版局，第七回日仏翻訳文学賞），アンドレ・グリュックスマン『第十一の戒律』他多数。

〈個人〉の行方――ルネ・ジラールと現代社会

初版第1刷――2002 年 4 月 20 日

著者――西永良成
発行者――鈴木一行
発行所――株式会社大修館書店
〒101-8466 東京都千代田区神田錦町3-24
電話03-3295-6231（販売部）/03-3294-2355（編集部）
振替00190-7-40504
[出版情報] http://www.taishukan.co.jp

装幀者――下川雅敏
印刷所――壮光舎印刷
製本所――三水舎

ISBN 4-469-25069-4　Printed in Japan